有度文化

水岸云庐

蒋韵

著

山西出版传媒集团 北岳文艺出版社
BEIYUE LITERATURE & ART PUBLISHING HOUSE

· 大原 ·

图书在版编目（CIP）数据

水岸云庐 / 蒋韵著. — 太原：北岳文艺出版社，2019.4
ISBN 978-7-5378-5800-7

Ⅰ.①水… Ⅱ.①蒋… Ⅲ.①中篇小说－小说集－中国－
当代 Ⅳ.①I247.5

中国版本图书馆CIP数据核字（2018）第286210号

水岸云庐

蒋韵 / 著

出品人
续小强

选题策划
刘文飞

责任编辑
刘文飞

封面绘图
杜凡

书籍设计
张永文

印装监制
巩瑶

出版发行：山西出版传媒集团·北岳文艺出版社
地址：山西省太原市并州南路57号　邮编：030012
电话：0351-5628696（发行部）　0351-5628688（总编室）
传真：0351-5628680
网址：http://www.bywy.com　E-mail：bywybs@163.com
经销商：新华书店
印刷装订：山西人民印刷有限责任公司

开本：787mm×1092mm　1/32
字数：221千字
印张：9　彩插：8
版次：2019年4月第1版
印次：2025年1月山西第2次印刷
书号：ISBN 978-7-5378-5800-7
定价：59.80元

关于插图

那是出自好友葛水平的不凡手笔。我极羡慕水平的天分，她笔下的那个水墨世界，那些人、兽、生灵、万物，如自由的精魂，天然去雕饰，却千姿百态、恣情肆意，朴拙而至美。

夏日的黄昏
夕阳在黄河上缓
缓沉落，几乎要
逼出她的眼泪了

真美、真美啊！

多年前，一个叫陈雀替的女人独自旅行，她来到了黄河边上的这个小镇，停留了一周，在离镇大约五里路的一个村庄，看到了一座荒颓破败的旧庭院，从此，这破败的院落就成了她心里再也放不下的一个念想。

念心的也年輕心

一個盲藝人唱
是誰的時光

一个盲艺人,手弹三弦,腿绑响板、铜镲,自敲自打自弹自唱三弦琴书,他唱的是旧时光,唱的是一个年轻女人的故事……

鬓边永远插一朵红花的姑娘

两年后，忧伤地坐在岸边，

她青春年少,身无分文,只身流落在这繁花地,还能怎么样呢? 最终,她做了那"神女"的营生,起了个花名,叫"红彩云",却不想,一下子,这朵彩云真的红遍河口,颠倒了城中众生。

时光飞逝,女人厌倦了这风尘中卖笑的日子,终于,她碰到了一个心爱的男人。那男人,英俊潇洒,重情重意,不计一切后果,娶她为妻,给她在离城五里路的村庄,盘下一处宅院。

目 录

水岸云庐 |

多年前，一个叫陈雀替的女人独自旅行，她来到了黄河边上的这个小镇，停留了一周，在离镇大约五里路的一个村庄，看到了一座荒颓破败的旧庭院。从此，这破败的院落就成了她心里再也放不下的一个念想。

　　又过了一些年，女人回到了这里。当她看到这愈加残破愈加荒凉的院子仍然坚挺在河岸山坡上时，心里竟涌起深深的感动，她想，原来你还在等着我啊。

　　那是一个夏日的黄昏，夕阳在黄河上缓缓沉落，晚霞满天，河水如同一条血河。河上有船，是载客的游船，静静地泊在岸边。女人在野草丛生的台阶上坐下，像凝视一个久别的亲人般凝视着眼前寂静无声的荒院，她从没在别的任何一处地方，见过这样的建筑格局，她也不知道该怎样称呼这些残破的建筑：明明是依山而建的窑洞，却又有着大大的歇山瓦顶、斗拱飞檐、柱础雕梁，以及精美的木雕门窗。虽然，那瓦顶几近坍塌了，长满野草，梁柱倾斜，门窗更是早已被拆得七零八落，但是，这废墟，这落日夕照中的废墟，有一种静穆的、辽阔而辉煌的美丽，几乎，要逼出她的眼泪。真美，真美啊。她默默地说。

一、彩云飞

一个盲艺人，手弹三弦，腿绑响板、铜镲，自敲自打自弹自唱三弦琴书，他唱的是旧时光，唱的是一个年轻女人的故事：

> 家住陕西米脂城，
> 四沟小巷有家门，
> 一母所生二花童，
> 奴名叫彩云。

这三弦琴书，是黄河边陕北、晋西一带流传的一种民间曲艺，弹唱者，都是盲人。他们几百年严守着一条祖传的戒律，就是，琴书不传明眼人。起初，唱三弦书是为了祭祀神明，酬神许愿，瞽目人做了世间百姓的代言者，似乎，他们生来具有通神的才能。于是，在晋西一带，他们一直被尊称为先生。还因此流传了一句俗语，说：明子（明眼人）不敬神。因为明眼人没有通灵的本领。

后来，唱琴书变成了一种凡俗的娱乐活动，可这祖传的戒律仍被他们严守着。而明眼人也从不越这禁忌半步，知道那是神明、苍天恩赐给瞽目人的饭碗。他们不能抢这饭碗：从前的人活得有规矩。

从前，盲艺人们敬三皇，敬的是天皇伏羲氏、地皇神农氏、人皇轩辕氏。年年农历五月初四、初五、初六三天，要在三皇庙起庙会，就叫三皇会。到这三天，盲艺人们，从河两岸，从陕北、晋西的沟沟峁峁四村八乡，汇聚到三皇庙，先举行盛大的祭祀仪式，然后，设书场，轮番登台，唱三弦书给神明听，这一唱，就是三夜三天。

这三夜三天，自然，不能唱关于这个女人的艳曲，那叫"打闲书"。这三天，要"说神书"。

不光三皇会，凡有村庄或人家求神降福、敬神还愿、祈天降雨，都要设书场，给各路神明说神书。安宅破土的，给土地爷、山神爷说书；撑舟走船的，给河神爷说书；养大牲口的，给马王爷说书；消灾消病则是给药王爷说书，祈雨自然是要给四海龙王爷说书。

后来，从上世纪四十年代末，这一切渐渐没有了。神书不说了，闲书也不打了，三皇会消失了，三皇庙拆毁了。再后来，盲艺人们唱起了时代新词，明眼人也破天荒入了行，再也没有了私设的书场。又后来，几十年后，当这里渐渐成为一个声名彰显的旅游古镇时，某一天，一个满脸沧桑的盲人，出现在街头，他弹起三弦，打起响板，用沙哑却十分动人的声音，颤巍巍地开口唱道：

家住陕西米脂城，
四沟小巷有家门……

琴书一出口，满街皆惊。上年纪的人脱口惊呼："呀，红彩云！"而年轻人则一脸懵懂，抬头看天，天空明净如洗，没有彩云的影子呀。那时，他们还不知道这是一个女子的名字，更不知道那叫作红彩云的女子是这城中怎样的一个传奇。一种温存的、柔软的伤感笼罩了小镇，这石头的城，它深处某一个地方被触碰了，原来它也有一颗血肉的心。

陈雀替出现在这小城，是多年以后的事了。

那时，古镇街头，有了专为游客说书的书场，这书场，有时设在茶馆，有时设在饭店，有时则是在家庭旅舍的餐厅。那也是一个夏天，陈雀替下榻在一个叫作春明客栈的旅馆，紧邻黄河，面河的楼上，有长长的厦檐，是绝好的观景平台。店家在这里安置了老木头的桌椅，挂起了大红灯笼，于是，这里就成了游客喝茶的茶室。凭栏俯瞰，黄河就在脚下，不动声色地流淌。白天，陈雀替就久久地坐在这里，看河。

那天，晚饭后，有几个游客托店家请来了一个说书的盲艺人，就在这临河的茶室开起了书场。陈雀替独自坐在一张桌前，晚饭也懒得去吃，面前的一壶茶早已沏得没了滋味。她并不热衷这些民间的艺术，也自知听不懂，就要起身离去。店家喊住了她，说："大姐，听个稀罕，捧个人场。"这么一说，她也就不好意思走了。

盲艺人是个老者，饱经风霜的脸上沟壑纵横，却有一种奇异而明净的笑容。他一边往腿上绑家伙事，一边就这样微仰着脸，明净地笑着，一一问客人"贵姓"。然后，他转轴拨弦，清清嗓，开口唱道：

> 黄河上星星数不清，
> 满座都是好宾朋：
> 陈女士，李先生，
> 尊一声韩刘赵宋众先生，
> 祝各位吉祥安泰福禄双全家和万事兴！

大家都笑了。原来，问客人姓氏，是为了这段"跳加官"。

一段长长的弦子过后，他脸上的笑容渐渐隐去，晚风拂来，是浩荡的河上的长风带来黄河水的腥气。他迎着河风，猝不及防地扯开了喉咙：

> 天上的星星赞北斗，
> 地下的古镇我唱河口

这类似于"叫板"的开场，直白，嘹亮，听上去不知道是赤裸裸的欢喜还是赤裸裸的悲伤。然后，一泻千里地，老人开始追忆他热爱的故乡如花似锦的繁华岁月。他弹着三弦打着甩板，用他嘹亮而颤抖的声音，为这些不相干的人们带路，溯流而上，逆着时光，回到那个"水旱码头小都会，九曲黄河第一城"。他指给他们看黄河上帆樯林立的盛况，指给他们看古商道上不断头的驼队马帮。他让他们听驼铃的此起彼伏，听压过黄河涛声的算盘的噼啪声响。他一一说给他们，那数不清的商家、票号、当铺、货栈都叫什么名，挂的是什么匾，那些酒肆、茶坊、饭馆、旅舍都开在哪条街、哪道巷。他还说到一个叫红彩云的女子，说只有这样的盛景才对得起、配得上她的美貌。他说得好热闹啊，说得人热血偾张。直说到，一天的晚霞散尽，月上中天，身后的小镇，已是灯火阑珊，可是，天下哪有不散的宴席？

奇闻怪事常发生，
年长谁也记不清，
二百年兴盛如刮风，
世事更改不容情。

一曲终了，三弦一拨，如同重重的叹息。

黄河上洒着安静的月光。它从容地、浩瀚地东流而去，这一刻，大地是如此慈悲。许久，客人们鼓掌、喝彩，发着白云苍狗的感慨。老人的脸上，又浮起了那种奇怪的、明净的微笑，不知道那是智者的超然还是婴儿的天真。一直沉默的陈雀替望着老人，这时突然开口问道：

"大爷，您刚才好像提到一个女人，叫红彩云是吧？她是谁？"

"哦，她呀？她可是个大美人！"不等老人开口，店家就抢过了话头，"她是河口最有名的妓女，她的故事可多了去了！哎，你们让先生再给你们唱一段《红彩云》听听！"

"哦，好啊好啊！老人家，再唱一段啊！"大家纷纷要求，座中听众，大多是男人，一听是个美女加名妓的故事，自然兴致盎然。

店家起身，把壶里的残茶泼掉，重泡了一壶新茶，说："这壶茶，不收钱。"一边给老人续上新茶："大爷，你喝口水润润嗓，给客人们好好唱唱咱红彩云。"

"啪——"一声，老人敲响了桌上的醒木，三弦声起，柔美而忧伤。琴声在河面上起伏跌宕。那时，陈雀替不知道，这将是改变她命运的一个时刻。

> 家住陕西米脂城，
> 四沟小巷有家门，
> 一母所生二花童，
> 奴名叫彩云——
>
> 二老爹娘太狠心，
> 只要银钱不要人，
> 把奴卖给残废军，
> 掀奴到红火坑。

书文很长，说书人的方言俚语，让陈雀替听得懵懵懂懂。她只懵懵懂懂听出了一个大致的意思，还有，就是说书人那种发自内心的痛惜之情。后来，在她弄明白了书文的内容后，才真正惊诧。这故事的开头似乎并不出奇，是个落套的老故事：因为旧式的买卖婚姻，一个好姑娘被迫嫁给了一个糟糕的男人，备受欺凌。姑娘不堪忍受这样不公的命运，毅然出逃，来到了河对岸这座当年被称为"小都会""小天津"的水旱码头。她青春年少，身无分文，只身流落在这繁花地，还能怎么样呢？最终，她做了那"神女"的营生，起了个花名，叫"红彩云"，却不想，一下子，这朵彩云真的红遍河口，颠倒了城中众生。

时光飞逝，女人厌倦了这风尘中卖笑的日子，终于，她碰到了一个心爱的男人。那男人，英俊潇洒，重情重意，不计一切后果，娶她为妻，给她在离城五里路的村庄，盘下一处宅院。一切，是那么圆满。

可惜，天妒美人，就在她新婚燕尔的蜜月佳期，那重情重义的男子，突然生疾病暴亡。彩云悲痛不已，跪在丈夫灵前，哀哀号哭，三天之后，心痛而死，追随爱人而去。

这决绝的一死，感天动地，也惊动了一整个河口。这重利的商城，动了情。城中商会出面，为彩云发丧。商家们，捐出银两，操办了这一对苦命鸳鸯的后事。据说，因为那男人执意娶彩云为妻，家中已将他逐出门户，于是，商会就在彩云的家乡，置了墓地，起了坟茔，厚葬了他们。送灵柩还乡时，一城的人，在河边渡口，在当年那个举目无亲的女子弃舟登岸的地方，举行了公祭，响器哀乐，声动两岸，纸钱纷纷扬扬，如雪落黄河。这客居的城，动容地送一个孤女衣锦还乡。

那年，她二十七岁。

陈雀替深深感动。她感动这城，一座满身铜臭的商城，竟如此悲悯。陈雀替还感动，一座满身铜臭的商城，竟解风情。并且，对美，心存敬意。

后来，在以后的日子里，陈雀替听到了形形色色关于这绝色女子身世、命运、经历的各种说法。民间三弦书的唱词，也各有不同。更有以红彩云为素材而创作的当代小说、电视剧等等。这另一种有代表性的版本，似乎给商会公祭提供了一个更合常理的背景。说的是，红彩云曾协助小城的商家，设计一举除掉了心狠手辣、贪腐霸道、鱼肉百姓的"厘金局长"。而在这样的版本中，她的命运也更加曲折跌宕，也更像一个传奇。

陈雀替并不追求真相。她不需要真相。她不做历史钩沉。她想要的，在那个夏天的月夜，在春明客栈的茶楼，那个笑容奇异而安静的说书老人，用他的方式，已经都给了她了。

二、云庐的诞生

那一年，已近不惑之年的陈雀替，遭遇了她人生中的大变故。她的丈夫有了外遇，出轨了。因为没有孩子，财产分割也没有异议，离婚手续办得很快。

结束了那一切，她出门旅行。

没有设计路线，没有预定，更没有报团，一切随心所欲。去看了长江，就想，再看看黄河吧。于是，去看了壶口瀑布。路上，听人说起了河口，说那里的民居怎样怎样，说那小镇从前如何繁华，如今怎么凋落。她喜欢凋落的地方。于是，乘上了一辆破烂的大巴，来到了这里。

坐在客栈茶楼上俯瞰黄河，觉得心里有一涌一涌的东西。不知道是什么，会突然鼻酸。直到那一晚，在盲艺人的书文里，和从前的古镇，和那个叫作红彩云的女子相识，她想，原来是这样，原来来到此地，是因为某种指引。

她在这个小城，寻找着那个旧时代美人的痕迹。她买绸缎的布店，买胭脂头油香粉的香料行，她居住多年的那条花巷。那些商家、店铺，早已没了踪迹，可是还存留着某种气息，整个小城都存留着那气息，忧伤，凄凉，慈悲。

后来，就看见了那座荒凉颓败无人居住的院落。有人告诉她，那就是当年那个有情有义的男人为彩云盘下的宅院，也是他们的新房，是他们想白头偕老厮守一生的家园。他们双双离世之后，房子几易其手，后来就听说，房子不太平，不干净。年深日久，慢慢荒芜下来。那荒院，从此，就盘踞在了陈雀替的心里，再也没有离去。陈雀替常常在心里对它说："如果我们有缘，你就等我，等我有能力的时候，去找你。你要等我啊。"

它真的等着。一年又一年。庄稼收了一季又一季，黄河水结冰了，开河了，送走了一个又一个凌汛。崖畔上的枣树，结果了，落叶了，又结果，满树的红枣，映衬着蓝天白云，好艳情。终于，有一天，它等来了她。它不动声色，而她，湿了眼眶。

她卖掉了离婚时前夫留给她的房产，辞去了外企公司高管的职位，携着她全部的身家积蓄，来赴这个庄重的约会。又几经波折，费尽心思，辗转找到了如今举家迁进城里的屋主，从主人手里签下了一个三十年的租约。租约签好那天，她一个人，带了瓶酒，带了几根火腿肠和一些卤蛋，来到院子里，席地而坐，铺张报纸，把吃食摆上。她豪迈地用嘴咬开了瓶盖，把纸杯斟满。顿时，酒香四溢。酒是本地的白酒，粮食酿造，她举起纸杯，把酒缓缓洒在地上，说："谢谢你等我。"是说这满地杂草的荒院，也是说别的。

那就是"云庐"的前生。

一年后，一个叫"云庐"的民宿精品客栈在黄河边出现了。那是一个令人惊艳的建筑。它保留了传统的"厦檐明柱高屹台"的形制和灵魂，又融入了现代建筑的元素。设计它的，是一个很有实力的设计师，卢彦，主持设计过莫干山、杭州等一些著名的民宿。他们合作得很愉快，甚至，比想象的还要默契。

卢彦比陈雀替要小几岁，他并不是学建筑设计出身，也没有特别显赫的学历。一个人，曾经在欧洲漂泊十多年，厌倦了，回国后就成立了自己的独立工作室。他学过油画，还会烧制陶器。陈雀替就是在参观了他坐落在北京郊外的工作室，看到那座原本平淡无奇的农家小院被改造成怎样一种惊艳的奇观时，断然决定把未来的"云庐"交给了他。陈雀替对他说："你教会我认识了两个词：'激情澎湃'和

'含而不露'，这正是我想要的。"

卢彦笑着回答："你找对人了。"

果然，她找对了人。

云庐保留了原本两进的院落，前庭后院两座主建筑之间，用一座非常现代的玻璃阳光房做了连接，使它成为一个被环抱的公共区域，同时，也是一个咖啡吧和酒吧。咖啡吧的名字，叫"偶遇"。面河的厦檐下，伸出宽阔的平台，那是云庐的茶屋。也有一个名字，挂在明柱上，叫"且流连"。客房每一间都有自己的名字——抚风、听浪、戴月、探云、簪花……而后进原本厢房的位置上，各起了一座独立的复式小楼，自成体系：客厅、卧房、有着大浴缸的卫生间和大大的观景露台。那是云庐最好的两套房间，一套，叫"旧帆影"，一套，就叫"彩云归"。

一切就绪。试营业的前一晚，陈雀替和卢彦两人，坐在灯光迷离的酒吧里，打开一瓶红酒。那是 1982 年的波尔多干红，是一个葡萄酒的好年份。他们为自己庆贺。夜深了，山庄的夜晚，黑得深邃无边，灯光璀璨的玻璃房，像黑夜袒露出来的明亮的心事，就算袒露着也无人可解。他们沉默地喝酒，卢彦突然说道："陈姐，我从来没有问过你，你造云庐，真的只是因为传说中的那个女人吗？"

陈雀替抬眼望着他，说："为什么这么问？"

"因为，你太爱它了，"卢彦说，"爱的，很痛苦，我想你没有理由去这样痛苦地爱一个传说中的人。"

陈雀替愣了一下，她转动着手里的酒杯，许久，说道："你说对了。"她把眼睛望向了窗外，望向了沉沉黑夜，"我母亲，也叫彩云。她在我十二岁那年就去世了。"她举起酒杯，轻轻啜了一口，"很多年，我都没有梦到过她，我都已经记不得她长什么样了。可就在那天，在我第一次找到这里，第一次看到那座荒宅，当天夜里，在河边的客栈里，我做梦了，梦见了我妈。她好年轻，好美，她对我说，'我的棉袄，还在吗？把它捎给我吧'……"她说不下去了。

漆黑的山村夜晚，寂静，神秘。黄河在不远处的峡谷里静默地流淌。她把杯中的酒，一口饮干，笑了，"不说这些了。你能听到黄河的涛声吗？这么静的夜，我怎么还是听不到它的涛声？"

"我母亲，也在我很小的时候就去世了。"卢彦直视着她的眼睛，突如其来地这么说，"那年，我才五岁，在幼儿园里上全托。我母亲，是自杀的，吞了安眠药。人们后来说，要是当时我在家，在她身边，她可能舍不得死。我就莫名其妙地有一种负罪感，觉得她的死是我的错。我长大后，我父亲告诉我，说就算那天晚上我在家，在她身边，她一样会做同样的选择。她是个烈性的女子，她的底线是，士可杀不可辱。因为第二天，要开一个批斗会，批斗她最好的一个朋友，革命群众给她发了一个最后通牒，说如果她不在会上公开揭发那个朋友，就让她们一起灭亡！我母亲没法选择，她既不能出卖朋友，也不能接受被批斗的凌辱……除了死，她没有别的路。那是，一九六六年……"

陈雀替的眼睛，湿润了。

"你知道吗？姐姐，我，其实很恨她。她为什么不能为了自己的孩子，屈服呢？她为什么就不能辱？我才五岁呀！有多少人，成千上万的人，不是都这么做了吗？真心认错的，违心践踏自己的，不是都熬过来了吗？有几个傅雷，有几个老舍？你看今天，当初斗人的、被斗的，你还能分辨出来吗？大家不都是众生中的一员？你见过几个人，真正为了过去，为了历史，刻骨铭心痛苦的？人人不都活得很欢腾？人人不都只是为了现实的境遇纠结、发愁？历史在他们身上有深刻的痕迹吗？哪一个人是背负历史活着的？一切是多么轻易呀，说声'我忏悔'，历史的包袱就从身上卸下来了，其实原本就没有什么包袱。你看过《苏菲的抉择》吗？我看了那个电影，好难过，为什么在我的身边，在我的生活中，经历了那样的浩劫，却看不到一个苏菲呢？为什么只有我的妈妈做了那样的选择？她丢下我的时候，就没有想过，一个五岁的孩子，以后的人生该怎么过？……"

他一口气，说了这些话，他说得很平静。他也不知道为什么会在这样一个夜晚，会对着一个工作伙伴，说出他内心最隐秘的伤痛。也许，是因为酒吧。他想，因为这顶级年份的好酒，醇香无比、魅力无可阻挡的好酒，使他袒露，忘形。也可能是因为，面对这个一身秘密的女人，他本能地感知到了一种熟悉的东西，一种让他痛惜和怜悯的东西。他也一口饮干了自己的杯中酒，望着她，说道："借着酒，姐姐，问你一句话，看在这好酒的份儿上，我唐突了。你母亲，是怎么去世的？是——"

"是我害死的，"陈雀替打断了他，"我害死了我妈妈，我杀了她。"

卢彦惊愕地张大了嘴巴。

没有星月的夜晚，黑如深渊。

三、丝绸棉袄

陈雀替永远忘不了，一九六六年，农历丙午年的端午节。那天是六月二十三号，星期四，是这个十二岁的小姑娘童年终结的日子。

清早，睁开眼睛，就闻到了香气，粽子的香气。那香气让她感到幸福：妈妈包的粽子，是天下最好吃的食物之一。她一骨碌爬起来，跳下床，跑进厨房。灶火上，一只大铁锅咕嘟咕嘟冒着热气，苇叶、红枣，还有糯米黄米混合起来的那种奇香，真是世界上最好闻的香味。她伸手就去掀锅盖，"啪"的一声，妈妈把她的手打了回去。

"看烫着你！还没熟呢，中午回来再吃！"

"我知道，"她嘻嘻一笑，说，"我就是来问候问候它们，一年没见面了嘛！"

"你问候人家什么？"妈妈也笑了，"黄鼠狼给鸡拜年，你当人家不知道你安的什么心？"

雀替抽抽鼻子，"哎？妈，我怎么没闻到火腿味儿？没包火腿粽子呀？"

"没有，"妈摇摇头，"我忘买火腿了。"

雀替有些失望，火腿粽子是她特别喜欢吃的，也是妈最拿手的手艺，怎么就会忘了买火腿呢？

"你还总是说我忘性大呢！"雀替抱怨说。

"明年吧，明年一定不忘。"妈歉疚地回答。

雀替家住在这城中一所独门独户的四合小院里，她的父亲，是这个北方城市的名医，在本城最著名的一所中医药研究所的附属医院里做医生，还兼任着副所长的行政职务。妈妈则是一个南方人，家庭主妇，没有工作。雀替是家中最小的女儿，上面有两个哥哥、一个姐姐。大哥叫家栋，小哥叫家础，姐姐则叫家樑。陈家有了栋梁，有了础石，有了门窗，也就不缺什么了，结果又来了一个她，于是，就有了"雀替"，中国式建筑上一个配件，可以很华美，也可以很朴素，当然，也并非必不可少。

从小，和小哥一吵架，小哥就说她："讨厌，你来我们家干什么？"

大人们说笑，也会说她，多余！而读中学热爱俄罗斯文学的姐姐，索性就叫她"多余的人"。

但，她其实是"谢公最小偏怜女"，是全家人的宝贝，特别是母亲的。母亲从来没有忽略过她任何细小的喜好，而端午节包粽子这样的大事，母亲居然忘了买她最爱的火腿，失望过后，她觉得有一点点奇怪。

不过，这一点点不圆满，并没有影响雀替的好心情，在所有的节日中，除了春节，雀替最爱的就是这个端午节。她喜欢有关这个节日的一切：粽子、香包、雄黄酒、火红的石榴花、艾叶、屈原、白蛇和许仙。她觉得这个节日非常鲜艳和浪漫。她也没从那一点点不圆满上看出什么蛛丝马迹，她不会知道那是一种什么预兆。

早饭后，她出门上学。

学校是由几排青砖灰瓦的平房组成，单调、呆板，有几棵杨树平庸地点缀其中。她们五年级一班的教室，在最后一排。她像往常一样朝教室走去的时候，听到教室门口有人说，来了来了来了！她有些奇怪，想，谁来了？

她迈进了教室。

"妓女！妓女！妓女！妓女！——"

突然间，轰鸣一般的喊叫，向她迎面砸来。男声、女声、跺脚声、拍桌子声，抑扬顿挫，欢快无比地包围着她，如同汹涌的浊浪、滔天的浊浪，顷刻间，席卷走了清晨的阳光、微风、节日的美好，以及她熟悉的一切。

"妓女！妓女！妓女！妓女！——"

她莫名其妙，却本能地感到了恐惧。她站在他们的对面，人群的对面，被抛弃，被驱逐，被侮辱，可她一头雾水，一点儿不知道缘由，她呆呆地站在那里，脸色苍白，她想，发生了什么啊，是在做梦吗？

"妓女！妓女！妓女！妓女！——"

上课铃响了。老师进来了。呐喊声戛然而止。她仍然站着，不知道往哪里去。

"怎么回事？"老师指着黑板，喝问。

黑板上，赫然地用粉笔歪歪斜斜写着一行大字："陈雀替，你妈是反动臭妓女！""妓女"两字上，还用红粉笔打了叉叉，血淋淋的，令人惊悚。

"谁干的？上来擦掉！"

鸦雀无声。

"陈雀替，你回座位上吧。"老师柔声地同情地说。

"臭味相投。"一个清脆的声音，在教室后排幽幽地响起。

"秦继红，你说什么？"老师疾言厉色地追问。

"我说，"叫作秦继红的女生，丝毫没有被吓住，"世界上没有无缘无故的恨，也没有无缘无故的爱，不对吗？你为什么包庇狗崽子？"

老师愣了一愣。"秦继红，说话要有证据。"

"革命群众的大字报算不算证据？"

"当然算。"

"好，那你自己去看吧！"秦继红幽幽地说。

老师语塞。

"她妈是臭妓女，她爸是国民党反动军官，可她却是我们的班长！请问，张老师，你是什么出身？"秦继红慢条斯理地问，嘴角上甚至挂着微笑。

老师的脸突然变白了。她嘴唇一阵哆嗦，"陈雀替的班长，从今天起，撤销。"她慌乱地说。

那天中午，陈雀替没有回家。她站在太阳地里看了那些大字报。白纸黑字，一张一张，散发着墨臭，锥心刺骨。太阳很毒辣，她却觉得冷。她浑身冒着冷汗，像打摆子一样发抖。她想，这不是真的，不是真的，这是梦，快让我醒过来吧，让我醒过来吧，求求你们！她抬头看天，太阳晃着她的眼，那么炫目，明亮得如同爆炸。她眼前一黑，什么都不知道了。

醒来时，已经是在家里的床上。一家人围着她，爸、哥哥、姐姐，还有妈妈。她最爱的人。她最信的人。她在哭。

"雀替——"看到她睁开眼睛，妈握住了她的手。

"我做梦了吗？"她问。

没人说话。妈把她的手握得更紧。

渐渐地，她忆起了一切。不是梦。多可怕，不是梦。她像被蛇咬了一口似的，猛然抽出了她的手，嘶吼一声：

"别碰我！"

妈的脸，一下子变得雪一样苍白。她张皇失措地望着她的孩子，她最小的女儿，她身上掉下来的肉。可她简直不认识她了。她的一双眼睛，充满仇恨、厌恶、冷酷、绝望，像冰天雪地一样让人胆寒。

饭桌上，是煮好的粽子，盛在一只大大的粉彩大碗里。那苇叶和红枣的香气，突然间，让她抑制不住的恶心。任性的，在疼爱中长大的孩子，十二岁的陈雀替，看着她的家、她的家人，知道她和有些东西、珍贵的东西，永远告别了。

一切，不过才刚刚开始。

转眼，红八月到来了。那才是真正的革命的狂欢节，此前的一切，不过是序幕和前奏，是小试牛刀。大字报早已不是仅仅贴在单位和机关指定的大院里，它们铺天盖地，遮蔽了大街小巷所有能够遮蔽的每一寸空间。大字报糊住了陈雀替家的每一扇窗户，遮挡了阳光，使那个家黑如地窖。抄家的革命群众，一拨走了，一拨又来。父亲的古书、字画，母亲的首饰、衣物，消失殆尽。官窑的青花、粉彩、釉里红、将军罐、花觚、胆瓶、餐盘茶盏，碎成了齑粉。批斗会开了一场又一场，而游街，热闹得如同节日的社火，人们争相观看，喜气洋洋，踩掉了鞋。是啊，狂欢节怎么能缺了闹社火的红火？

游斗母亲那天，陈雀替亲眼看到了。她们逼陈雀替围观。班里的一帮女生，以秦继红为首，挟持了她，她们说："今天街道上游斗吴彩云，你什么态度？"

她不知道该怎么回答。

"你是要包庇她？还是划清界限？"

"划清界限。"她慌忙地说。

"忠不忠看行动，看你的表现！"

"怎么表现？"她低声下气地问。

"怎么表现？"一直没开口的秦继红说话了，"带头喊口号！喊打倒你妈！打倒反动臭妓女吴彩云！"

"对对对！喊口号！喊口号！"女生们突然兴奋得像在做一个游戏。

"怎么？你不喊？"秦继红逼问。

"不，我喊。"她回答。

她说不出"不喊"。她不敢说那两个字。那两个字，千钧重，她十二岁的肩膀，扛不动。那是一条分水岭，是一条生死线。她们裹挟着她朝前走，她顺从地走在她们中间，如同一个小囚徒。她们和游街的队伍会合了。她看到了不堪的、悲屈的母亲。母亲被剃了阴阳头，脸上涂了墨汁，脖子上挂着沉重的大木牌，手里敲一个破脸盆。人们押着她穿街走巷，一边走，一边敲着脸盆喊："我是臭妓女！我是反动军官的臭老婆！"

她们哈哈大笑。她的同学们，那些孩子，她们是多么欣赏这种残忍的游戏。她们热爱残忍。她们推搡着陈雀替朝前挤，挤到人群的最前面，突然高声叫喊起来："陈雀替！陈雀替！喊口号！喊口号！快喊口号！"母亲听到了喊声，吃惊地抬起头，母女二人，眼睛碰到了眼睛。她们都被彼此的眼睛灼伤了。母亲的眼睛似乎在说："喊吧，孩子，喊吧！"雀替颤抖着嘴唇，慌不择路地喊出一声："打倒——臭妓女！——"声音尖利、颤抖却又冷酷。当母亲仓皇地地避开自己的眼睛时，雀替看到了那里突然涌出的泪光。

她扭头钻出了人群。

她跑啊跑啊，不知道要跑到哪里。哪里都是狂欢的人群，城市在沸腾。终于来到了一个僻静的地方，一条城市的污水沟前，人们把这里叫作"臭沙河"，她抱住一棵小树，一棵年轻的枣树，蹲下来，把脸紧紧贴在粗糙的树干上，无声痛哭。

很晚，她回到家。

母亲已经洗去了脸上的墨渍，头上戴了一顶护士的白帽子，遮住了难堪的阴阳头。晚饭摆在桌上，"和子饭"、发糕，还有一只煎蛋，盛在粗糙的大盘大碗里。她们谁也没说话。母亲已经习惯了陈雀替的沉默。自从端午节后，雀替再也没和母亲说过话。她残忍地沉默着。她其实也热爱残忍。母亲默默地给她拿来了筷子，小心翼翼地放在桌上。她扫了一眼，转身，走进自己的小屋。

第二天清早，朦胧中，她觉得有人轻手轻脚走到了她的床边，醒来后，她看见床尾放了一件叠得很整齐的棉袄。那是一件丝棉袄，黑色的绸面，盘着琵琶扣，上面撒落着金色的菊花。她认得，那是母亲的一件旧棉衣，抄家时，居然没有被抄走。可是它为什么会在这里？

她捧起棉袄，发现棉袄下面，压了一张小纸条。她捡起纸条，只见上面工整地写了一行字："妈小时候，家里很穷。妈是被卖到那种不好的地方去的。对不起。"她的手一阵颤抖。

她走出小屋，看见父亲和小哥在吃早饭。自从红八月以来，读高中的哥哥和姐姐就没有再回过家里，他们本来就住校，此举是为了说明他们和这个家划清了界限。窗户被大字报遮挡得密不透光，一盏昏黄的灯泡，吊在父亲的头上。他埋头在喝着一碗小米粥，雀替呆了一呆，她看到父亲的侧影，已然是一个苍老的老人。

没有母亲。

这个时间，是母亲被勒令去扫街道的时间。

桌上，摆着干净的碗筷，摆着盛粥的砂锅，玉米面摊黄，切成细丝的咸菜洋姜，红艳的腐乳，还有一个煎得完美无缺的煎蛋。这世上，只有一个人能够把鸡蛋煎得如此惊艳。

她给自己盛了粥，坐下。金黄的小米粥，香气扑鼻，香得让人心痛。她喝着粥，把头低低地埋进了粥碗。她听见小哥问父亲，说："下雨了。我妈出门穿雨衣没？"

父亲说："穿了。"他侧耳听了听雨声："这下雨天，怎么扫街？"

早饭后，父亲出门上班。可是母亲一直没回来。

雨在下着。是第一场秋雨。淅淅沥沥。雀替打开了房门，放进了一屋子的雨气，也放进了光亮。临近中午，小哥来到雀替身边，问道："妈怎么还没回来？"

雀替说："不知道。"片刻，雀替又说："早晨，她找出一件棉袄来。"

"棉袄？"小哥莫名其妙，"在哪里？"

两人来到小屋，看着棉袄，丝绸的衣物，不合时宜不合节令的衣物，幽幽的，有一种诡异的妖气。

"现在刚立秋，为什么要穿棉袄？还有，为什么要给你？"小哥瞪着雀替，追问。

"我怎么知道？"雀替生硬地回答。

"快去找妈！"哥变了脸色，"快，快去！"

两人冲出家门，冲进秋雨中。没打伞，没穿雨衣。他们先跑到母亲每天打扫的街道，没有她的人影。他们又跑到她常去的菜场、副食店、小卖部，还是不见她的踪迹。许是因为下雨的缘故，今天的街道，很安静，没有这段日子常见的喧嚣，没有游街，没有批斗会。他们兄妹俩，湿淋淋地站在雨中，茫然四顾，不知道该到哪里去寻找他们的至亲。忽然雀替撒腿朝一个方向跑去，她跌跌撞撞拼命跑向前方的公园，这城市最大的公园，那里，有湖。

母亲的尸体，傍晚时分，浮出了湖面。他们已经认不出母亲了。她面目全非，腹胀如鼓。火化前，雀替拼命地想把那件丝绸棉袄套到母亲身上，但是不行。没有一件衣服可以穿到那具庞大的身体上去了。那身体，原本那么苗条，美好。他们勉强给她套了一身父亲的中山装，身上盖了一床棉被，兄妹四人，谁也没有哭，沉默地送他们衣冠不整的母亲上路。

深夜，雀替听到了响动，她起身，来到外屋，只见父亲抱着母亲的骨灰盒，把他的脸紧紧贴在骨灰盒上，双肩一阵一阵抽动，压抑着自己苍凉绝望的哭声。雀替悄悄退回屋里，静静地坐着，一动不动。

黎明时，雀替因为高烧，昏迷不醒。昏迷中，听到一个声音，在她耳边说道："陈雀替，你杀死了你的妈妈！——"

听完这段故事，卢彦沉默良久。

"不能说是你杀死了自己的母亲，你还是个孩子，怎么能知道那件棉袄是在给你安排后事？是诀别？"

雀替摇摇头："不，我知道。两年前的暑假，我和妈去乡下参加过一个葬礼，死者是她的一个朋友，后来我猜可能是她一个当年的小姐妹。她没有生养过，抱了一个儿子，家里很穷，丧事办得很凄凉。记得在回来的长途汽车上，妈一直在哭。晚上，没人的时候，她对父亲说：'她就一身单衣走了，连件棉袄也没穿。'爸回答：'新社会了，不讲那一套。'妈转头对我说：'雀替呀，将来，等我死的时候，不管谁说什么，你一定要给妈穿棉袄，记住了吗？——'"雀替说不下去了。窗外，猛地传来一声夜鸟的枭叫。

"所以，那天早晨，一看到床边叠得齐齐整整的棉衣，我就懂了。

经历了前一天的那一切，让她的小女儿看到了最不堪的耻辱的一幕，她怎么活？我吓坏了，心里扑通扑通狂跳。可是……可是……我同时却奇怪地感到了一种解脱！她死了，我就不会再遭遇像前一天那么可怕的磨难了吧？原来，我一直一直有个隐秘的念头，想让她消失，让那个耻辱的源泉消失。我走出我的小屋，看到父亲、小哥，我什么都没有说。那天早晨，母亲精心地准备了早餐，有我们大家都爱吃的小米粥，有父亲喜欢的、百吃不厌的、妈自己腌制的洋姜，有小哥喜欢的摊黄，还有，我爱吃的煎蛋，煎得那么均匀、鲜亮、完美。这是她为我们准备的最后的早餐！只有我明白这是告别……我突然感到心疼，不是形容，是真的心疼，物质的那颗心在疼。可我，还是什么都没有说。我想，我并不知道，我什么都不知道。时间一分一分地流逝，一分一分，我错过了时机，救她的时机。

"那是个雨天，公园里人很少，后来，有目击者说，那天，看见她在后山湖边，走过来，走过去。还有人看见，她曾坐在湖边的长凳上，坐了很久很久。据说，那时，是上午十点左右。她是什么时间跳下去的，没人知道。死，毕竟不是一件容易的事。后来，我想，也许，她是在等我吧，她把她的生死交给了我，让我来决定。她可能还存了一点点希望，一点点幻想，幻想她最疼爱的小女儿会慈悲地赦免她，幻想亲人们会在地狱的边缘，拉住她的手，说，妈妈，咱们生死与共！可她什么都没有等来，她，她最后起身投向湖水的时候，该有多么凄凉，多么伤心和绝望……因为她终于知道了，女儿选择了，让她死！她的骨肉至亲，选择了，让她死！"

她哭了。眼泪奔涌而出。她无声地哭着，卢彦坐在她对面，沉默地看她哭。原来，不是所有的人，都健忘地活着。历史的伤口，原来，仍旧滴着永难凝固的鲜血。这个不幸的女人，她背着什么样的重负，从十二岁那年走到了今天，走过了半生的岁月。他没有安慰的语言，语言太轻薄了。无论是对于罪恶还是宽恕。他一阵鼻酸，人生怎么这么多无尽的苦难？

"我是个罪人。我知道我得用一生来赎罪。我也从不奢望上帝和一切神明的原谅。我更知道我不配得到人世间那些凡俗的幸福。我爱过人，有过家庭，但是离异了，因为丈夫出轨。我曾经那么想做母亲，可是，习惯性流产，最终导致了不孕。丈夫最后和我分手，也是因为情人怀了他的孩子。他提出离婚，我答应得很痛快，痛快得让他害怕，最后他甚至感到伤感，说：'雀替，咱们这么多年的夫妻啊，你一点儿也不留恋吗？'我留恋。可我不敢。他不知道，当我感到幸福的时候，我会害怕，我不相信幸福会降临到我身上，我知道它们转瞬即逝。当不幸到来时，我会长吁一口气，我知道这才是属于我的结局，我最终的命运。我承受一切厄运，那是我赎罪的方式，也是我对我母亲的忏悔……"

卢彦站起身，走上去，把这个不幸的、对自己如此残酷的女人、姐姐，轻轻地悲悯地拥在了怀中。

四、冬天的邂逅

几年后，云庐声名鹊起，成为民宿精品酒店的翘楚。

有人建议顺势造势，开连锁店，做成全国性品牌，也有人想投资进来，共同开发别的项目。但是，陈雀替一一拒绝了。她没有野心。她只要她的云庐，只要这座曾经的荒院。这个和母亲在梦中相会的地方。

只是，母亲永远停留在了四十二岁这样一个风韵犹存的年龄，而雀替，从中年渐渐走向秋后的晚境。

一年又一年，春夏秋冬，送走一批游客，又来新的一群。迎来送往，周而复始。冬天，黄河结了冰，冰封雪冻，游客稀少一些，是云庐的淡季。而卢彦，常常会在冰天雪地的某一天，突然出现在雀替面前，给她惊喜。他说："姐，想和你喝酒了。"

他们烧木炭，生铜火锅，涮羊肉，喝老白汾。窗外，雪花飘飘，大地无声而静美。雀替会突然涌起不安，她想，一切，都太美好了。

某一个晴朗的冬天，云庐来了一群客人。

他们提前预订了房间。一个团体八个人，包下了"旧帆影"和"彩云归"。

他们到来时，响动很大。八个大人，两个小孩，两辆越野车，一辆陆虎，一辆宝马 X5。八个大人，四对夫妻，四家人，两家住"旧帆影"，两家住"彩云归"。那两座复式小楼，各有卧房两间，带独立卫生间，有阔大的浴缸。楼下是客厅和餐厅，客人可以在房间点餐。楼上，则有一个大大的观景露台，夏天，那里是绝好的茶室。

两座小楼，内装风格则截然不同：一座是古朴加田园的中国风，另一座则是老洋房的格调。他们一群人，喧哗着，选房间，吵吵嚷嚷，意见不一。最终，带孩子的两家人，入住中国风的"彩云归"，另两家，住老洋房。

刚入住，一个孩子就把客厅茶桌上的一只茶杯砸碎了，那是一套杯中的一个。那套杯子，是卢彦在自己的柴窑里精心烧制的陶杯，古拙而雅致，雀替很是喜欢。碎了的茶杯割伤了孩子的手指，孩子哇哇大哭，孩子的家人急得大声呼喊："服务员！服务员！"

服务员闻声跑进去。

"你们怎么服务的？叫这半天才进来？孩子受伤了！"一群大人围拢着孩子，怒气冲冲指责。

服务员慌忙跑出去，拿来医药箱。碘伏、消炎粉、创口贴、棉棒，一应俱全。客房领班也闻讯赶来，帮孩子处理了伤口。孩子爷爷说道：

"要是感染了，你们酒店得负责！"

这话，领班和服务员不知道该怎样回答，想了想，领班说："先生，您要是不放心的话，我们带您和孩子去镇上的医院看看吧，看还需要怎么处理？"

"不用了，"男客人回答，语气缓和了一些，"我们认倒霉就是了。你们的服务不到位，明明看到有孩子入住，这些容易打碎容易让孩子受伤的东西，应该马上收到高处才对！"

领班道歉，一边和服务员清理茶桌，把所有的茶器临时收在了餐边柜里。清扫干净地上的碎瓷片，她们退出来，回到服务间里，领班骂出了声："鸟人！"

"那打碎的杯子怎么办？"服务员问。

"还能怎么办？你能让他们赔吗？跟经理汇报，我赔吧，该咱们倒霉是真的！"领班愤愤地说。

那天，雀替去镇上办事，回来后，服务员和领班向她一五一十地汇报了缘由。多年来，在这小小的酒店里，在这"江湖"之上，雀替也算见识了各色难缠挑剔的人物。她想，不管怎么说，孩子一来就受了伤，家人心疼着急，说话难听也并非不能理解。

"我去看看孩子。"她说。

"他们在餐厅吃饭，"领班告诉她，"他们是同学聚会，自驾游。说是有人多年在南方生活，想念北方的冬天，所以才在这个季节出行。"

"告诉餐厅，加一个孩子爱吃的甜品，酒店奉送。"雀替吩咐。

她来到餐厅。这个季节，又非节假日，游客不多。云庐的餐厅并不很大，包房也只有三间，但他们的菜肴却名声远播。镇上、县里甚至省城，甚至河对岸的陕西，有人专程开车过来，就为吃这里的私房菜。这里的几样看家菜，都是陈雀替的真传。高兴的时候，她还会为客人亲自下厨掌勺。

她让服务员敲门，走进客人的包房。

黄铜的火锅，红红的木炭，热气氤氲。一桌人，在涮羊肉。

"这是我们总经理。"服务员介绍。

"打扰了，对不起，"陈雀替礼貌地致歉，"听说孩子受了伤，我来看看。很抱歉，由于我们工作不细致，出了这样的事，还疼吗小朋友？"她俯身问那个受伤的小女孩儿。

"疼。"小姑娘认真地回答，"吃了糖才能不疼。"

她笑了。

"请问你叫什么名字？"

"莜麦！"又努力伸出三根小指头，"三岁！女生！"一口气自报了家门。

一屋人都笑了。

旁边，另一个略大些的女孩儿，瞥了她一眼，说道："幼稚！"

大家笑得更欢。

服务员端进来一个大托盘，上面是一盘精巧的小点心。

"好，三岁的莜麦，小女生，还有这位大朋友，请你们吃枣泥核桃糕。小莜麦你试试，也许，吃了它，和吃糖一样，伤口就不疼了。"雀替爱怜地摸着小女孩的小脑袋。

莜麦的爷爷说话了，他笑笑，说："好，接受你的道歉了。"

这时，坐在主位上的一个人，莜麦的奶奶，望着雀替，突然开了口："不过，对不起，难听的话我还得跟你这个负责人说说。我们是慕名而来，从网上，还有听人介绍，都说黄河边上的这个云庐如何如何好，比五星级酒店要更贴心更周到。所以我们第一站才选择了这里。我们几十年的老同学，天南海北难得一聚，没想到，这第一站，第一天，刚一进门就弄伤了孩子，总归，这事让人扫兴。作为一个精品民宿酒店，一个常常接待举家出游而非商务性质的小客栈，首先要考虑的应该就是孩子的安全，要尽量避免那些不安全的、华而不实的因素。看来，那些说你们如何完美的评价是言过其实了。总经理，我说得对吗？"

她微笑着，这样问。端庄，高贵，貌似娓娓而谈，实则居高临下、拒人千里。她很漂亮，一头闪亮的银发下面，是一张白皙的、没有一点儿皱纹和岁月痕迹的脸。两只和田白玉的水滴耳坠，轻轻摇荡，擦着她的脸颊，竟有一种少妇般的妩媚。

雀替一动不动，盯着她的脸，不回答。

"总经理？"

"哦？"

"我说得不对吗？"

"不，很对。"雀替回答，"谢谢你的忠告。我们会努力做到名副其实。"

她轻轻点头，告辞而去。

她一走出房门，莜麦的爷爷就大声说道："我说，老秦，你刚才那番话，有点儿刻薄了吧？"

"刻薄什么？"不等莜麦奶奶回答，另一个女客人就反驳道，"说得太对了！继红，我是没你这口才，小小一个民宿，还以为自己真是五星级大酒店，还总经理！明明就是个老板娘嘛。就该让她知道自己到底有几斤几两！"

"我说，消停点吧，吕亚非！"她的丈夫，一个身穿唐装、气宇轩昂、大腹便便的男人插话了，"毕竟是咱们的孩子打碎了人家的茶杯，把手割了。伤得也不厉害，人家紧着道歉，也没让咱赔茶杯，可以了。"

027

"还让我们赔茶杯？我看她敢说出这个'赔'字！人家宝贝孙女的手指头谁赔？你可真是胳膊肘朝外扭啊！再说了，就那几个破杯子，值几个钱？把她这一酒店的茶杯都加起来，恐怕还抵不上咱们餐桌上这条烟钱呢！住她这小客栈，是给她面子！"叫作吕亚非的女人叫起来。

他们桌上的香烟，叫利群——富春山居，两万元一条，是最贵的中国香烟。吕亚非的丈夫老刘，做焦炭生意发家，如今，转行投资文化产业。公司交给了留学归来的儿子打理，自己"归隐田园"。老伴儿当年最好的同学、闺蜜，在副厅级的职位上退休，从南方归来探亲访友，于是，老伴儿又约了两个旧日同窗好友，三家人，陪南方来的老同学自驾出游。

"来来来，大家涮肉！"老刘不再理睬老伴儿，"秦厅长，他们这羊肉真不错，是真正的草原羊，不是冒牌货。"

叫作秦继红的银发女人，半天一直沉默不语，此刻，她转脸对老同学吕亚非说道："亚非，你不觉得，这个老板娘，有点儿像一个人吗？"

"像谁？"吕亚非问。

"陈雀替。"

"谁？"

"陈雀替！"秦继红回答，"你不会忘了谁是陈雀替吧？"

"我当然记得，"吕亚非回答，"她妈是个妓女，后来自杀了，跳了湖。"

"对。"秦继红点头，"你不觉得，老板娘和她有点儿像吗？"

"我看不出来。你们呢？"她问另外那两个人。

那两人也摇头，说："没看出来。几十年没见了，早忘了她长什么样了。你还能记得她的样子？"

"继红大概应该记得，"吕亚非笑着回答，"那时候，你好像特别看她不顺眼，特别讨厌她，咱们那时候可没少找她麻烦，你还逼着她去看她妈游街，我们那时候可都是听你的呢。如果真是她，还有点儿尴尬吧?"

"怎么了？我们做错什么了吗?"秦继红认真地、坦然地望着吕亚非，"那就是一个革命的时代，我们只是做了时代要我们做的事。"

"对呀，错，也是时代的错。"另一个同学接口说，"我们那时候还是小孩儿，跟着大人们，闹着玩儿罢了。"

"我不这样认为，"秦继红回答，"我很珍惜我的少年记忆，我感怀我有一个风云激荡的青少年时代。"

她坦然地、磊落地望着她的少年伙伴，她们一时语塞。片刻，吕亚非举起了酒杯，郑重地说："继红，为我们的少年时代，干杯!"

"砰"地一响，几只酒杯碰在了一起，那是岁月的声音。她们突然都有点儿激动。杯中的酒，一饮而尽。

"你们说，你们同学的妈是妓女?"莜麦爷爷问道。

"是，说是还是个名妓，后来从良，嫁给了一个国民党的军官。总之，不是什么正经货。"吕亚非回答。

"奶奶，妓女是什么?"莜麦忽然仰着脸问。

秦继红望着孙女，愣了一下。

"是坏人吗?"

"幼稚!"大女孩不屑地插嘴说，"连妓女都不知道？是坏女人!"

大家惊愕，随即笑起来，

"这小东西，太聪明了!"莜麦奶奶说，"看来以后说话可得当心点儿。她们怎么什么都知道?"

"是啊是啊，现在的孩子，一个个都是小人精!"大家笑着感慨。

窗外，厦檐下，陈雀替在冷风中站了许久许久。

五、猫人

"姐！"

下午，卢彦开着他的越野吉普，夹带着一身寒气，突然出现在了云庐，出现在了雀替面前。

"姐，想吃你做的羊肉氽丸子了。"他一如往常，笑嘻嘻地说。

雀替没有说话，走上去，抱住了他，把她的脸埋在了他的胸口。

他一动不动。

"姐，你怎么了？"

"没怎么，"雀替回答，"想你了。今天，特别想你。"

"所以我才来呀！"卢彦双手搬过她的肩膀，仔细地凝视她的脸，"你哭过？"

"没有，你什么时候见我哭过？"她望着他笑了，"快坐下暖和暖和，看这一身的寒气！我来烧水泡茶。"

这是间套房，是雀替自己的房间。因为铺设了地暖，她选择了近似和式的内装，临窗有大大的榻榻米地台，有升降的茶桌，有喝茶的美器。那些茶器，都是卢彦千挑万选柴窑里的精品。墙角，一架明式花几上，一盆腊梅，静静地绽放着。黄河边酷寒的冬季，冰天雪地，榻榻米地台就如同一盘暖炕。姐弟俩，相对而坐，面前的茶桌上，精魂般的茶香，悄然四溢。

"这是桐木关金樽，上好的金骏眉。你不来，我不喝。"雀替说。

"姐，明年春天，我们在西班牙有一个展览，我和小雯都去，我们想让你和我们一起去。"卢彦说。

小雯是卢彦年轻的妻子，比他小很多岁，是一个美丽的油画家。

"我就不去了，你知道的，我对看世界，没有那么大的兴致。"雀替说。她知道，卢彦总是想尽办法把她从云庐这个小世界里引领出来。

"小雯画了一幅新作，是画你，题目就叫《姐姐》，画得很有意思，水波荡漾，像河妖。这是她的参展作品，她想让你在场。"

姐姐。雀替眼睛湿了。那是什么样的一幅作品？水波荡漾，只有内心纯良的、天真幸福的人，会那样描绘她。她爱怜地望着卢彦，望着这早已胜过骨肉的亲人，笑着，说道："卢彦，小雯是个好姑娘，你要答应我，让她这一辈子，都做一个幸福的女人，幸福善良的女人。"

卢彦深深地望着她，许久，说道："一定发生什么事了，姐，是什么事？为什么我心里会这么不安？"

雀替笑了，"是发生了点儿事，客人打碎了一只茶杯，是你烧的杯子。那是我的爱物。为这事和客人发生了不愉快，都过去了，可我还是有点儿伤感。"她这么说。

卢彦将信将疑。他端起茶杯，喝了一口，很香。一边默默打量这个房间，有几个月没来了，这里，似乎没有任何的改变，除了几本新书、几册新杂志，一切，都是熟稔的，旧的。生活似乎在这里凝固了。就连花几上的那盆腊梅，绽放的好像也是去年的旧花朵。花盆旁，树立着一只瓶子，一只粗陋的塑料瓶，是一件眼生的东西，看上去突兀而奇怪。

"这是什么？姐，'猫人'？是猫食吗？你养猫了？"卢彦疑惑地问。

"哦，没有，这是灭鼠药。"雀替回答，她回答得略有些急促。

"怎么？云庐闹老鼠了？"

"不是，是镇上发的，有几家民宿在闹，让大家统一灭鼠，"雀替说着站了起来，走过去把瓶子抓了起来，"你不是要吃羊肉氽丸子吗？我这就去给你做。刚好，我吊了一锅好汤。你先自己喝茶。"她站起来，笑笑，走出去。

太阳西斜了。冬天的黄昏，来得很早。卢彦喝了茶，想打个盹，却怎么也眯不着。他心神不宁，起身出门，四处闲走。他来到最爱的阳光房，里面没有一个客人。他挑了临窗的位子坐下，不一会儿，听到了轰鸣的汽车声。随后，一群人喧闹地走进来，穿过前厅，穿过阳光房，朝后进院子走去。

卢彦听到了服务员的声音，服务员说："请问，几点钟给你们开晚饭？六点半可以吗？我们总经理今天会亲自掌勺，给各位烧两个拿手菜。"

"哦？是吗？那好啊，就六点半开饭吧。"听到客人回答。

阳光房又安静下来。

但是没有多久，两个小孩儿跑进来，吵吵嚷嚷地在高大的绿植间跑来跑去。一会儿爬上沙发，一会儿又爬上吧台凳。玩着玩着，不知道因为什么，听到她们口角起来，一个说："讨厌，捣蛋鬼别捣蛋！"

"我是朵拉，你才是狐狸捣蛋鬼！"

"你打碎人家杯子，还不赔，你是大坏蛋！"

"你是大坏蛋！你……你是坏女人，你是……你是妓女！——"

"啪"的一声，大女孩打了小女孩一个嘴巴。小女孩"哇——"地哭起来。只听大女孩说："你才是妓女！你是你奶奶说的那个跳河的妓女！——"

卢彦腾地跳起来，二话不说，朝后面跑去。

她在厨房。她在给她的弟弟，她人生的知己，做羊肉丸子。她选了最合适的好羊肉，小心去掉每一条筋络，不用绞肉机，不用料理机，就用手，用张小泉菜刀，在案板上，一刀一刀剁碎，又用手，一下一下，摔打成泥。她用调料腌制它们，比以往任何时候都更精心。同时，她也在烹制着另一锅汤羹，那是一锅用各种好食材吊出来的鲜汤，过滤后，将如水般清澈。这锅汤，她先倒出一砂锅，是给卢彦余丸子用。另一大半，则是为那些贵客准备的。她要为他们做一道惊艳的清水白菜。她要让他们尝遍油腻、吃腻山珍海味的舌头醒一醒，让舌头上的味蕾透透气。她不计成本，挑了十棵满意的大白菜，一层一层，剥掉菜帮，留下幼嫩的小小的菜心，洗净，滤水，菜心们躺在滤盘里，静静的，有一种将要赴汤蹈火的悲情。雀替眼睛湿了，"对不起。"她轻轻对它们说。

六点半开晚饭。这道菜，将是一道压轴菜。在上完六个凉盘，六道浓墨重彩浓油赤酱的热菜之后，它将登场。

清澈的鲜汤，盛在精致优雅的天青色碗盅里，每一碗中心，卧着小小一棵鹅黄翠绿的白菜心，上面，飘着三五粒鲜红的宁夏枸杞。鲜明如画，滋味清甜、跳脱、醇厚，回味无穷。十只小盅，只有其中一只，略有不同：盅盖上描画着小小一朵腊梅，如同一滴血。这只盅，将会摆在主客的面前。

同样的另一只盅里，留了一盅清汤，扣在那里。那是雀替为自己准备的。

这最后的一道压轴菜，雀替要自己亲手安排亲手送给客人。在备餐的小室里，她支开了服务员。然后，她做了一件事。她如赴战场一般，端起大托盘，转身出门，拐出幽暗的过道，来到前厅。她定定神，然后，走到了包房门口。伺立在外面的服务员接过了她手中的托盘。

她敲敲门，走进去。

光明的、热气腾腾的房间，扑面一股浓郁的酒香，以及被酒精催生出的奇妙、亲昵、放纵的欢快。一桌子男男女女，都有了酒意，人人春色满面。看到她进来，昔日的煤老板、如今的文化公司董事长，老刘，第一个叫起来："哎哟，经理大驾光临了！我说经理，你这精品民宿果然名不虚传啊，这大厨的手艺，比得上米其林三颗星了！来来来，经理，我敬你一杯！"

他太太，那个叫吕亚非的女人，半嗔半笑地夺下了他手中的杯子："行了行了！刘孟德！别借酒盖脸，胡言乱语！"一边抬头对雀替笑笑，"不好意思啊，他喝高了。"

"谁说我喝高了？这才哪儿到哪儿？"

雀替笑笑，回身从配餐台上取了一只干净的酒杯，走上去，拿起桌上的酒瓶，斟满了，举起来，说道：

"刘先生谬奖了，我这小小民宿，哪里敢妄比米其林餐厅？吃的也就是个家常罢了。不过，尽管是溢美之词，听着总归是高兴的，就算是对我们的鼓励吧！我借花献佛，诸位贵客，能在这天寒地冻的日子光临我这'乡村小客栈'，也是——三生有缘，来，我敬各位一杯！"她一仰脖，饮干了杯中的佳酿，说："好酒！——我没有别的，奉送各位一道菜吧，虽不是山珍海味，却也是我用心用意烹制的，算是我对各位的一点特殊心意——来，服务员，上菜！"

服务员端着托盘，走上来。

"别弄错了，"雀替说，一边亲自端起了那只描着腊梅花的、清香的小碗盅，"这是主客的。"她说，然后把它双手捧到了莜麦奶奶——秦继红面前。再然后，天青色素瓷净底的小碗，一只一只，摆上了桌。

刘董，刘孟德，揭开了面前小碗的盖子，"哇——"地叫出了声："好家伙，艺术品啊！"

莜麦爷爷也不禁啧啧称叹。

"谢谢经理啦！"刘孟德打了一个酒嗝，"这样吧，我来献歌一首，感谢经理的一番美意！"

"刘董，不劳你大驾！"桌对面的秦继红突然开口了，"亚非，你来一段吧，多少年没听你唱了，很想听啊。"

"行啊，这还不容易？你说吧，唱段什么？"吕亚非笑着问。

"《红灯记》吧，"秦继红回答，似乎是不经意地扫了陈雀替一眼，"打不尽豺狼决不下战场。"

"不好不好，不应景，"老刘说，"来段《贵妃醉酒》吧，'海岛冰轮初转腾……'"

"不！我就想听《红灯记》！"秦继红收起了微笑，正色地几乎是挑衅地望着老刘说。

"《红灯记》有什么好听的？"

"那是我们少年和青春的珍贵记忆。"秦继红一字一字清晰地回答。

"好好好！就唱《红灯记》。"吕亚非急忙打圆场，"本来那就是我最拿手的，我这个李铁梅，当年，也算红透我们学校半边天呢！"

她喝口茶，润了润嗓子。

"听奶奶，讲革命，英勇悲壮，却原来，我是风里生来雨里长……"

突然地，她唱起来，字正腔圆。气息略有些不稳，但，声音却仍然有一种青春的激情和真诚。非常奇怪，陈雀替听着听着，觉得心里一动。她望着那个暮年的歌者，歌唱使她的眼睛如一个少女般明亮、湿润、纯真。仿佛它们穿过了生活和岁月的重重雾障，在某条永恒的河流里缓缓沉浸。那一刻是安谧的、温情的、干净的，也是激昂的，但那激昂和豪迈铁血的唱词无关，和《红灯记》无关。陈雀替猛然感到剧烈的心痛，为一切，为被戕害的、摧残的一切。

"你在做什么，陈雀替？"一个冷峻的声音在她心里这么问，刹那间，冷汗流了下来。

一曲终了，大家鼓掌。

"好啊吕亚非，不减当年啊！"大家纷纷称赞。

"不似当年，胜似当年。"秦继红向朋友微笑，"谢了，亚非。"

"来来来！别光顾着说话，尝尝经理的这艺术品吧，凉了，就对不起这美味了。"老刘招呼大家。

"奶奶，奶奶！"莜麦突然叫起来，"我要花花碗，我要你的花花碗——"

她一边喊，一边从宝贝凳上探出身子，去够旁边那只描花的碗盅，那只特别的有一朵腊梅花的器皿。那腊梅，小小的一朵，落在盅盖上，鲜红欲滴。陈雀替一惊，几乎是本能地上前一步紧紧按住了孩子的小手，说："烫！小心——"顺势一抬胳膊，衣袖一扫，"啪——"的一声，那只描花碗盅，那朵无辜的腊梅，血滴子般的腊梅，应声落地，粉身碎骨了。

"哇——"的一声，小莜麦放声大哭，一边哭一边喊，"不是我打碎的，这次不是我打碎的！——"

"知道，知道。"陈雀替长长地、长长地呼出一口气，她搂住了孩子的小肩膀，"对不起小莜麦，对不起，是我不小心，是我——不好。"她望着孩子清澈的泪眼，这么说。

风平浪静之后，她走出包房，拐进幽深的走廊，一抬头，迷蒙的灯光下，站着一个人，卢彦。

他们四目相对。久久地。

突然他向她跑来，一把搂住了她，把她紧紧搂进怀里。她在发抖。她的头发、衬衣，都被冷汗浸湿了，她就像跋涉了千山万水一般累得虚脱。她说："卢彦，卢彦，卢彦，你不知道吧？你不知道吧？"

他回答："姐，我知道，我知道，我知道。"

"你知道什么？卢彦？"

"我知道，我的姐姐，善良、悲悯，她……她不是他们，她不会，以恶制恶——"

"不不不，你错了卢彦，我和她们，没有什么不同，我们都是，都是纯真的恶魔，或者说，我们的身体里都住着这样一个恶魔。我没有……没有把那件事做到底，不是别的，是因为我突然间困惑了。我想，我在审判谁？我有资格去审判任何人吗？我没有资格啊——"她无声地哭了。

"不，"卢彦回答，"姐，不对，那是因为，你真正想要的，不是这样的结局，不是这样的审判！你、我，我们想要的，不是这样的审判！所以，所以你才没有干傻事，苍天在上，你没有干傻事……"

"也许吧，也许吧，"她泪流满面地、呢喃般地回答，"也许，我比自己认为的要善良一些，当我走进包房，看到两个孩子，特别是那个小莜麦，我心里一阵恐惧：我怎么能在孩子面前做这样的事？那太残忍了！也许就在那一瞬间，我其实已经放弃了……"她抬起了蒙眬的泪眼，"我放弃了，卢彦，你知道我放弃了什么吗？我为自己也准备了同样的一碗汤……现在，我又可以苟活下去了，又可以看见明天早晨的太阳，看见冰封的黄河，打理我的云庐，和平常一样，活着，却多了一份罪孽！……"她说不下去了。

"姐，"卢彦的眼睛湿了，"假如，假如你真那么做了，我会恨你一辈子，就像恨我妈，"他说，"我又一次被一个亲人抛弃了！……"

"卢彦！"

"所以，你必须活着，忍受，为你的母亲，赎罪，用你的一生。"他说。

"那么，谁来审判他们？"她望着他，无助地、困惑地这样问，"谁来审判这一切？"

"我不知道，"卢彦悲伤地、诚实地回答，"姐，我不知道。我只知道，我在一个对的时间来到了这里，太庆幸了。"

是，他是多么庆幸啊。假如，他没有在这个原本寻常的冬日，突然决定来云庐，假如，他没有无意中看到那瓶毫不起眼的"猫人"，假如，他没有在阳光房里听到两个孩子的对话，假如，他没有当机立断，四处搜寻，趁人不备找到她藏在了配餐室里的"猫人"，把它倒进下水道，冲刷干净瓶子，然后又灌入了清水，那么，此刻，有可能，他就已经失去她了，有可能，这个夜晚，这里将是一个万劫不复的地狱……是啊，面对一个被仇恨折磨、烧灼的女人，他做了手脚。他怎么敢期望一个疯狂复仇的女人悬崖勒马？然而，她奇迹般地做到了。姐，亲爱的姐姐，他在心里这样喊，柔情四溢，又无限凄伤。原谅我，他默默地说，我永远不会告诉你这个秘密，永远不会，那就是，我曾经动摇过对你的信任，对善良的信任。

六、诗篇

第二天上午，这群客人，离开了云庐。

办理完退房手续后，客人们鱼贯走出了前厅。像往常一样，陈雀替在门口送别。这是云庐的规矩，一个民宿应有的礼节。

陈雀替礼貌地平静地和他们一一道别，包括那个叫作"秦继红"的女士。那位女士，牵着她的小孙女，仍然那么端庄、高傲，一条鲜红的羊绒围巾围在脖颈上，把一头银发衬托得更加夺目而漂亮。她走过了雀替身边，想了想，又返了回来，她说：

"你知道吗？你长得很像我们的一个熟人，我们的小学同学。"

"是吗？"陈雀替望着她，回答说，"你们的那个同学，叫什么名字？"

"陈雀替。"她回答，"这名字很特别。"

"真巧，"雀替说，"和我同名同姓。"

秦继红微微一怔。"真巧，是真巧。"她说。

"不过，我不是你们的同学，"雀替回答，"假如，我是你们的那个同学的话，久别重逢，不会这么平静吧？恐怕，会发生些什么，对吗？"

"可能吧。"秦继红微微一笑。

她们对视了一会儿，雀替说："再见。"

秦继红也说："再见。"

可她们都知道，此生，恐怕不会再见了。但秦继红不知道的是，在黄河边上的这个"小客栈"，在那个天寒地冻的夜晚，她和什么东西擦身而过。她大概永远也不会知道。

她牵着她的小孙女，走出了大门。

忽然，三岁的小女生，小莜麦，挣脱了她奶奶的手，转身从外面又跑进来，跑到了陈雀替面前。

"我打碎了你的杯子，"她说，"可是我没钱赔。我赔你这个，行吗？"

说着，她伸出了她紧握着的手，展开，小手心里，是一个棒棒糖，她最珍爱的东西。

陈雀替的眼泪，夺眶而出。她蹲下身，郑重地接过了那颗糖，握住了她的小手，在花蕾般的手心里，深深地亲吻了一下。

"谢谢你，小莜麦。"她说。

那一刻，她感谢神对她的拯救。

2017 年 2 月 25 日草成于海南临高碧桂园金沙滩

4 月 15 日改于京郊顺义

朗霞的西街

一、"活泼地"

西街是朗霞的家。她家住在西街一个叫"北砖道巷"的小巷子里。从那条小巷子里出来，一抬头，就看到了巍巍的鼓楼——那是这个小城最醒目也是最壮阔的地标。

鼓楼建于何年何月，朗霞不知道，也从来没想过这一类的问题。在朗霞的眼里，它好像一个自然的、地老天荒永恒的存在，就像城外的田野、远山和那条叫作乌马河的河流。东、西、南、北四条街道，从它巍峨的身下，向四方伸展开来，组成了这小城毫不复杂的端正格局：就是一个初来乍到的陌生人，也很少在这端正清白的小城中迷路。

西街是一条长街，石板路两旁，都是灰砖灰瓦高大的老建筑，长长的出檐，露明柱，坚固的石础。楼上的房屋缩身回去数尺，再宏大的楼宇，看上去也有了一种谨慎而谦恭的姿态，不炫耀，不声张。出檐下，家家挑着两只走马灯，夜晚，走马灯亮起来，无论寒暑冬夏，一团团昏黄的光晕，为夜行人照路。在没有路灯的年代，那是西街的仁慈，也是，西街的一点奢侈。

自古以来，这小城，就是东街穷，西街富。

西街上，曾云集了各种商号：这个隆，那个昌，或是什么裕什么泰的。这些商号，都是大买卖，分号设在全省甚至全国各地，而西街，则是它们的大本营。所以，西街上的商号，从不在这条街上设门面。迎来送往的，都是大客商。也正是因为这个缘故，平日里，这条街，比起店铺商铺鳞次栉比的南街来，反而要幽静、清冷，就像一条不动声色的幽深的大河。

当然，这是在没有朗霞之前。从朗霞记事之后，那些个商号，这个隆那个昌的，就都慢慢消失了。有的公私合营，有的干脆没了下落。旧时王谢堂前燕，飞入寻常百姓家，所以，朗霞的西街，已是兴衰史落幕之后的那种家常和平淡。尽管如此，走在西街上，那深宅大院、那在一个孩子眼中分外宏大的楼宇，仍旧有一种掩盖不住的神秘，又神秘又衰败。

朗霞的家，北砖道巷，是西街中腰的一条小横巷，窄窄的、长长的，她家在巷底，独门独院，院门坐西朝东。小小一座四合院，进门就是照壁，拐进去，院子齐齐整整，青砖墁地。北屋前，一左一右，种了一棵石榴一棵丁香。春天，丁香开白花，夏天，石榴开红花，也许是因为这两棵树的缘故，通往后院的月洞门上，一里一外，各凿了两个字，一边是"如云"，一边是"似锦"。这树、这字，从朗霞家买下这宅子时，就在了那里。没人知道，它们已经存在了多少年，也没人知道，种这树凿这字的人，如今又在哪里。

拐进月洞门，就是后院。后院里，有一棵老榆树，有茅厕，还有一个地窖——那是为储存冬菜用的。这黄土地上的小城，几乎家家都有这样一个储存冬菜的地窖，平地里深深地挖下去，再将一侧朝里掏空，如同战时的防空洞。只不过，有的人家讲究一些，用砖将洞碹起来，就像碹窑洞，而大多人家，则是一孔裸窖。那地窖里，冬暖凉夏，盖子一盖，是天然的储藏室。

家家后院，差不多都是这样的格局。

朗霞家有一点不同的地方，说来有趣，那就是，她家的茅厕上方，门楣的条石上，竟也凿了几个字，那几个字是"活泼地"。

幼小时，朗霞不知道那几个字是什么字。后来上了学，念了书，慢慢大起来，每次如厕，进门时一抬头，常常会心地一笑。朗霞想，从前，住在这院子里的人，盖这院子的人，一定是个十分有趣的人。

朗霞自己，则是一个心思细腻的孩子。

这孩子，在西街的这个家里，一直住了十年。本来，她以为自己至少要到十八岁，也就是高中毕业才会离开西街，离开这个叫作"谷城"的小城，却不知道，自己竟会是以那样一种惨烈的方式，和它告别。

马兰花嫁给陈宝印那年，陈宝印还是国军的一个连长。用她娘的话说，人长得还算"排场"，只是比马兰花大了整整十岁。马兰花刚满十八，而陈宝印，则是二十八。马兰花的爹妈，在百里外的小镇，开着一爿小小的杂货铺，当年，陈宝印的部队，就在那里驻防，常常到马家那个杂货铺去买香烟。那个杂货铺，芜杂、阴暗，气味浑浊，却有一朵鲜花又幽静又张扬地生长着。陈宝印托人去马家说媒，马家甚至没有问陈宝印在自己的家乡有没有结发原配，就一口答应了这门亲事。

穷家小户的闺女，不在乎名分。

陈宝印在家乡，读过几年私塾，通文墨，虽是行伍之人，却也解几分风情。新婚第二天，清早，他学"张敞画眉"，给他的小新娘梳头，他笨手笨脚，捏着桃木梳，生怕扯疼了她。她仍旧有些羞涩，垂着眼皮，不好意思去看镜中的那个男人。他则是费了九牛二虎的气力，也绾不好那个发髻。终于，他放弃了，说：

"这家伙，比打场仗还吃力！"

她笑了。

他看着镜中那张笑脸，觉得自己的心化成了一汪春水。许久，他对镜中那个甜美的女人说：

"兰花，这一辈子，我要让你不管什么时候想起来，都不后悔嫁给了我……"

就是这句话，这一句新婚燕尔的诺言，让马兰花心甘情愿为这个男人去赴汤蹈火。

起初，他们小夫妻住在租来的房子里，他总是换防，他们的家，也就总是搬来搬去。他们俩，就像一对不断迁徙的鸟，东飞西飞。几年下来，她总是坐不住胎，最可惜的一次，一个六个月大的男婴，竟然流产。她非常伤心，他却沉得住气，说：

"我们命里无儿，何必强求子？"

她生气了，问他说："我们缺了什么德？会命里无儿？"

他长叹一声，说道："兰花，这兵荒马乱的乱世，我一个扛枪打仗的，朝不保夕，你又何必要一个拖累？——"

兰花一边伸手捂住了他的嘴，一边"呸呸呸"朝地上吐了几口，"陈宝印，你想得倒美！你要敢让枪子打死你，我追到阎王殿也要把你揪回来！哼，当我不知道？你是怕你地底下结发的黄脸婆一个人恓惶，想去和她做伴了，对吧？"

陈宝印笑了，一把把马兰花搂在怀里，说："有你这不讲理的小妖精，我哪敢？"

当马兰花再一次有喜的时候，陈宝印终于为妻子买下了谷城的这一处宅院。那时，他晋升成了营长，又恰逢房主急于将这宅子脱手，再加上一个得力的中人，陈宝印几乎就像白捡似的拥有了这小院。正是初夏的季节，小院里，那棵石榴树满树的繁花，云蒸霞蔚，他们俩站在树下，陈宝印说：

"要是生个女儿，就起名叫个'霞'。"

"要是儿子呢?"马兰花问。

他抬头看了看月洞门，看见了那砖雕上的字，"要是儿子，就叫个'云'。"他回答。

"怎么听上去也是女里女气的?"马兰花有些不解。

他没有回答。他心里想，"霞"和"云"，都是易逝和易散的东西啊，人的命，又何尝不是?

陈宝印没有来得及看见出生的小女儿，就随同部队匆匆开拔，离开了谷城，开赴前线。这一走，就再也没有回来。马兰花知道，只有两种可能，要么自己的男人是战死在了枪林弹雨里，要么就是随溃兵一起，去了远天远地的台湾。

不管哪一种，都是生死两隔。

朗霞没有见过父亲。但是她并不十分觉得，有个爸爸是件多要紧的事。

不懂事的时候，很小很小的时候，她曾好奇地盘问过母亲，她说: "人家家里都有爸爸，我爸爸呢?"

母亲淡漠地回答: "死了。"

母亲又说: "有爸爸有什么好? 你看引娣，她爸爸喝醉了酒，总是打她。"

"哦——"朗霞恍然大悟，点点头。

确实，朗霞没觉得自己的家有什么不好。这个家，除了她和母亲、奶奶之外，再没有别人。奶奶也并不是朗霞的亲奶奶，原是从前家里的老女佣孔婶，多年来一直跟随着母亲，无儿无女，早已把这个家成了自己的归宿。母亲在百货公司的门市部站栏柜卖布，薪水不多，但在谷城这样的小城，养活一个三口之家，若精打细算还算勉强。再加上，奶奶在家里，除了做饭理家，还会帮人缝缝补补做衣服之类，给家里赚一些零用，也给朗霞赚来那些吃酸枣面、柿饼、黑枣以及喝丸子汤的零嘴钱。

何况，她们到底还有一些家底。

奶奶和马兰花，都是那种心灵手巧的女人，也都爱干净。她们的家，永远窗明几净。炕上的油布，纤尘不染，灶台锅盖，让奶奶用一块猪皮擦拭得如同镜面一样明光明亮。向阳的窗台上，常常有养在清水里静静开花的白菜心或是绿绿的蒜苗，使这捉襟见肘的日子有了一点从容而坦然的底色。院子里，奶奶种了十样锦、喇叭花、萱草和凤仙花，凤仙开花的时节，奶奶会让小小的朗霞坐在小板凳上，用石臼将明矾和凤仙花瓣捣碎，裹在朗霞的十个小手指上，给她染红指甲。

晚风吹过，一朵石榴花落下来，又一朵。青砖的地上，静静地躺着花朵的尸骸。

起初，有人想来租住他们的东西厢房，说这样也能补贴一些家用，但是马兰花没有答应。马兰花说，再等等吧。

来人说："兰花呀，你还等什么？莫非等你那死鬼男人还阳？"

马兰花回答："哎，我实在是舍不得这院子。"

没人知道马兰花等什么。

夏去冬来，又是一年过去了。来年春天，丁香开花时，她做出了一个决定，把半个院子连同东西厢房一并捐给了公家。只是，她提了个要求，让公家紧沿月洞门边给她砌了一堵墙，又在旁边围墙上，开了一个小小的院门。这样，她们的院子，仍旧算是独门独院，却没有了规整的格局，自然也没有了照壁。狭长、局促的一条，离北房的出檐不足三米，一抬头，就是高墙，碰得眼睛生疼。最可惜的，是那两棵树，石榴和丁香，也被阻隔在了高墙之外。奶奶说：

"兰花呀，看看这碰头墙，咱这就像是坐监一样了。"

马兰花说："横竖是个保不住，婶子，咱得知足。"

奶奶不再吭声。她知道马兰花是对的。

自然，说什么话的人，都有。有人说她是假积极，也有人说，寡妇门前是非多，她这样壮士断腕般决绝，是为了堵众人的嘴。当然，更多的人说，她是识时务：一个死了的反动军官的房产，迟早免不了充公的命运，总比等着公家来没收强。

这样的变故，对于幼小的朗霞来说，几乎是没什么影响的：狭长的小院，也足够她一个人跑跑跳跳。长大的她，其实记不得旧宅院的面貌了。只不过，偶尔，她会做这样一个梦。梦中，她坐在屋檐下小板凳上，裹着十个小手指，看着石榴花，一朵、一朵，静静地，慢慢地，灵魂一般无声飘落，如同命运的寓言。醒来，她会摸到自己脸颊上温暖的泪水。

新开的院门，仍旧朝东，小小的，只有一扇，漆成黑色，和西边的月洞门，打个对脸。

月洞门通往后院，平日，除了如厕，朗霞很少到后院去。

后院有一种荒凉的气息。

总是有杂草，拔也拔不净，年年拔，年年长。当奶奶发牢骚念叨的时候，朗霞就说："野火烧不尽，春风吹又生嘛！"

奶奶笑了，说："看这学问大的！"

马兰花说："这妮子灵秀。"

榆树长在后院，取"有余"的吉意。可是朗霞觉得榆树长得很慢，似乎它永远都是那样一个瘦硬的样子。只有当它结榆钱的时候，朗霞才对它有几分兴趣，奶奶会将下榆钱给她们蒸"拨烂子"吃。榆钱做的"拨烂子"，是朗霞最爱吃的一种面食，比槐花的"拨烂子"要好吃很多，槐花太香了，香得鲁莽，而榆钱，则有一种绵长的清香。

榆钱吃过，朗霞就不再理睬榆树了。

榆树下，是她们家的地窖。据说，这地窖挖得还算讲究，当初买这宅院时，就带了这样一个地窖。只不过，朗霞从来也没有下去过，奶奶、妈妈，谁也不准朗霞到地窖里去。奶奶说，那里阴气重，小女孩子进去，会做病。

秋天，整个谷城都弥漫着大白菜和芥菜的气味。大白菜要下到窖里存储起来，准备一家人吃一个冬季，而芥菜，则是要切碎了浸到缸里腌制酸菜，那是谷城人一天三顿离不了的主菜。朗霞家也不例外。浸酸菜时，妈妈或许会让朗霞插手，帮忙刷刷芥菜头什么的，下窖存冬菜，则完全是奶奶、妈妈两个人的事。两个人，妈妈在窖里，奶奶在地面，用一只绑了麻绳的箩筐，将那些白菜们一棵棵地输送下去。而朗霞，则远远地站着，生怕那不见天日的阴气，或者，不干净的东西，扑着了她。

人人都说，朗霞养得很娇。

想来也是，寡母抚孤，而这"孤"，又是个小妮子，自然是要比别的孩子娇惯一些。

后来，在朗霞的梦中，后院，那块"活泼地"，常常无声地浮现出来，就像一只阴冷而诡异的眼睛，永远不肯仁慈地闭上。

二、湖洼

朗霞的学校，叫"二完小"。就是"第二完全小学"的意思，也就是说，不仅有初小，还有高小。

"二完小"在小城的东街，是从前城隍庙的旧址。庙里的泥胎神像没有了，而墙壁上却还留有一些残缺不全的壁画。尽管年深日久，这些残画却依然有着鲜明而艳丽的颜色，画着一些仿若戏台上的人物。

每天清早，朗霞和她的同学引娣结伴去学校。引娣家也住在北砖道巷，和朗霞家打对门。引娣姓吴，他们家，大大小小，五个妮子，引娣是老四。不用说，是盼着这个妮子给引来个弟弟。可是，引娣引来的还是个妹妹。一口气五个女儿，让引娣的爸爸老吴很是沮丧。

老吴从前在南街上开饭馆，临解放前，破产了。如今，他在一家公家单位的食堂里当厨师。他有一手好厨艺，却没有施展的地方：一个公家食堂，做来做去还不就是那几样大锅菜？老吴不顺心，常常借酒浇愁。喝醉了，抬眼一看，一地的丫头片子，更是堵心，觉得自己愧对祖宗，不仅败了家，还绝了后！连个继承香火的人也没了。于是，借酒撒疯，骂老婆，打孩子，砸锅摔碗，弄得女儿们谁也不愿意在那个家里待着。

于是，水到渠成的，引娣把对门朗霞的家当作了自己的家。

引娣比朗霞大一岁，却和朗霞同一年上学，两人做了同窗。没上学前，引娣从早到晚，总是腻在朗霞家里，就像一棵移栽过来的植物。常常，到吃饭时，引娣也不愿回，马兰花就留她吃饭。奶奶虽说也心疼这孩子，可也心疼自家的粮食，有时，忍不住会对引娣半真半假地说：

"引娣，下个月我可要去你家要粮票了。"

听到这话，马兰花就对引娣说："奶奶是说笑话呢。"背过身，对奶奶说道："婶子，咱不缺孩子这一口吃的，怪可怜的。"

奶奶不知为何，叹口气，不再说话了。

有一天，引娣的大姐吴锦梅敲开了朗霞家的小门，她手里，托着一只粗碗，里面是堆尖的、鲜灵灵的一碗麦黄杏。她对马兰花说：

"婶子，我们学校去农场劳动，这是从树上现摘下来的，给朗霞吃个鲜。"

马兰花忙接过来，一边道谢，只听吴锦梅又说：

"我家引娣，给你们添麻烦了。真是不好意思……"

这话刚一出口，她就红了脸。那难以言喻的少女的羞愧，让马兰花一阵心疼。她忙拉住了吴锦梅的手，说道：

"快别这么说！我家朗霞，就缺个姊妹呢——她俩，就像一对姐妹，我高兴还来不及呢！"

那是黄昏时分，西天上，有淡淡的晚霞，巷子里很静，西街也很静。有种朦胧的光，笼罩着这个清丽的小少女，使她看上去又美又柔弱。马兰花愣了一下，不禁暗想，这样一朵脆弱的花，怎么禁得起吴家那种浑浊日子的揉搓？

就在朗霞和引娣上小学那年，吴锦梅也考取了谷城中学的高中。谷城中学是一所重点中学，不要说在谷城，就连在省城，也是有名的。这件事，在吴家，自然是件值得庆贺的大事，老吴一高兴，吩咐引娣她妈，说："去，割两斤肉，我今天给咱妮子露一手！"又说："从前，谁不知道咱'留芳斋'的酱梅肉，在谷城，那可是在论的：'至诚号的饼，留芳斋的肉'，说的就是咱的酱梅肉——"可是那天，老吴没等他的酱梅肉蒸好就喝高了，开始激愤地骂人，结果那个庆贺的夜晚，又是以老吴的发疯和引娣们的哭叫而结束。

隔了一条窄巷，这山摇地动的响动，一巷的人，都听见了，更不用说街门对街门的马家。

暑假将尽的一天，马兰花在巷子里拦住了吴锦梅，把她拉进了自家院门。

"婶儿给你个东西。"马兰花说。

是一件细洋布衬衫，天蓝的底色，上面撒满白色的小花，丁香一般，碎碎的，抖开来，仿佛一地的清香，缠缠绵绵，丝丝缕缕，扑面而来。马兰花说：

"这是用我的一件旧大褂改的。婶儿不拿你当外人，才敢改给你穿，算是婶儿的一份心……你要是嫌弃、多心，就算你没看见它！"

吴锦梅望着那衬衫，许久，不说话。终于，她无言地脱下了自己的衣裳，把那件天蓝色的新衣穿上了身。真合身啊。已经发育了的少女的身子，迷人而清香的身子，和这件衣裳，是那么的合适，就像一对知己，惺惺相惜。马兰花点着头笑了：

"我这双眼睛，就是尺子。"

吴锦梅眼睛一热，说：

"婶儿，朗霞真有福气，能做你的女儿……"她说不下去了。

马兰花不知为何也有点鼻酸，她忙岔开了话头，对朗霞说道：

"朗霞呀，你要跟姐姐学，将来，也考上谷城中学才好！"

谷城中学在小南街上。小南街，是切开南街的一条长横街。东边，有这城中最古老的寺庙无边寺；西边，从前的旧文庙，现在则做了谷城中学的校址。

谷城中学，是这城中的风水宝地。

谷城中学的对面，便是从前的旧城墙。城墙残破不全，到处是豁口。南城门也在那里，却早已名存实亡。城墙外，是一片深深的大洼地，谷城人把这里叫作"湖洼"，想来，它从前应该是有水的，或许是池塘，或许是护城河。但现在，这里荒草丛生，成了枪毙人的法场。

枪毙人的时候，谷城的大人小孩儿，熟门熟路地，早早来到湖洼边，抢占一个有利地形，居高临下地等着看那些五花大绑、身插亡命牌的死囚，怎样被子弹掀掉脑壳。

但平日里，这一片湖洼，则是寂寞荒凉的，鲜有人迹。孩子们不来这里玩耍，羊不来这里吃草。于是，这人血滋养的湖洼，就成了野草的天堂。那些野艾蒿、白莲蒿、蒲公英之类，长疯了似的，在夕阳残照中，看上去又阴郁又欢畅。

这样的地方，总是生长秘密的。

周香涛是谷城中学的美术教师，他是一个外乡人，从南方一座著名的城市调到了这个小地方，或者，用另一种说法，是"发配"到了这里。这个尚还年轻的艺术家，他和这小城，在精神上，格格不入。这小小的中学，小小的城池，让他感到了人生的局促。他常常在清晨或黄昏，一个人，攀爬到残破的旧城墙上，眺望远方，让没有阻隔的自由的天空，抚慰他被小城的平庸生活所囚禁的眼睛。他喜欢在这无人的城墙之上写生，画那些流云、飞鸟、田野、在四季中变幻的树木和庄稼，以及远处安静的蜿蜒的北方河流。

他就这样看到了湖洼边总是穿天蓝色衣衫的那个姑娘。

在晴好的日子里，黄昏，他常常看到她，一个人，坐在湖洼边看书。两条长辫子，垂在她柔软的天蓝色的腰际。不知从哪一天起，他开始在速写簿上画她，一张又一张，画她的背影、侧影，画她脚下的野草，画她和湖洼中盛开的蒲公英，画晚霞中她那一份悠远的宁静……渐渐地，他觉得自己的心，也变得安静下来。

终于，有一天，他也去湖洼边写生了。

偌大的、寂寂无人的湖洼，起了一点微妙的、暧昧的颤动。起初，他们俩，保持着一个安全的距离，互不相扰。后来，有一天，她很自然地来到了他的身后，看到了画面上的那个姑娘，那个陌生的自己。她压抑着心跳，说：

"这张画有名字吗？"

"有，"他回答，"刑场边的花朵。"

他回过头，望着面前这个眼睛漆黑的女孩儿，说："吴锦梅，我想把它画成一幅油画。"

原来，他早已打听出了她的名字，那当然不是什么困难的事。吴锦梅没有惊讶，也没有故作惊讶，她只是安静地笑了："还从来没有人画过我呢。我也从来不认识画家。"

事情就这样开始了，一个孤独失意的艺术家，一个"结着丁香般愁怨"的女孩儿，相遇了，注定是要发生点什么。

后来，周香涛问吴锦梅说："吴锦梅，你为什么要到湖洼去？那里是刑场，你不害怕吗？"

吴锦梅回答道："我不到湖洼，怎么会遇到你？我是为了诱惑你呀！"

那当然不是真话。

其实，她只是想找一个安静没人的地方。这个孩子，她是被无休无止的吵闹声欺凌怕了，伤害怕了，只要能让她躲开人声和吵闹，到地狱里她也不怕。

这一年，朗霞读二年级了，有一天，马兰花在单位突然肚子疼，同事们把她送进了县医院，诊断是急性阑尾炎，立刻开刀，动了手术。

县医院前身，是教会医院，给她开刀的大夫，姓赵，也是从前医院里的旧人，叫个赵彼得，是这小城的第一把刀。手术做得十分完美，刀口缝合得特别细致。马兰花自然十分感激，出院后，和同事们一商量，给医院送去了一面锦旗。

锦旗送出后，这一天，中午，她正在上班，只见赵大夫走进了门市部，逆着光，这个儒雅的男人身上有一种萧瑟的气息。她忙打招呼，说："来扯布啊赵大夫？"赵大夫回答说："啊不，我从这里路过，顺便进来看看，你恢复得怎么样？"

马兰花微微一怔，忙回答："看让你惦记，好了好了！全好了！你看我这不都上班了？"

"那就好，不过还不能太大意。"赵大夫说。

从此，这个赵大夫，就总是从这门市部前面"路过"，路过了，自然要进来打声招呼，说句话。这个清秀内向的男人，话不多，看上去落落寡合。那个门市部，上上下下，七八号人，谁也不是傻子，人人心里，明镜高悬。和她相好的姐妹私下就劝马兰花，说：

"兰花呀，这么多年了，不容易，你就朝前走一步吧！赵大夫这样的男人，打着灯笼也不好找啊！"

原来，人人也都知道，这儒雅的赵大夫，五年前死了老婆，一儿一女，儿子在谷城中学读初中，女儿在省城念高中，这些年，多少人给他介绍对象，他都不见，说是还忘不了旧人。

"兰花呀，你也三十大几了，过了这村可没这店了！"

马兰花不吭声。

这天，马兰花下了班，一出门，就看见赵大夫站在街边，显然是在等她。果然，赵大夫看见她就迎了上来，手里攥着两张票。

"一个病人送了我两张电影票，是个新电影，星期六晚上的，不知道你有没有空？"赵大夫这样说。

马兰花想了想，"赵大夫，电影我就不看了，这样吧，礼拜天，你到我家来，我想请你吃个便饭。"

到了这一天，马兰花精心备下了一桌酒馔，她使出了浑身的解数，把家里一个月的肉票、油票都花光了，还到附近的村里，偷偷买了一只鸡和新鲜的鸡蛋。她包了韭菜猪肉鸡蛋的饺子，炖了鸡，烧了肉，炒了几个小炒，有冷有热，有荤有素，摆下了一桌。中午，赵大夫来了，手里拎了一匣点心，一看，就知道不是本地的点心，是省城老字号"老香村"的南点心。马兰花把赵大夫请上桌，解下围裙，打开了一瓶"竹叶青"，将两只酒盅斟上，立时，"竹叶青"那股凛冽的清香，扑面而来，几乎熏出人的眼泪。

马兰花双手端起了酒盅，"赵大夫，我先敬你一盅——"她说，"自从我男人死后，这么些年，我还从来没有喝过一口酒，今天，我敬你！赵大夫，赵大哥，你对我的这份心，这份恩义，我马兰花心领了！我不是那种不识好歹的女人，我也知道，今生，怕是再也不能够碰到这样的情分！可是，如今虽说是新社会，可我马兰花是个旧人，当年，我对我的死鬼男人发过誓，生同床，死同穴……虽说他死得不光彩，可谁叫我十八岁就碰上了他？谁叫我在旧社会碰上了他？我认命！——"她一仰脖，饮干了杯中的酒，烈酒呛了她，她一阵咳嗽，咳出了眼泪。

"这番话，不合时宜，是落后话，我知道，让人听见了不得了！这么些年我没有和人说过这些过心的话，今天，我和你说了，是因为，我得对得起你这份真心！大哥，莫怪我不识抬举——"她不说了，眼泪滚滚而出。

"当——"一声，条案上的老座钟，响了一声，长长的余音，在阳光照不进来的堂屋里，震颤着。正午的好阳光，被灰砖的高墙挡住了。这屋里，一切都是旧的。又旧又黯淡。旧的八仙桌、旧的条案、旧的缺了口的粉彩胆瓶，还有旧的人。赵大夫默默地站起来，端起酒盅，一饮而尽。他是没有酒量的，一杯"竹叶青"下去，眼睛变得潮湿。

"这杯酒，我喝了——以后，遇到难处、难事，尽管来找我！"说完，他起身而去。

走出她家院门，走进阳光明亮的巷子里，这个儒雅的男人心里慢慢浮起两个字：葬花。是，这是一朵被埋葬的花朵。

他一阵心痛。

朗霞三年级了。三年级的朗霞，蹿了个儿，细胳膊长腿，细细的小辫儿，正是一个女孩儿将要变成少女的微妙的年龄，也是一个找别扭的年龄。

因为，朗霞不快乐。她不快乐的原因是，她还没有加入少先队。

人家还没让她入队的原因是她娇气。和同学们比起来，无论穿戴打扮还是一日三餐，独生女的朗霞，自然显出了优越。何况，她又十分胆小，一只毛毛虫、一只"吊死鬼"就能吓得她惊声尖叫。她瘦弱，没有力气，班级里无论任何劳动，她都是落后的。再加上她的出身，于是，老师觉得她应该经受更多的考验。

最让她难过的是，引娣在她之前戴上了红领巾。两个小伙伴走在一起，引娣胸前那鲜艳的、飘扬的红色，让朗霞觉得无地自容。

她开始折磨自己，也折磨奶奶和妈妈。

奶奶做好了饭，白面和细玉米面二面擦尖，西红柿调和，爆炒土豆丝，可是朗霞却偏要吃咬不动的红面钢丝面。奶奶蒸好了嵌着红枣的玉米面发糕，可是这个小祖宗偏要吃掺着麸子和糠皮的窝窝头。奶奶气得骂她，说："这世上，还有找罪受的人？你就作吧！"马兰花说："婶子，你就给她蒸掺糠的窝窝，让她吃三天！"

她真吃了三天，糠皮划着她的喉咙，难以下咽。她一声不吭，到最后，一边咽，一边无声地流眼泪。

从前，天一擦黑，妈就不让她再到后院里去了，说小孩子眼睛干净，怕看见不干净的东西。解手，就解在尿盉里。谷城人家，家家都备着这样起夜用的尿盉。但是现在，朗霞临睡前，坚持要一个人去茅厕，奶奶要提着马灯陪伴她，她不让，说："都是你们，扯我的后腿！"马兰花就说："婶子，咱不扯她。"于是，她一个人提着马灯，穿过月洞门，走向黑黢黢的"活泼地"，把灯挂在门上。风吹来，灯一阵摇晃，厕所里，似乎鬼影憧憧。她头皮发炸，想尖叫，但她忍住了。她想，我要勇敢。

终于，她苍白着脸，从那个可疑的世界大汗淋漓地走回家，骄傲地对她的亲人宣布："这世界上，根本就没有鬼！"

她没有看出她们眼中深藏着的忧虑。

这一年，谷城发生了一件事，一个年轻女人伙同她的情夫杀死了自己的丈夫。案情并不复杂，杀人犯很快落网。判决下来了，两个人均被判处死刑。

枪毙他们那天，谷城很轰动。很多人早早地来到了湖洼旁，将那里围了个水泄不通。那天是个礼拜天，孩子们不上学，大人不上班，人流从北街、西街、东街，如同三条溪流，汩汩地汇聚到鼓楼之下，再涌到长长的南街上，从那里涌出城。已是深秋的季节，野草衰黄了，远处的庄稼，那些玉米、高粱，那些棉花、甜菜，都已经收割一空。空旷下来的大地，有一种坦荡而辽阔的凄清，还有一种绝情，似乎，再也不想掩藏那些属于人的秘密。

清澈的秋阳下，乌马河明亮地无声流淌，流向汾河。

那是朗霞第一次看杀人，也是第一次来到这湖洼。从前，马兰花不让朗霞到这种凶险的地方，但这一次，为了证明自己的勇敢，朗霞坚决地和引娣，还有几个同学一起出了家门。她们选了一块干净向阳的地方，等啊等，站累了，就坐下来，几个人，嘻嘻哈哈地在地上玩起了抓羊拐。那羊拐是引娣带来的，小巧、温润，有一面被染成了红色，血的颜色。她们玩得很忘情，有一阵，几乎忘了自己是来干什么的。她们背后，是残缺不全的老城墙，不知已是几百岁还是上千岁的年纪，头上是北方最美好最清澈的秋天的晴空。几个小姑娘，她们玩啊玩，突然间，起了骚动，她们听到了人声，人们喊，来了来了！

刑车来了。

人们等着看的，其实，是那个女人。心狠手辣、谋杀亲夫的女人，若是在古代，是要骑木驴的。大街小巷里的人们，几天来兴致勃勃地议论。从刑车上推下来的这个五花大绑的女人，很瘦小，很柔弱，一点也不凶悍，远远地，也看不出她长什么样子。她不害怕，她从囚车上下来，稳稳地站在地上，甚至还扬起脸，望了一下天空，最后的天空。然后，她顺从地走到了行刑的地方，跪下来，转过脸，去看和她一起上路的情人。可是那个情人，早已瘫成了一团，是被人架着拖到那里去的。他最后的一段路，已经不会自己走。她好像对他说了一句什么，可谁也不知道那是一句什么话，就连行刑的人，似乎，也没有人听清。然后，枪响了。

砰砰，两声。

接下来，是巨大的寂静。

朗霞觉得自己闻到了鲜血的气味，热的血，很腥。其实，她是不会闻到的，她们离那里那么远。但是，朗霞觉得自己闻到了。

她觉得想呕吐。

这天晚上，她发烧了。马兰花知道她是受了惊吓，她和奶奶商量着要去湖洼给她叫魂。她拿着朗霞的裉子下了炕，朗霞一把拽住了她的胳膊。

"妈，你别去，"朗霞望着她，眼里慢慢涌出泪水，"我求你了——"

她从没有对妈说过这个"求"字。

"同学会笑我……"

她的脸，烧得飞红，嘴唇也是鲜红的，这倒比她平时看上去要鲜艳许多，有种惊悚和让人心疼的艳丽。她眼睛里的神情，又忧伤又软弱，不再是一个孩子任性撒娇的眼睛。马兰花一阵心软，她撂下了那件衣衫，说："宝，妈不去，妈听你的……"

那一夜，她盘腿坐在炕上，守着这受惊的孩子，给她刮痧，给她冷敷，给她喂水喂药。到后半夜，她的烧终于退了，她就在她身边躺下，像小时候一样，把这孩子紧紧搂在了怀里。黎明时分，她睁开了眼，突然看到，女儿的一双眼睛，睁得大大的，正安静地望着她，是那么黑暗幽深的眼睛。母女俩就那么静静地望着，女儿的鼻息，像小羽毛一样，也是静静的，抚着她的脸。许久，女儿小声地说道：

"妈，你那会儿要是和赵大叔结婚，该多好啊，我就有个不是反动军官的爸爸了……"

"轰"的一声，马兰花觉得身体里有什么东西在崩溃。

三、惊天动地

这个冬天，似乎分外寒冷。雪一场接一场，谷城大街小巷的屋檐上，都挂上了长长的冰凌，在晴朗的日子里，阳光照射着那些冰凌柱，谷城竟然是璀璨的。璀璨而清洌，有一种迷人的气息。

严寒阻隔了一对秘密的情人，他们找不到可以遮蔽他们激情的地方，湖洼被白雪覆盖了，一览无余，广袤的青纱帐倒了，播种了冬小麦的田野，也是一览无余。那隐秘的激情，在空旷的冬天简直无处藏身。虽然，周香涛在学校里有自己的宿舍，那宿舍是温暖的，生着红红的炉火，可他们都知道那很危险。

于是，他们只能在梦中约会。

梦中，他们缠绕在一起，他说："我的鲜花啊！"她回答："是你的，就把她带回家——"可是在梦中，她总是听不到他的回答，她看到他的嘴在动，在说话，却永远听不见他说什么。然后，她就醒了。

总是这样的梦境，热烈、缠绵、无望和黑。

她忍受不了这样的折磨，就给他写信，她写道："想你，想你，想你……"无数个"想你"，然后，偷偷地把它塞进他宿舍的门缝。但他不能冒这样的险，他只能用眼睛，告诉她他的想念。偶尔，会有那样一个机会、一个借口，她能到他的房间里来，他把她抱在怀里，又珍惜又恐惧。他知道，这柔软而炽烈的无限美好的身体，其实，是他的罪孽和深渊。

寒假到了，他回了南方。在那个美丽的城市，他的妻子，在等他回去过年。

她知道这一切。正因为知道，所以绝望。

她没有勇气一个人去挨过那些看不到他的漫长的黑夜，那个寒假，晚饭后，她变得很喜欢去朗霞家串门。她自己的家，这种时候，常常是孩子哭大人叫，使她忍不住也想发疯。她真想逃啊！可她又能逃到哪里？好在，还有个马兰花，她庆幸还有个马兰花，水一样温存的女人，心有灵犀，却从不多嘴多舌打听别人的闲事或是秘密。冬天的漫漫长夜，在这样的女人身边，盘腿坐在火炕上，让她觉得一直在咬紧牙关和蚀骨的思念搏杀的自己，变得非常软弱。

昏黄的灯光，照着那些旧家具，幽幽的，有一种老时光的沉静。火炕烧得很旺，一壶水，坐在灶火上，等它慢慢变开。炉膛里，常常埋着红薯或是山药蛋，在她们的闲话中，渐渐地冒出温暖的香气。奶奶用火钳，将吱吱叫着、淌着糖浆的红薯或是皮开肉绽又面又沙的山药蛋夹出来，分给朗霞和引娣，也分给大人们。马兰花盘腿坐在炕上，做针线，补衣服，或者，用劳保发的白线手套，给朗霞织线衣——这样的冬夜，寂寞的冬夜，她就这么安静地过了十几年！吴锦梅望着她，突然有一种说不出的悲悯。

"姊儿。"她轻轻叫了一声，马兰花抬起眼睛，笑着看她，那一双美丽的清水眼，仔细看，眼角边，已经有了细细的鱼尾纹。

"问你一句话，你别见怪。"吴锦梅说。

"你问。"马兰花说。

"你甘心吗？"吴锦梅脱口说。

马兰花细细地看看吴锦梅，笑了。那笑，云淡风轻，却又似乎有一些诡异。

“那是婶儿的命。”马兰花回答。

这天，吴锦梅和引娣一起，晚饭后又来到了朗霞家。吴锦梅手里托着一只碗，进门就说：

“婶儿，亲戚从村里来，捎来点儿酒枣，是自己醉的，新鲜。我妈让给朗霞送来一碗。”

“哎呀，你家那么多弟妹，还想着她！”奶奶嘴里客气着。

马兰花则伸手从碗里拈起一颗枣来，丢进了嘴里，说：“嗯，真香，味道很正。”

酒枣摆到了炕桌上，那是一张红漆小炕桌，马兰花用一只平时舍不得用的白色的细瓷碗盛酒枣，顿时，黯然的屋子里亮堂了起来，有了一点鲜艳的生趣。吴锦梅不禁点点头，说：

“要是能画下来，就是一张静物。”

话一出口，她觉得心一痛。

马兰花深深地看了她一眼。

“锦梅，婶儿是个过来人，就劝你一句话：多疼的刀口，结了疤，慢慢也就不疼了……”

吴锦梅险些掉泪。这个马兰花，她心如明镜啊，知道这个少女，这个小城姑娘，正在经受着最疼痛的煎熬。

但那是不能出口的秘密。马兰花知道，所以，她不问。然后，她们几个人，就围着一张炕桌，吃酒枣。

这是无数个冬夜中最平常的一个夜晚，晴朗、寒冷，没有呼啸的大风，没有落雪。热炕烧得很温暖，灶台上，依旧有一壶咯嗒咯嗒滚着的开水，冒出一缕缕白汽，像从壶嘴里钻出的精灵。它原本没有任何与众不同的地方，没有值得记忆的征兆，但是，吴锦梅却永远永远地记住了它。

朗霞和引娣，吃完枣，就在热炕上抓羊拐，还是那副小巧温润的骨头，有一面，染了红颜色。两人玩着玩着，下了地，在堂屋里，唧唧咕咕说笑，不知说些什么。后来大人们都没有太留意，她们俩，提着马灯出了房门。听见门响，奶奶说："这么冷，这么黑，就在家里解吧，看冻掉耳朵——"

朗霞在外面笑着回了一声："就不！"

就要过年了，马兰花手里，是朗霞的一件新衣服——中式罩衫，罩棉袄的，蓝底、红色的小碎花。本来平淡无奇的样式，她却别出心裁，用布压了一道红色的绦子，锁住了四边。顿时，烘云托月，这衣服，绽放了似的，变得新颖、细致。

"婶儿，你手真巧。"吴锦梅这几晚，亲眼看着一块普普通通的花布，一件普普通通的罩衫，突然之间，化腐朽为神奇，她觉得这女人就如同一个谜。

"一年到头，统共这点布票，扯了新布，不花点心思，对不住这布呀。"马兰花笑着回答。

就在这时，一阵急促忙乱的脚步，蹬蹬蹬地，从后院跑过来。门砰的一声被撞开了，朗霞和引娣，两个人，惊恐地、连滚带爬似的闯进门，踉踉跄跄挤进东屋，脸色惨白，一进门，引娣就喊：

"鬼！鬼！有鬼——"

说完，"哇——"的一声哭了，

"白毛鬼，就在后院，我……我看见了！"她结结巴巴地、抽泣着说。

朗霞不说话。她在发抖，她的牙齿，得得得地敲出那种凛冽而寒冷的声音。她的眼神，直直地盯着妈妈，却又像是穿过了她，望向一个不知道的地方。一种异样的沉寂，一种漫无边际的黑，一种大恐惧，在这屋子里，如同水一样，漫上来，漫上来，淹没了她们的脚、她们的腿、她们的身体。只有引娣的哭声，像没有沉没的桅杆一样，孤独地露在水面上。

最先开口说话的，是马兰花。马兰花的声音，听上去，有一种虚弱的镇静。马兰花说：

"朗霞，你不是总说，这世界上，没有鬼吗？一定是你们看错了。"

"没错！"说话的还是引娣，她抽泣着，平静了一些，"我看得真真的，就是个鬼，一身白，没有脸，不是，是脸上没有鼻子眼睛……"

"那也不能说明，那就是个鬼。"说话的，是吴锦梅。她沉稳地、安静地望着妹妹，"朗霞说得对，这世界上，根本就没有鬼！"

马兰花看了她一眼，说："我去看看！"

她穿鞋下炕，吴锦梅也下了炕，说："我也去。"

"你？"马兰花迟疑一下，"你个姑娘家，不好，你还是在这儿跟引娣做伴儿吧。"

"婶儿，"吴锦梅安静地、意味深长地说，"我根本不信鬼神之说，我陪你去！"

她凛然得就像一个英雄。那是不能阻挡的。

"行，来吧。"马兰花深深地点点头。

她们去了。从月洞门，从"如云""似锦"的砖雕下，进了后院，自然，后院里，空空荡荡，一无所有，空旷、干净。只有老榆树，光明磊落地站在那里，还有被那两个孩子惊恐中扔掉的马灯，躺在厕所旁边的地上，一团心知肚明的光晕，在偶尔吹过的风中，晃动着。"喵——"一声，黑暗中，一只猫嗖地窜上了墙头，她们看到了一团白影，从墙头上跑了。

马兰花长舒一口气，说："原来是只猫啊！"

吴锦梅沉思地望着一览无余的后院，回答说："也许吧。"

后来，引娣在描述这件事时，信誓旦旦地说，那个鬼，只有一张白脸，却没有五官。

吴锦梅说道："引娣，你给我说说，你到底看见了什么？是怎么看见的？"

引娣说："就那么看见了，我们一进后院，他就在后院里站着呢！一身白，闪闪发光，头发那么长，乱飘——"

"没有看错？是不是幻觉？"吴锦梅说。

引娣不知道什么叫幻觉。她叫起来："你才幻觉呢！我明明看得真真的，朗霞提着马灯，一下子就照见他了。他闪闪发光，想不看见都不行！一张大白脸，脸上没有鼻子眼睛！大姐，你说，那是个什么鬼？"

"引娣，这世界上，根本就没有鬼。"吴锦梅这样对她说。

"那……那他是个什么？"引娣不解地问。

"猫。"吴锦梅回答，"大白猫。"

"瞎说！"引娣叫起来，"哪有那么大的猫？除非它是猫变的鬼！"

"引娣，"吴锦梅脸色变得十分严肃，"那就是个猫！——还有，这件事，你出去，千万不要跟人讲，听见没有？"

"为啥？"引娣问。她被姐姐的严肃震慑住了。

"你想啊，你是个少先队员，跟人家说这些见鬼见神的话，人家会说你没有觉悟。"吴锦梅这样回答。

引娣想想，然后，点点头。

这一晚，马兰花却什么也没有问朗霞，但注定，这不再会是一个宁静的平常的夜。朗霞沉默地躺在炕上，大睁着眼睛，怔怔地望着屋顶。这沉默让马兰花担忧，也让她害怕。不知过了多久，马兰花终于小心翼翼地，开了口：

"宝——"

"嗯?"

"宝,那是猫。"

朗霞不回答。

"我看见了,锦梅也看见了,是只大白猫。"马兰花小心地重复着。

朗霞不说话。可是她知道,不是猫。她在心里说了,不是猫。世界上,没有那样的猫。她的马灯,清晰地照出了他雪白的身影,那么高大、真实、惊愕……对,他是那样真实而惊愕地望着突然出现的她们,那一刹那,她觉得全身的血,都从她的脚底流走了。可同时,又有一种奇异的感觉,她不明白的东西,让她的心,狂跳不已……

不是猫,她想,不是。

突然袭来的恐惧让她全身冰冷。

"妈,"她轻轻说话了,"你,有没有什么事情,在瞒着我呀?"

"你瞎想什么?我有什么事情要瞒着你?"马兰花这样回答。

"真的?"

"假的!"马兰花笑了,紧紧搂住了她,"宝,别瞎想了,睡吧。平安无事……"

她终于在母亲温暖而安全的怀抱里闭上了眼睛。黑暗中,她没有看见,马兰花眼睛里的泪水。

立春不久,开学了。谷城中学校团总支书记在这个新学期伊始接到了一封来信。写信人没有署名,内容是揭发该校某个女学生的,说这个学生受资产阶级影响,思想道德败坏,生活作风下流,勾引有妇之夫,破坏别人家庭,等等。建议开除这个女学生的团籍。

信是从邮局寄来的,邮戳很模糊,仔细辨认,却怎么也辨认不出它来自什么地方。

可是,也不能放任不管啊!于是,团总支书记找来了这个女学生,对她说：

"吴锦梅，你有没有什么事情，需要对团组织讲清楚的？"

"是什么事情啊？"吴锦梅一脸清纯无辜地问。

其实，她已经知道了事情的来龙去脉。信，是周香涛的老婆写的。此番他回家，不知怎么，让他老婆发现了他生活中这个秘密的女人。他老婆对他说："我要摧毁她。"

他哀求，甚至下跪，向他老婆保证一定和她断绝关系……然而，她还是寄了一封匿名信来。他老婆说，我已经手下留情了，没有牵扯出你，而且，寄信的地址，也让我做了手脚。

团总支书记说："吴锦梅，若要人不知，除非己莫为。你今天先回去，好好想想，写一份思想认识。明天，我们再继续谈。你是愿意和我一个人谈呢，还是想在团组织的生活会上，公开谈呢？"

那天晚上，晚自习过后，吴锦梅在破城门洞下，悄悄地想等来那个闯祸的男人，但是他没来。

她知道，这种时候，他来，是冒险，他来，真的有可能毁掉他们俩。可是，她还是傻气地在这个尚还寒冷的初春，茫然无助地等着一个救赎。

她自然没有写那份思想认识。她想，怎么过这一关呢？这是她人生的第一个大难关啊！她苦苦地、苦苦地想了一夜，想，怎样可以让他们两人，从悬崖边脱身，从深渊边脱身。她想啊想，两只大眼睛，瞪着糊了粉连纸的窗户，还没有发芽的枯树，剪影一般，把它瘦硬的枝条，映在了窗上，那黑黑的影子，慢慢地变浅，变淡……天就要亮了。在微明的天光中，她一夜未合的眼睛，血红血红，就像落在陷阱中兽的眼睛。

当书记再次和她谈话的时候，看见她那双眼睛，心里似乎有了一些底。书记说：

"吴锦梅，你还是没有什么事情，要和组织讲清楚的吗?"

她低下了头，许久，眼泪一滴一滴地滴下来，那是一些特别沉重的泪水。她慢慢抬起头，透过蒙眬的泪眼，望着书记，说道：

"有事情……我隐瞒了一件事，我……我很痛苦。"

这件事，一出口，惊天动地。

人，是在半月后的一个深夜，落网的。公安人员包围了北砖道巷，冲进后院，在地窖里，抓获了那个鬼。无数只雪亮的手电筒，那种特制的聚光手电筒，像光的天罗地网，让那个鬼无处遁形。

白发、白须，似乎连浓浓的眉毛都是白的，身上磷光闪闪，强光让他睁不开眼睛……

同时被捕的，还有他的妻子马兰花。

小小的谷城，如同一只钟，"嗡——"的一声，震动了，震惊了。天哪，谁能想到，就在他们的眼皮子底下，隐藏了这样一个天大的秘密，天大的罪行！镇反的时候，枪毙了那么多反革命、特务，抓了那么多反革命，居然，还是有漏网之鱼！

这个女人，这个马兰花，真厉害呀！平日里，出来进去，看上去那么绵善，那么清秀，弱不禁风，却谁知，心里藏了这么大的事，一藏，藏了这么些年！她竟然藏着这样的秘密，和整个时代，也和整个谷城，挑衅。

怪不得她不改嫁，怪不得她宁愿捐房也不让院子里住进来租户，真相大白之后，人人都成了事后诸葛亮，一点一滴地想起她往日许多可疑之处。比如，从不爱串门，不爱和人闲话，不爱聊东家长西家短，还以为她真是谨守妇道呢，原来，是怕祸从口出。

据说，从那个他藏身的地窖里，没有搜出炸药或是电台之类，也没有密码本什么的。他不是个特务，他只是个军人。

没有什么能够证明他身份的东西，只有一张传单，黄色的纸张，很久远的纸张，又皱又破旧，上面有陈年的的血迹，压在他的枕头下面，上面这样写着：

"国军的弟兄们：放下武器，回家团圆！"

还有一小瓶毒药。

四、守墓人

那天深夜，当陈宝印敲开谷城西街的家门时，马兰花简直不敢相信自己的眼睛。眼前这个像是从天上掉下来的男人，又黑又瘦，一身便装，背个褡裢，像个走街串巷的小生意人。"天爷呀！"她惊叫一声，他忙用自己的身体堵住了她的惊叫。

那一夜，不满两岁的朗霞，熟睡着，孔婶把她抱到了自己的房里。这一对劫后余生的夫妻，在黑暗中，心惊肉跳地缠绵。马兰花一次又一次地问道，

"是你吗？宝印？真是你？"

陈宝印回答说："是我，兰花，是我。"

"不是你的魂？"

"不是，不是，有你，我不敢死。"

马兰花哭了，"我以为你让打死了，要不就是撤到台湾了，我以为，再也见不到你了！"

眼泪，像滚烫的蜡油一样，滴在他的胸口。他们在自家的炕上，紧紧紧紧依偎在一起。他告诉她他的经历，城破时，他没有被俘，也没有像些弟兄们那样自尽，原本，上面是发给了他们这些守城的官兵毒药的，一人一个小玻璃瓶，里面是剧毒，意思是，要让他们和那城共存亡。他原本也没想过要偷生，他毕竟是个军人，可是，在最后

的时刻，神差鬼使，一份传单，被风吹到了他脚下。这样的传单，本来，在阵地上有很多，是解放军的攻心战术。他拣了起来，上面，有新鲜的血迹，不知是哪个弟兄的血，只见那上面写着那句话：

"国军的弟兄们：放下武器，回家团圆！"

刹那间，他崩溃了，想起了西街，想起了马兰花，和他还没有见过的小女儿，一阵心痛。他把那张纸揣进了衣兜，把毒药瓶也揣进了衣兜。他想，就是死，也得让我再看一眼她们，再死。

城破时，他躲进了城中一个相识的朋友家中，换了一身便装，几天后，趁乱，出了城。他不敢贸然回已经解放的谷城去，一路向南奔逃。乘车，乘船，徒步，惊险重重，总算来到了一个可以让他远走高飞的地方。那时他身上还藏了几条"黄鱼"，他用"黄鱼"换来了一张去台湾的船票。当他把那张珍贵的船票拿在手中，他犹豫了，他想，就这样只身离开，什么时候才能再见到亲人呢？而他，留下这条命，原本是为了再和她们相见啊。

于是，他做出了一个让多少等船票的人瞠目结舌的举动，他让出了自己的船票，毅然北返。

多少人劝他，说："留得青山在，不怕没柴烧。只要你人活着，还怕没见面的那一天吗？"他想，是，不错，可是，那一天是哪一天呢？谁知道它有多遥远？

他一路向北，回谷城。他这样想，回去把妻子和女儿接出来，再想办法南逃，去台湾或者香港。他不知道自己这想法有多么天真！北归的路，一次次地被阻隔，是那样的艰辛和漫长，在已经解放的土地上，一个身份可疑的人，简直寸步难行。他乔装成跑单帮的，去北方，收购羊毛，旱路、水路、汽车、火车、牛车、毛驴，过长江，过淮河，过黄河，不知走了多长时间。一路，有许多次，他都以为自己被识破了，却终于又化险为夷。等他在一个黄昏，终于远远地看见了矗立在河谷平原上安静的鼓楼，魂牵梦绕的谷城的标记，他落泪了。他想，谷城啊，我回来了！这样想的时候，他满心的悲凉，此刻，他已经清楚地知道，入了这城中，凶多吉少。

他在城外的青纱帐里，一直躲到了夜深人静，怕的是白天进城被人认出。谷城太小了，是个没有秘密的地方。那已经是秋天，高粱红了，玉茭子黄了，谷子也黄了。夜风吹来，拂面的，都是庄稼的清香。他掰下一穗玉茭，扯去皮衣，一口咬下，那清甜的粮食、清甜的汁水，霎时，溢满口腔，也逼出了他的泪水……四周，一片虫鸣，他抬头看着天空，真干净，满天的星星，亮得像是要滴落一般，真美！他一个行伍之人，枪林弹雨中厮杀的人，从来也不知道，头上的天空，原来可以让人这样心软、心疼。他想，行，死在这样的天空下面，也不枉这一场跋涉。

马兰花哭了。她把脸深深埋进他的胸膛，她说："你呀，你呀，你可真傻！你为啥不走？你为啥要回来啊！"

他回答："我放不下你。"

"可是，你这一回来，天罗地网的，就走不成了呀！"马兰花说。

"听天由命吧，"他回答，"本来，城破时候，我就该死，现在，见着了你，死，我也能闭眼了——"

"不！"马兰花激烈地用巴掌捂住了他的嘴，"别说这样的话，别说死……死的！你本来能活，你本来都逃出去了呀，你要是这样丢了命，我可怎么活？你说你身上有毒药，在哪儿？你把它给我——"

马兰花从他贴身的衣服里，摸到了那只小瓶。她把那小瓶紧紧握在了手心，她的手，一直颤抖，她说：

"这药，让我保管。真到了不得已的时候，哥，咱们俩，一人一半。"

他没有再多说什么，他只是更紧更心疼地搂住了他的女人。

天就要亮了，他们俩，茫然地望着渐渐发白的窗外，望着那个就要醒来的谷城，他们知道，此刻，他已是一只困兽。

起初，马兰花和孔婶，将他藏在了西厢房的一间小屋里，那房间，外面挂了铜锁，朗霞推不开。可终究是不安全的，院子里，总是会有人进来，有街坊，也有公家的人，来说一些公家的事。有一天，通知说要挨家挨户检查卫生，马兰花知道，那西厢房是藏不住了。

这天，夜深人静，朗霞睡熟了，马兰花和他，提着马灯，静悄悄下了后院的地窖。他们真庆幸，从前的房主，将这地窖挖得不仅宽敞，还碹了砖，看上去就像一间密室。白天，马兰花和孔婶，已经将它收拾整理了出来：她们卸下了一扇窄门板，放在地上，做了床铺。为防潮，给他在厚厚的棉褥子上，还铺了一块狗皮褥。搬来了一张小炕桌，支在床褥旁，上面放了吃饭的碗筷和一盏麻油灯。她心酸地打量着这不见天日的地方，说："委屈你了。"

他笑了，说："这比战壕里强一百倍呢。"

她知道他是在宽慰她，"就先这样，"她说，"天无绝人之路，总会有办法的。"

隐隐地，她确实觉得有个"办法"，不清晰，或者，她还下不了决心，那就是，劝他……自首。

这个解放了的社会，平心而论，马兰花觉得，还真不错。干净、温暖、没有人欺负人。

可是，很快地，镇反运动就来了。

谷城也开始枪毙人，南城外湖洼做了刑场。人们用军用的卡车，把那些人，拉到了湖洼里。马兰花也去看过一回行刑，十几人，并排跪在雪地里，枪响的时候，她别过脸，闭上了眼睛。等她再睁眼，她看见了雪地上的血，那么猩红，刺目，疼。她从不知道，血，也能把人的眼睛刺伤……

她看了布告，看见死了的人，有国军的连长，比陈宝印的官职还要小。她吓坏了。当晚，发起了高烧。

孔婶守在她身边，守了一夜，给她刮痧、放血……清早，她的烧退了，她望着孔婶，说：

"婶儿，我求你一件事。"

"孩子，你说。"孔婶回答。

她从被窝里伸出了两只手，把孔婶的手紧紧握住了，她原本鲜艳的嘴唇，被一夜的高烧烧得爆出了白花花一层皮。她望着孔婶，说道：

"婶儿，你要答应我，将来，不管啥时候，万一……万一出了事，你一定要一口咬定，你什么也不知道！"

孔婶愣了一下，然后，她慢慢地点头，"我懂。"她说。

"你答应我！"

"我应下了。"

"婶儿，真到那时候，你要替我，替我们养大朗霞，我无人可托，我父母都不在了，只能拜托你了！——"

"孩子，闺女，咱不说丧气话。可真要有个啥，你放心，朗霞，她就是我的亲孙女！"孔婶安静地含着眼泪这样回答。

马兰花就这样开始，守住了那个黑暗的大秘密，被它折磨、伤害。也许，她曾经有机会救赎自己，也救赎丈夫，可她错过了，她没有登上救赎的那列车，看着它风驰电掣般驶过了自己的站台。那是时代的列车，而她，做了一个旧时代的守墓人。

引娣后来一遍又一遍地追问吴锦梅，她说：

"你告诉我，不让我和别人说白毛鬼的事，是不是你那时候就知道，那是朗霞的爸爸？"

吴锦梅回答："不知道。"

"你不让我说，可你自己为什么要说？"引娣直直地望着姐姐的眼睛。

"你不懂。"吴锦梅回答。

"对，"引娣说道，"我就是不懂。"

"我是共青团员，我不能包庇反革命。我不让你对别人说，是我一时糊涂，丧失了觉悟，行了吧？"吴锦梅望着妹妹的脸，叹口气，"我知道，朗霞是你最好的朋友——"

"别跟我提朗霞！"引娣冲着吴锦梅大叫一声，打断了她的话，她愤愤地瞪了姐姐一眼，跑走了。

跑出了家门，引娣才知道，现在，没有什么地方，是她可去的了。

这么多年，引娣习惯了，一出家门，就往朗霞家钻。算来，她长了十一岁，在朗霞家在马兰花婶婶家的时间，比在自己家还要长，还要久。那简直就是她的另一个家……可是现在，那个家，她再也不能去了。

对面，黑色的街门，关闭着，里面无声无息，如同坟墓。好多天了，她没有看见过朗霞，朗霞不出门，也没有见她再去上学。她好像从谷城消失了一样。她呆呆地望着那寂静无声的街门，突然一阵委屈和愤怒：原来，那个反革命，天天和她们在一起啊！可是自己一点都不知道，还当他是个鬼……

她冲过去，抬起脚，蹬蹬蹬，踢那个街门，一边踢一边喊："反革命！反革命！反革命！反革命！——"吴锦梅从她家院里跑出来，抱住了她，吴锦梅说：

"引娣，你别发疯！"

引娣不踢了，她住了脚，抬起脸，吴锦梅惊愕地看见，她的妹妹，泪流满面。妹妹泪流满面地看着她，说道：

"这下，你高兴了吧?"

五、小燕子，穿花衣

其实，那天，引娣和朗霞在后院撞上陈宝印之后，马兰花就知道，事情，就快走到头了。

第二天，半夜，她悄悄下到了地窖。看到他，她什么也没有说，只是默默搂住了他。这些年，随着朗霞的长大，再加上，时局和必需的警觉，他们俩见面的时间，越来越少。她只是在每天的晚上，用一只拴了绳子的竹筐，把他的茶饭送下地窖。再用一只水桶，将他的便盆提上来，倒掉，刷洗干净，再放下去。他们在黑暗中，沉默无声地完成着一套生活的程序，无比默契。

他们依偎着，坐在他的"床铺"上，一盏煤油灯，幽幽地将他俩的身影放大了，投在墙上，有一种惊心动魄的变形和黑。身下，那床狗皮褥子，早已磨掉了毛，磨薄了，如今有了破洞。马兰花用手轻轻地抚摸那褥子，说道:

"宝印，八年了吧?"

陈宝印回答: "是，两千九百二十多天了。"

一句话，使马兰花几乎堕泪。她抬眼望着他，那个从前英气勃勃的男人，她含着眼泪对他笑笑，说:

"我带了剪子来，我给你铰铰头发。"

他说: "好。"

她用手巾围住了他的脖领，她开始给他剪头发。咔嚓，咔嚓，咔嚓，一缕一缕长长的白发落下来，落在地上，渐渐地，地上就积起了一层霜雪。那层霜雪，让马兰花心如刀割。她剪不下去了，从身后抱住了他，把他白发苍苍的头搂在了自己的胸前，像搂一个孩子。

"你真傻啊，你当初为什么要回来呀！"她哭了。

陈宝印闭上了眼睛，感受着那团热烘烘馨香的血肉，亲人的血肉，这是那个世界的味道，那个有天空有大地有日月星辰有白昼有光明的世界。许久，他轻轻说道：

"别这么说，兰花，能在你身边，多活这么多日子，值了！"

"这不见天日的日子，不值啊！"

陈宝印微笑了，"你没听人说过那句话吗：牡丹花下死，做鬼也风流啊！"

他玩笑地说出了那个"死"字。那个字，让马兰花心里一哆嗦。

"还有，不管怎么说，我也算是'看'着我的孩子长大了……"他又笑笑，"昨天，我看见她了，那个个子高些、提灯的闺女，我一听声音就知道是她……她，吓坏了吧？"他的声音，突然哽住了。

从下到这地窖那一天，八年来，这是他第一次看见朗霞。可是，她的声音，他是烂熟于心的。从奶声奶气的小闺女的牙牙学语，说"榆钱儿，七（吃）榆钱儿——"，到后来日益的流利、清脆、明亮，那声音，就像照在他身上的阳光，就像鸟语花香，就像流云和溪水。那是命运对这个不见天日的男人最大的恩赐，那是——神光。

他记得，第一次，在窖里，突然听见了她的声音，她说的就是那句"奶奶，榆钱儿，七（吃）榆钱儿——"他像被炸药炸中一样，有一种四散纷飞的感觉。他甚至感到了鼓膜的剧痛，他的耳朵，一下子承受不了这样的幸福……等那声音终于、终于消失之后，他有生以来第一次，号啕大哭。

从此，在那些个难挨的白昼，他等待着奇迹，等待着，偶尔的，那个声音的降临，等待着阳光，照进没有光明的深深的地窖。显然，她是不常深入地走进这个后院的，所以，每一次，才更像是一个节日。他记得，那差不多是一年多之前，他甚至听到了她唱歌，她一个人，不知因为什么，来到了后院，一遍一遍地反反复复地唱着这么几句：

　　小燕子，穿花衣，
　　年年春天来这里。
　　我问燕子你为啥来？
　　燕子说，这里的春天最美丽……

　　这是一支他从没听过的歌，也是他这一辈子听过的最好听的歌。她细细的清亮的童声，就像又清又温暖的溪水一样，没住了他的脚、他的腿、他的身子，小鱼在他的腿间，游来游去，身旁，是红花绿草的河岸……他想，天堂，大概就是这个样子吧？

　　其实，他知道，陈宝印知道，马兰花说的，是对的。当初，他要是不回谷城，要是乘上了那只渡海的航船，他也就不会这样拖累他的亲人们。可是，晚了，回不去了，他永远登不上那条船了。

　　这一夜，马兰花为他剪了头发，剪了胡须，没有剃刀，所以，她尽量修剪出形状。他看上去，清爽了许多，精神了许多。马兰花盯着他看、看，看了许久，说道：

　　"还是个好看的男人。"

　　泪水夺眶而出。

　　那一夜，她留下来了。他们挤在那张地铺上，紧紧相拥。她如同波涛一样吞噬着他，激荡着他……他热泪横流地说："值了！"他又说："牡丹花下死，做鬼也风流啊！"

　　他知道，他和她都知道，那是最后的、最后的生死缠绕。

　　天亮前，兰花走了，临走，留下了一样东西，她说：

　　"哥，我完璧归赵。"

　　是那只小药瓶。里面，装的是毒药。

她背对着他，说："宝印，这辈子欠你的，下辈子补报吧！"

她走了。天要亮了。油灯的光焰，一闪一闪，在这个地心里，是永远没有白天的。他沉思着，久久地望着那个小瓶，心里一片雪地般的宁静。解脱，现在变得是这么容易的事，可是后面的事，怎么办呢？马兰花一个女人，将如何隐藏他的尸首？家里藏着一具尸体，一旦败露，那会有怎样的后果？

陈宝印，你别无选择。他想。

当地窖门被公安人员打开的时候，那些手电筒雪亮的光柱，天罗地网一样罩住他的时候，陈宝印想，现在，我可以死在阳光下了。

六、赵彼得

枪毙陈宝印那天，谷城自然是倾城出动。那已经是夏天的时候，城外的田野，小麦已经开始秀穗。到处矗立起了那种炼铁炼钢的土高炉，冒着浓郁的黑烟。先是开了公审大会，然后游街示众，最后，自然是拉到了城外湖洼。

而马兰花，则因为包庇、窝藏反革命，被判处五年徒刑。

那一天，西街北砖道巷，朗霞家的门，关得紧紧的，就像一座坟墓。

那天，破天荒地，最喜欢看各种热闹的引娣，没有跟她的同学们一起去湖洼看行刑。她一个人，在自己家小院的石桌上，玩抓羊拐。一个人，不停地抓，不停地抓。

吴锦梅也没有出门。她坐在炕上，透过玻璃窗，看着院子里那个沉默的妹妹。她想起了那个冬夜，酒枣的红、瓷盘的白，如同静物一般的画面，那么鲜明，没有丝毫污浊。还有那些朴素却悠长的食物香气，让人踏实和温暖。回不去了，她想。这样温暖而单纯的冬夜，永远回不去了。

炕上，一只箱子里，最底层，压着那件天蓝色开白丁香的衣衫。一切，都是从它开始的。一切。

不久，奶奶带着朗霞，回奶奶的老家去了。

奶奶的老家，在这个省份的北部，那里是山区，寒冷、干旱，出产莜麦和山药蛋。出门，一抬头，可以看见残破的烽火台，还有古长城的残迹。

出事后，朗霞大病一场。病后，她对奶奶说："奶奶，你带我走吧。"

奶奶说："宝，咱走。"

奶奶又说："城外，那条大河，朝北，走到头，就是奶奶的老家。"

朗霞说："好。咱们走到头。"

奶奶用最快的时间，处理了善后的事宜。房子，已经是公家的了，家具，带不走，卖了。这一天，一大早，祖孙俩，奶奶挎着大包袱，朗霞挎着小包袱，出了家门，去长途汽车站。这是出事后，朗霞第一次，走出那个院子。奶奶回身习惯地掩紧了院门，上了锁。听到"咔嗒"一声响，朗霞在心里淡漠地说了一声，永别了。

出了小巷，来到西街上，一别脸，就看见了鼓楼，那么巍峨、高大，那么冷漠、无情。朗霞不动声色地看了它一眼，扭过了头——她庆幸离开的时候可以不必穿过它的身下。现在，鼓楼在她的身后了，一步比一步远了。就在这时，她听到了一阵脚步声，嗒嗒嗒地从背后追上来，一只手拉了一下她的胳膊。

她回头，看见了引娣。

引娣望着她，眼睛红红的，什么也没有说，只是沉默地拉过她一只手，把自己手里的东西，放到了朗霞的手上。

是那几只羊拐。

洁白、温润如玉，有一面，涂染成了红色，血的颜色。那是引娣不离身的唯一的宝贝。

然后，就跑走了。

朗霞握着那几只羊拐，朝前走，一下也不回头。她不敢回头，她怕鼓楼看见她突然涌上来的满眼泪水，她怕西街看见她的泪水。

有一个意想不到的人，在长途汽车站，等着她们。

是赵大夫。

赵大夫说："大婶儿，你给我留个地址，我也好和你们联系。"

奶奶说："不必了，赵大夫，不给你添麻烦了。"

赵大夫说："大婶儿，这都是为了孩子。"

他拿着笔和纸，固执地要求着。奶奶哭了。她抹了一把眼泪，说出了那地名、村名。奶奶说：

"有你这句话，我代兰花谢谢你。"

朗霞默默地站在一边，就好像没看见发生的这一切。

赵大夫拿过了奶奶手里的大包袱，又去拿朗霞的小包袱，朗霞躲开了。奶奶对赵大夫轻轻摇摇头。出事以后，朗霞就是这样，对一切人都关上了她的心。她什么都不问，什么都不说，不哭，不闹。就连生病，也生得那么安静。她安静得让人害怕，仿佛，那安静，是另一个世界的安静，是极地的雪原，凛冽、寒冷、死寂。

这个萍水相逢的男人，把这一老一小送上了北行的长途汽车。他给了奶奶一包吃的东西，他说：

"大婶儿，保重——"

他向她们招手，车开了很远之后，他仍然那样站着。只是，朗霞根本就没有回头。

后来，车行到半路上，到打尖的时候，奶奶给朗霞找东西吃，打开了他送的那包吃食，"啊"地叫了一声，原来，里面，还塞了五十元钱。对她们而言，那无疑是一笔雪中送炭的巨款。奶奶落泪了。

朗霞对奶奶说："奶奶，别哭，不值得。"

她这么说着，一边打开车窗，把她一直握在手里的羊拐，温润如玉的、朋友的宝贝，从车窗里一把扔了出去，扔在了身后。

"我恨谷城，"她说，"我恨——我妈！"

那时，她不知道，她的妈妈，马兰花，已经生病了。她没能熬过五年的刑期，在饥荒的六十年代初叶，病死在了狱中。

尾声、满树榆钱

新世纪，谷城外，开辟出了一片公墓。和所有新式的墓园一样，这依山坡而建叫作"永安"的墓园里，乍一看，就像是密密的一片碑林。这一天，墓园里来了两个外乡人，两个女人，母女俩，母亲六十开外，女儿，则看不出年龄，很时尚且貌美如花。

她们来祭奠一个亡者。

那亡者姓赵，墓碑上刻着他的名字：赵彼得。

她们带来了鲜花、水果、酒以及纸钱。母亲亲自奠酒，她将斟满的酒杯举起来，说道：

"赵叔叔，给您敬酒了！"

然后，恭恭敬敬地，将那杯酒洒在了墓碑前。

"赵叔叔，您不认识我了吧？我是——朗霞，您看，时间过得多快，一眨眼，我也是六十岁的人了！您活着的时候，我没有跟您说过一个'谢'字，没有亲笔给您写过一封信——您寄来钱，回信，都是奶奶求人代写！……这世上，恐怕，再找不出比我更无情更绝情的人了吧？可是，我这么无情，您一点也不计较，还是照样年年寄钱来！叔叔，我嘴里不说，其实，我心里一直在问，这世上，怎么还会有您这样的人？这个让我害怕让我恨的人世，怎么还会有您这样的人？您和我们，非亲非故啊！叔叔，不瞒您说，要不是您，我不知道今天的朗霞会是什么样。每次，在我最痛苦在我熬不下去的时候，在我想做坏事想做恶事想做狠毒的事想堕落的时候，我就想，给我一个理由，让我不做恶！叔叔，您，就是那个理由，我总是不由自主地想起您，我想，这个世界，不是还有一个赵叔叔吗？一个有赵叔叔的世界，就没有坏到底……"

她眼睛里，闪烁出了泪光，可是她的声音，仍旧安静、沉静。她沉静地说出的这一番话，显然，是她身边的亲人，她的女儿，从没有听到过的。女儿惊讶地望望她，又望望墓碑。只见她从手袋里掏出一样东西，是一个小小的、破旧的小本子——几十年前，孩子们常用的那种笔记本。

"奶奶活着的时候，您寄来的每一笔钱，她都要清清楚楚记在这个小本子上，她老人家临终前，把它交到了我手里，对我说，'孩子，这是一个账本，这账本上，记的不是钱，是咱娘俩欠人家的恩义！将来，有一天，你要替奶奶，去当面谢谢人家的这份恩德！'……可这么多年了，我一直没有来，因为，当着您的面，我说不出那个'谢'字，那个字，太轻，太轻，太轻了！……但现在，我的女儿，就要远嫁到法国去了，她临行前，我想，我得带她来，向您辞个行，把这个账本交到她手里，告诉她这个账本的故事，告诉她，她的妈妈，这一生，欠您的恩义……"她说不下去了，慢慢地跪下，抱住了墓碑。

铭恩，戴铭恩，她的女儿，在突然之间，明白了自己名字的来历，明白了自己的"前史"。

太阳真好，是北方难得的晴朗的春日，风和日丽。墓园很宁静，四周一片鸟鸣。远远望去，这里那里，一树一树的桃花，一树一树的泡桐花，一树一树的丁香，还有，不知名姓的那些山野的花朵，绽放着，北方春天的艳情，似乎总是这样的嘹亮和直抒胸臆。也因此，它的秘密，才可能埋藏得更深更隐秘。

比起相邻的那座举世闻名的古城，谷城显然要沉寂许多，大概也是这个缘故，它才有可能保留下来一些从前真实生活的痕迹。

比如，西街。比如，鼓楼。

西街上，旧式的楼檐下，没有像那些旅游景点一样，悬挂起一盏盏大红灯笼，弄成电视剧布景的模样。仔细看，楼檐下，这一家或是那一家，还有一两盏从前的走马灯，挂在那里，破得不像样，可是，有沧桑的好看。

还比如，旧宅。

朗霞惊讶地发现，尽管那座小院破旧得不成样子，简直如同废墟，尽管它看上去变得十分狭小、拥挤，尽管厕所的后墙早已坍塌了一堵，可是，可是迎面那门框的条石上，那三个凿刻的字，那三个屡屡闯入她梦中的字，经过了五十年的风吹雨打，竟然还在，她一看到那三个字，眼睛就潮湿了。

"活泼地"啊。

"是朗霞吧?"突然，身后传来了这样一个声音。

她扭过头，看见了一个老女人，高高的，瘦瘦的，小脸盘，皱纹很深，烫着碎碎的一头小卷儿，正眯着眼打量她。

朗霞脱口叫出了那个名字，她说："引娣。"

"啊呀!"引娣叫起来，"真是你呀，朗霞，我从鼓楼那里，就跟上你啦!我心想，会是朗霞吗?可别叫错人呀——"

她们俩，昔日的小伙伴，五十年前的小伙伴，站在那里，你看我，我看你，笑着。时光的大河，在她们身边，汩汩地流，她们都听到了那惊心的声响。

"你过得好吗？朗霞？"引娣含着眼泪问。

"很好，"朗霞回答，"你呢？引娣，你过得好吗？"

引娣笑了，她没有回答朗霞的问话，却说：

"朗霞，我就知道你一定会回来的，我就知道。"

"你怎么知道？"朗霞也笑了，"连我自己也不知道啊。"

"你这不是回来了吗？"引娣说，"前几天，我看见婶儿啦，婶儿回来了，就站在那儿，站在那棵榆树下，说，'你看，结榆钱了，满树都是榆钱儿，朗霞最喜欢吃榆钱蒸的拨烂子了！'我一看，真是！那棵树，死了好多年了，可今年，呀，又活了！你看，这满树的榆钱儿，结得多好！今晚上，我给你做榆钱儿拨烂子吃——"

"你说谁？"朗霞问，"谁回来了？"

"婶儿啊，"引娣回答，"马兰花大婶儿啊！她有时候会回来看看。"

正午的大太阳，朗照着，唰地一下，朗霞感到全身如同有一股电流通过。那棵老榆树，她的故交，原来，是它在召唤着她，它用满树繁密的榆钱儿，用它死而复生的深情厚谊，召唤着她。也许，不是它，是——母亲。她看见树下的母亲了，站在那里，年轻，美丽，像榆钱儿般清香，望着她，忧伤地微笑。

她拉过了身后的女儿，说道："妈妈，这是您外孙女。"

然后，她哭了。

2013 年 4 月 22 日于太原

晚祷 |

一九七二年，某个冬日，十岁的袁有桃放学后没有回家，她沿着一条小路来到了那个叫作"海子"的地方。"海子"当然不是海，而是一片湖洼。有桃家住在城边上，湖洼是这一带孩子们天然的乐园。夏天，他们在"海子"里游泳，冬天，则是在冰封的湖面上溜冰车。说来，这两件事其实都是被禁止的，学校里一向有明文规定。因为，这湖洼里差不多年年都要死人，夏天淹死的自然是要水的人，冬天则是不小心被冰窟窿吞没。大人们说，那是水鬼在找"替死鬼"。从前，在有规矩的年月，老师们常常在夏日午休后突击检查，让孩子们伸出胳膊，在赤裸的皮肤上用手指一划，游过水的皮肤就会有醒目的、昭然若揭的白痕：原来它会说话！当然，现在，没人管这些了，谁还管这些呢？乱世呵。

　　天阴沉沉的，要落雪的样子，还不到五点，城市就变得昏暗——这是一天中最伤心的时刻。小风嗖嗖地打在人脸上，很冷。结了冰的海子上，空无一人。岸边枯黄的没有割净的芦苇，摇曳着，有一种不动声色的零落的凄怆。有桃迟疑一下，走下湖岸，站在了冰面上。她穿着那种家做的笨拙的棉窝，还是去年姥姥给她亲手做的，穿在脚上，明显地小了，夹着她的脚。但她舍不得脱下来，现在，她想穿着这棉窝，去找姥姥。

湖面冻得很结实，偌大的凛冽的冰湖上，走着这个悲伤的孩子。她脚下打着滑，走得小心翼翼。后来，许多年之后，她想明白了一件事。她用长大的眼睛居高临下俯瞰着十岁的自己，那个要去冰窟窿寻死却害怕滑跤的孩子，她知道了，那不过是命运对她最恶意的一个作弄。

一、山高水远

有桃一出生，就被送回了老家。她是家里的老二，上面一个姐姐，下面还有一个妹妹和一个弟弟。赵家四个孩子，只有她，是跟着老家的姥姥长大的。当年，她一出生，母亲就患上了乳腺炎，没办法哺乳，再加上工作又忙，只好把她丢给了老家的姥姥。紧接着，妹妹弟弟相继来到人世，闹哄哄的一大家人，母亲自然顾不上去接她，就这样，一年一年的，有桃就在那个北方小镇，长大了。

姥爷是个教师，在几十里外的一个公社中学教书，不常回家，家里，常常只有姥姥和有桃，还有一只奶羊。那只羊，是有桃刚出生时姥爷牵回来的，它新鲜干净的奶水喂养大了有桃。所以，它是这家的功臣。姥姥一直不舍得卖掉它，更不舍得宰杀。姥姥有时会这么说："有桃啊，它可是你的奶妈。"有桃回答说："那过年时我是不是也要给它磕头？"姥姥就笑了，说："它也受得起你的头。"就这么，一年又一年，它从一只青春的、奶水汹涌的母羊慢慢变成一只目光浑浊的老羊。

那个小镇，地处这个内陆省份的最北端，干旱、严寒、荒凉。镇子很小，一条主街道，一眼就可以望到尽头。但是天真蓝，真高，蓝天下的山脊上，蜿蜒着残破的外长城的遗迹，还有，更残破更孤独的烽火台。那种透彻的、悠远辽阔的苍凉，就像空气一样，无处不在，这里的一切，庄稼、菜蔬、树、遍地的野草、牲畜和人，都是呼吸着这样苍凉的空气，生长着。假如把他们移植或迁徙到那些热闹的地方，或许将是灭顶的灾难。

有桃临近十岁那年，这样的灾难降临了。

先是羊，接下来就是姥姥。她们都离去得很安静，像是怕吓住这个令人心疼的孩子。羊是在一个清早被发现死在羊栏里的，头枕着一堆青草，眼角上挂着泪痕。埋葬它的时候，有桃哭得很伤心，姥姥说："宝啊，这世上，再好的物件，再亲的人，都有分手的一天啊！"有桃不知道，那是姥姥在跟她道别。

几天后，姥姥清早起来扫罢院子，觉得有点累，就靠着院子里的枣树坐下了，这一坐，就再也没起来。医生后来说姥姥是死于突发的心脏病。那正是枣树挂果的大好季节，姥姥头上，一树新生的、翡翠般鲜绿的果实，预告着一个北方的丰年。千里外的母亲匆匆赶来料理了姥姥的后事，埋葬完姥姥，母亲对姥爷说：

"有桃我接走了。你在外边教书，带着她，是累赘。"

姥爷叹口气，摸着有桃的头说："是啊，快十岁了，四年级了，也该进城里念书了。"

临行前，姥爷带着有桃和母亲去跟姥姥辞行。有桃在姥姥坟前，长跪不起。姥爷对坟里的姥姥说："孩子要走了，这一走，山高水远，回来一趟不容易，你好好的，别让孩子惦记……"

母亲在一旁说："爸，看你说的，这又不是古时候，火车也就一夜的路，怎么就山高水远？"

姥爷沉默不语。

有桃给姥姥磕了头，侧过身，也给埋在一旁安睡在泥土中的母羊，恭敬地磕了一个头。有桃在心里对她们——她真正的母亲们说："我走了……"

后来，有桃不止一次地想起姥爷的话，山高水远。何止是山高水远啊。那是一个永远也回不去的故园。

有桃的家，在城边上，周围都是一些大工厂。有桃的父母，也都在工厂上班。父亲在工厂的俱乐部工作，母亲，则是工厂职工医院的一名护士。他们住的，是工厂的宿舍区。宿舍区很大，有楼房，有平房。有桃家住楼房，红砖的旧楼，两间独立的房屋，一间住父母和小弟弟，一间姐妹们合住。公用的厕所，设在走廊的尽头，而走廊，则是家家户户的厨房。家家户户门前，摆着蜂窝煤炉，架着案板，堆着蜂窝煤、垃圾桶和各种杂物。好在这楼房，是从前苏联专家设计的，走廊就像长长的出檐，又像可以眺望风景的有木栏杆的阳台。据说，从前，站在楼上走廊凭栏远眺，可以看到田野，看到叫"海子"的湖洼，甚至可以看到更远处那条穿城而过流向黄河的大河，看到河上安静的落日。人们这样说，那时候啊，真荒凉。如今，不荒凉了，一座座楼房、厂房，一根根吐着黑烟的烟囱，遮蔽住了人的视线。无论有桃怎么努力，她看到的，永远是对面楼房的墙壁，或者，是一片灰蒙蒙黯淡的瓦顶。

就连天空，也不再是家乡那种透彻干净的蔚蓝。

一切都是陌生的。陌生的城市、陌生的家、陌生的口音、陌生的父母和兄弟姐妹、陌生的学校以及老师同学。她几乎不敢开口说话，一说话，同学还有兄弟姐妹就会嘲笑她的乡音。课堂上，她最害怕的事就是被老师提问，每次提问都是一场灾难，因此，上课时，她总是缩着身子，似乎，这样，她就可以消失不见。渐渐地，缩肩缩背变成了一种习惯，不管在什么地方，只要人们的眼光落在她身上，她马上条件反射一般让自己瑟缩起来。这让她的母亲十分反感，母亲生气地骂她：

"你做了什么亏心事？还是上辈子缺了什么德？缩头缩脑的，你是娄阿鼠转世啊？"

姐姐妹妹捂着嘴笑起来，她们觉得"娄阿鼠"这名字很好玩，于是，就"娄阿鼠！娄阿鼠！"地追着她嘹亮地喊，一院子的小孩儿也都"娄阿鼠！娄阿鼠！"地这样叫她。有桃就这样有了一个绰号。

她不知道"娄阿鼠"是什么，她没有看过那个叫《十五贯》的戏曲电影，但她深信那不是一个好人。她就这样莫名其妙地变成了一个坏蛋。这让她愤怒。她表达愤怒的方式就是把自己更紧密地关闭起来。尽管住在一个屋子里，她再不和她们说话，就像一个哑巴。她漠视她们。她们那间十几平方米的屋子，两张上下铺，格局好像学校的宿舍。她占用着一个上铺，那一米宽两米长的铺位是她在这个城市最后的堡垒。她把一张与姥姥姥爷合影的照片夹在一本书中压在她的枕头下面，那书，是从前姥爷买给她的，名字叫《中国古代医学家的故事》，姥爷一直希望有桃长大能当一个医生。那个未来的医生，在照片中娇憨地依偎在姥姥姥爷身边，夜夜，她就这样和他们一起入睡。现在，只有在梦里，她才能做一个快活的尊贵的孩子、从前的孩子，和亲人团聚，和姥姥，和她的羊妈妈，还有姥爷，还有她想念到心疼的苍凉旷野和辽阔蓝天。

她不知道她在睡梦里是流泪的。她那么快活，醒来后却是满脸的泪水。她的眼泪，只在梦里流，白天，她不哭。无论她多么难受，她也不在冷酷的白昼里哭泣。她的两只大眼睛，在白天，像沙漠一样干旱，还有一种奇怪的不合情理的冷峻，看上去像某种隐忍而苍老的非洲动物。这双眼睛也常常触怒母亲，母亲觉得这简直不是一个孩子的眼睛。

"她到底是谁呀？啊？她是我生的吗？"母亲有时候忍不住会这样问父亲，"你说，是不是有鬼附在她身上了？你看她的眼睛，那是孩子的眼睛吗？让人害怕！"

父亲轻描淡写地回答说："瞎说八道！她不是你生的是谁生的？这，你可赖不掉！"

"是啊，我赖不掉！"母亲叹息一声，摇摇头说道，"我要是没生她该多好……"

这话，有桃听到了。有桃的姐妹们也听到了。本来，母亲也就没打算掩饰，后来索性就把这话挂在了嘴边上。这话，应该说不仅仅是母亲一个人的心声，也是全家人的，至少，是姐妹们的。姐妹们想，是啊是啊，没有她该多好！她们怀念起没有她的好日子，姐妹俩合用一间房间的日子，姐姐有桔，妹妹有穗，一人一张上下铺，一人一个王国：下铺睡人，上铺则放她们各自的东西。她们忘了那时她们其实也常常吵嘴打架，互相使坏，告状，等等。现在，她们是同仇敌忾了，同仇敌忾来对付这个闯入者。假如这个闯入者肯向她们示弱，情况可能会有所不同，她们欺负她、作弄她，其实是一种试探。可是她们很快感觉到了，这个姐妹，这个古怪的孩子，是不会屈服的，尽管她总是缩起身体，可她是一个不会屈服的人。她用她持之以恒的沉默和她们作战，她们感受到了那沉默冷硬的力量，还有那种凛冽的冰山般的寒气。每一个夜晚，从她睡觉的铺上，那寒气幽幽地散发出来，渐渐凝聚成一个固体的东西，压迫住了她们和她们的睡梦，就像梦魇。

她们对这沉默毫无办法。这让她们厌倦。

"要是在战争年代，敌人抓住她，她肯定不会开口叛变。"有桔沮丧地对妹妹这么说。

"钉竹签子呢？拔掉手指甲呢？也不叛变吗？"有穗疑惑地问。

有桔想了想，摇摇头："恐怕不会。"

有穗从牙缝里"嘶——"地出一口凉气，说："我可不行，我会当叛徒的。"

有桔瞪她一眼："别瞎说！"

"真讨厌！"有穗叹息一声，"要是妈妈没有生她就好了！要是她永远在老家就好了！她为什么不回去呢？"

是啊，她为什么不回去呢？她为什么不回自己的地方呢？

这一天，放学后，轮到有桃的小组值日，所以，她到家比平时要晚一些。冬日的黄昏，家家窗户里，都已亮起了灯光，城市似乎对这孩子流露出一点静谧的温情。可是，一进门，她就闻到了一股扑面而来的臭味，像腐败的肉类的气味，那是劣质墨汁的味道。一抬眼，她看到了那标语，新鲜的标语，贴在她的床栏杆上，上面，用毛笔歪歪斜斜写着几个大字：滚回老家去！！！后面跟了三个浓墨重彩的惊叹号。然后，她就看到了她的书，姥爷的书，《中国古代医学家的故事》，躺在了地上，被肢解了一般，撕得七零八落。还有她的照片，有桃最珍贵的东西——她的过去，她与幸福有关的一切，她眼前泥淖般生活中唯一的救赎，也被踩躏了，躺在肮脏的地板中央，上面印着鞋印。照片上不见了有桃的脸，她的脸，变成了臭烘烘黑黑的一团墨渍……而那两个肇事者，则若无其事地坐在床边，正在用撕下来的书页折纸玩，把扁鹊、孙思邈、李时珍折成了小船、飞机，还有，手枪。

屋子里很静。

突然，有桃扑了上去，毫无声息，却凶狠得如同一只猎豹。她一下子就扼住了有桔的脖子，她不知道自己的胸腔里突然挤出某种闷响，就像濒死野兽的哀鸣，那么绝望伤心。有穗尖叫起来，抱住头，一边凄厉地大哭。母亲冲了进来，母亲嘶吼着，去救她的女儿。她奋力去掰有桃的手，哪里掰得开？父亲也冲进来了，父亲推开母亲，像拎小鸡一样拎起了有桃。有桃终于松手了，有桔一阵狂咳，"哇——"地哭出了声。父亲把有桃朝地上一抛，母亲扑上去，揪住了她的头发，把她的头咚咚地朝地上狠命地撞，扇她耳光，一下又一下，止也止不住。母亲气疯了，母亲嘴里喊：

"你要杀人啊！你要杀人啊！你给我死！你给我死！你去死！去死——我也不活了！"

然后，一阵号啕大哭。

那一夜，母亲把那两个女儿带进了自己的房间里。四个人，一家子骨肉，挤在了一张大床上睡了一夜。那肇事的现场，只剩下了有桃一个人。那是进城以来最安静的一个夜晚，她一个人，拥有了一个自由的空间。四壁之中，没有别的眼睛，没有别的呼吸，没有作弄、嘲笑、恶意和伤害。她捡起了照片，把上面的鞋印努力擦干净，用手轻轻把它抚平。她抚摸着姥姥的脸，在心里说："对不起，对不起，对不起……"她想说，对不起让你看到了这些，却没有说。就算在心里，这么说，也是让她羞耻的。她也不知道怎么对付那一团墨渍，无论她怎么擦那仍然是笼盖在了她脸上的乌云。她只好就这样把它夹进了语文课本里。地上，那些散落的书页，那书的残骸，她一张一张地捡起来。那一只只飞机、小船，她也捡起来。然后，她盘腿坐在床上，就像安稳地坐在老家的火炕上一样，把它们拆开、抚平，一张张理好。她的扁鹊、孙思邈、李时珍，始终安静地望着她，在尘世昏黄的灯光下，毫无怨言地望着这个无助的小姑娘。眼泪就是在这时候，突然汹涌地滚落下来。

二、秦安康

秦安康是家里的独子。在他那个年代，独子的家庭还是稀少的。他爸老秦，是这大厂里的八级钳工，有手艺，受人尊敬。他妈则是一个家庭主妇，也在居委会里担任着一些工作，比如，通知家属去居委会学习开会、挨家挨户收收扫马路费、分发一些票证之类。老秦每个

月的薪水，一百多元，三口之家，又没有其他用项，在这个北方内陆
工业城市，日子可以过得滋滋润润。再加上秦妈妈又是一个精明强干
很会过日子的女人，所以，在厂区里，秦家是个让人羡慕的家庭。

十亩地里一根苗的人家，孩子自然就娇惯一些。秦安康吃他妈的
奶，一直吃到了七岁上学。说来，这样恋母的孩子很可能会娘娘腔，
可秦安康却是人高马大、黑黑壮壮，当然，也很霸道、蛮横。他爸老
秦，八级钳工的巧手，又有各种便利条件，所以，秦安康手里的玩意
儿，总比别人的要讲究。同样的木头手枪，他那一把，一定格外逼真。
同样的冰车，他那一个，居然带着弧度十分舒适的靠背。就连最普通
的铁环，他那一只，竟是在环上装饰了小铃铛的，推着跑起来，铃铃
铃的，清脆地撒一路。

孩子们看了，自然眼热。

美中不足的，是这秦安康，不够聪明，念书念不进去，坐不住，
又贪玩儿，回回考试，没几回及格过。好在，这世道，考试这回事，
形同虚设，既不靠它升学，也不靠它奔前程，又没有留级一说，所
以，秦安康一点也不在乎。倒是他爸，人要强，又是老派人，觉得丢
脸，也关起门里狠揍过几回，无奈，这宝贝儿子，到下回考试，该不
及格还不及格。

没人喜欢和他坐同桌，女孩子们，都受不了课堂上他花样百出的
骚扰。于是，老师就把他一个人安排在了最后一排。好在，他本来个
子也就是高大的，独自坐最后一排，倒更是自由自在，还可以一个人
占用两个抽屉。所以，当这个叫袁有桃的乡下丫头成了他的同桌，他
被迫给她腾抽屉的时候，他就把她当成了敌人。

第一天，他像很多男孩子一样，用小刀在课桌上画了分界线，他
指着那分界线说："你敢过来试试！"这也是男孩子常见的威胁，不稀
奇。只不过，他的分界线，划在了课桌三分之二的位置上，公然是一

个不平等条约。袁有桃没有说话，掏出自己的课本，啪，放在了分界线外。他愣了一下，立刻，用胳膊肘狠狠地朝有桃肚子上就是一下，命令说：

"拿开！"

袁有桃咬了下嘴唇。不动声色。

他抬起胳膊，狠狠地，又是一下。

可这个瘦瘦小小的乡下丫头，一动不动，也不看他，就像他是空气。

这下，他真的愤怒了。他甚至觉到了委屈。凭什么啊？他想。他望着她，只见她的手，撑在了板凳上，明显也在他划定的分界线外。太过分了！他不再和她废话，抄起桌上的铅笔刀，朝她手背上，"噌——"地一划。

血流了出来。

没有声音。血流得很安静。秦安康被这血吓住了。他张着嘴，望着血像蚯蚓一样在那手背上爬，爬，渐渐把那只手涂染成逼人的、恐怖的血手。更恐怖的是，她的沉默。他从来不知道沉默可以是这样惨烈……突然，"哇"的一声，秦安康放声哭了。

就这样，秦安康和袁有桃，只做了一天的同桌。

老师带有桃去卫生室包扎了伤口，给她重新安排了座位，这个位置，远远离开了秦安康。老师说："秦安康，我怕了你了，大家都怕你了！你就一个人好好称王称霸吧！你就学美帝苏修吧！"

秦安康低头不语。他知道，美帝和苏修，都是纸老虎。他想起自己在课堂上的哇哇大哭，感到了深深的羞耻。他不知道自己原来怕血，他这样想。似乎，"怕血"这个理由可以给他安慰。他确实是被血吓坏了，可是，可是他知道，真正让他恐惧的，还有别的。

从那天起，他开始远远地、偷偷地注视那个女孩儿。在人群中，那个女孩儿，缩头缩脑，毫不显眼。他听到老师背地里说她"木"，一个老师对另一个老师说："流那么多血，一声不叫，真木。"原来她"木"，秦安康想。她没有朋友，她也不爱说话。她的普通话说得走腔走调，语文课上，老师让她念课文，她的荒腔走板让全班同学哄堂大笑。下课后，大家学着她的发音，"纪念掰——球——鞦"，夸大着那不标准。她真是木的，一个人，坐在座位上，像什么都没听见一样，面无表情。

后来，同学们叫她"娄阿鼠"，他不知道这名字的来历，也不知道那是一只什么鼠，总之，莫名其妙。可他觉得她和鼠没什么关系，如果拿她比动物，她倒更像——更像那种令人恐惧的。他也不知道她是否还恨他，他们偶尔面对面走过，在家属院，或者，在学校的走廊，不小心碰上了，她就像没看见他，从她脸上，既看不出恨，也看不出原谅。那是一张从不起风浪的脸。是，她木。可她也许深不见底。

总之，好好的日子，让这个不知从哪里跑来的女孩儿改变了。十岁的秦安康，有了一些心事。他不再那么喜欢和小伙伴们扎堆，总是哪里热闹往哪里钻；他也不再那么害怕孤单，放学后，常常一个人到厂区外闲逛；他还会在天气最冷的时候，到空旷的"海子"上滑冰车。偌大的一个湖面，小小的灵巧的冰车，会给他带来飞翔的感觉，车身下嵌入的"豆条"，一种粗粗的铁丝，摩擦着冰面，那细细的清冷的声响，偶尔，会让他鼻酸。他就更用力地挥舞冰锥，让自己更快地飞，飞，好像这样可以飞出某种东西之外。然后，突然地，他刹车了，冰车刚好停在一个冰窟窿的边上，汗从他戴着棉帽子的头上流下来，他分辨不出那是热汗还是冷汗。

黑黑的冰窟窿，深不见底，这里那里，分布在开阔的湖心处。据说，那是炸鱼的人用手榴弹炸出来的。也有人说，是专门凿出来让湖里的鱼透气的。平时，在湖面上溜冰、滑冰车的孩子们，会选择避开它们。孩子们知道它的凶险，从大人们的嘴里，他们都听说过"替死鬼"这传说，也见过真的有人，在这黑暗冰冷的水中丧生。而这个冬天，秦安康，却放纵着他的冰车，让它冒险地在冰窟窿边缘横冲直撞。也许，他是用这样的方式，在考验着自己的胆量，在为他众目睽睽之下那一次羞耻的哭泣雪耻。

然后，就到了那一天。

那一天很冷，天寒地冻。他像往常一样吸溜着鼻子带着他的冰车来到了"海子"，他知道这样的天气，冰上一定是人烟稀少。果然，湖上很空旷，只有一个人影，在冰上趔趄地走着。一眼，秦安康就看出了那是谁。倒霉！他想。他掉头想往回走，又站住了，我为啥要怕她？他对自己说。他站在那里远远地看她，忽然觉到了奇怪，他想，她来这里干什么呢？她们女孩儿又不玩冰车，也不像是来滑冰，那她来这冰封的湖上做什么？抓鱼吗？

他看她渐渐走向湖心，走向——他最熟悉的那个地方，然后，站住了。那是一个冰窟窿的边缘，他知道。她真是要抓鱼吗？这个男孩儿想。可是她站在那里，一动不动，一动不动。天阴沉沉的，压在湖面上，湖面那么大，那么空，而她，是那么……伤心。奇怪，平时，从她脸上什么都看不到，可是，她的背影，却是悲伤的。原来，背影可以告诉别人那些隐藏的东西。

他跳下湖面，撑着冰车直奔她而去。

事情就这样发生了。一个要投湖自杀的人，遇到了她的解救者。

其实，站在冰窟窿的边缘，有桃就犹豫了。那冰窟窿，就像一张深不可测的大嘴，又像洞穴，幽幽的，黑黑的，似乎可以隐隐听到某种喘息声，就像神秘而粗鲁的呼吸。它能把我带到姥姥那里吗？有桃这样想。这么黑，这么寒冷，这么不怀好意的去处，能指引我和姥姥重逢吗？有桃相信，姥姥，她在这世上最亲的亲人，无论活着还是死去，只要是她在的地方，就一定是光明、温暖、善良的，有透彻的蓝天白云，有清香的庄稼，有春天的野花和秋天的果实，有洁白的羊群和放羊人嘹亮苍凉的山歌……而这个城市，这个冷酷的地方，找得到这样一个通往姥姥世界的入口吗？

她望着脚下的冰窟窿，感觉到了一个城市的恶意，从那深处，扑面而来。

她背着书包，里面装着姥爷的书，不管她怎样用糨糊、针线粘贴、连缀，那都是一本残缺的、伤痕累累的书了。还有毁掉的照片，她藏在了身上，这是她全部的珍藏，可是，它们和她，该往哪里去呢？——死和活着，都是这样寒冷、恶意和耻辱。

她哭了。

就在这时，身后突然响起了一个惊诧的声音：

"嗨，你在这儿干什么？"

她吃惊地回头，看见了冰车上的男孩儿，秦安康。显然，更吃惊的是这叫秦安康的孩子，他没想到会看到一张满是泪水的脸。这张脸，那么悲伤、无助，看上去一点也不像平时那个冷硬的袁有桃了，他几乎怀疑他认错了人。

"你……你……你想自杀吗？"他变得结结巴巴，"你想做替死鬼？"

袁有桃狠狠擦拭了眼泪，让他看到自己哭泣的样子，她觉得慌乱和羞耻。这个男孩儿，和她的姐妹一样，对有桃来说，都是那种噩梦般的存在。一时间，她好像觉得她的姐妹，有桔有穗，就藏在他的身体里，用他的眼睛望着她一样。

"去年厂里有个人，跳冰窟窿自杀了，"秦安康说，"捞起他的时候，头肿了这么大——"他用手比画出了一个脸盆的形状，"你想做他的替死鬼呀？"

袁有桃没有听出，他其实毫无恶意，他用这种方式在笨拙地阻止着一个悲剧。这要到很多年之后，她才能明白这一点，要到她懂得和生活和解的时刻。可那时，这话，突然激起了她的愤怒和——恐怖。

"你才想做替死鬼！"她冲着他的脸，大喊一声，"你去死——"

说完，她跑走了，泪流满面，她哭着在冰上奔跑。落雪了。憋了一天的雪，终于飘落下来。一大片，一大片，轻盈，洁白，落在冰面上，落在干旱的城市。她不止一次滑倒，爬起来，再跑。当她又一次重重地跌倒时，她不再爬，不再挣扎，她扑倒在冰面上，让自己的脸，让她的身体，贴在落了薄薄一层雪花的冰上，放声号啕。她在心里说，雪，埋了我吧，埋了我吧……

秦安康一直一直注视着她的背影，呆呆地坐在冰车上，看她一次一次跌倒，爬起，再跌倒，再爬起，他又一次奇怪地感到了鼻酸。真冷，他想。可是她，她究竟为了什么这么难过，这么伤心呢？她为什么像一个大人那样伤心？他吸溜着鼻子，想不出答案。当她终于扑倒在冰上，她的哭声，远远地凄厉地传来时，他就像被谁抽了一鞭，撑着冰车朝她那边奔去。

他想对她说，袁有桃，你别哭了。

他还想对她说，那天我用刀划你，对不起。

可是，他什么也来不及说了。他飞驰着，只顾望着远处的女孩儿，忘记了他正身处在危机四伏的湖心。一块冻结在冰上的砖头，他没有看见，砖头绊住了飞驰的冰车，把他这个驾驭者抛了出去。而前方，正是湖上最大的一个冰窟窿。只听"扑通"一声，他一头扎进了黑暗的、深不可测的湖心——这个十岁的孩子，苗壮的孩子，真的飞出去了，飞出到了生活之外。

远远的，当袁有桃跌跌撞撞跑过来时，晚了，一切都过去了，发生过的一切，销声匿迹。只有那架冰车，制作精良被小伙伴们羡慕的冰车，孤独地躺在一旁，永远失去了主人。

三、夜晚的秘密

那天晚上，有桃踩着积雪回到厂区宿舍大院时，早已是万家灯火的时分。她听到一个女人正扯着嗓子喊"安康！安康！回家吃饭了——"，她还看到这女人逢人就问："看到我家安康了吗？"

她慌不择路地躲开了女人，她知道那是秦安康的妈妈，她听到自己的牙齿"得得得"地打战，她的腿也在抖着，膝盖一软，一只腿跪倒在了雪地上。她想，真滑啊。

一家人，围坐在餐桌旁，正在吃晚饭。折叠的圆餐桌，支在父母的房间里。她没有进去。她一个人走进旁边的屋子，没有开灯，摸黑爬上了她的床铺，拉过棉被，用它紧紧包裹住了自己。可她仍然在发抖。雪光映着窗子，房间里有一种清冷的微光。她只好把头也埋进了棉被里，那光，让她害怕。

这个家，没有人像秦安康的妈妈那样，站在大雪中，呼喊她的名字，说"有桃，回家吃饭——"可是，这不再重要了，一点也不重要了。昨天，还貌似生死攸关的事，此刻，在灭顶的噩梦面前，一点也不重要了。

对，那是梦。

她必须快快地、快快地睡着，她哀求自己，睡吧！睡吧！袁有桃，睡着了，就好了。睡一觉，就过去了。明天早晨起来，上学去，就会看见那个男孩儿，那个秦——安——康，好端端地活生生地令人讨厌地坐在那里，举着小刀，蛮横地威胁她说："你敢过来试试！"

大雪，纷纷扬扬，下了一夜。一夜，他们的院子里，也是纷乱的。

人们很快找到了冰车，却没能很快打捞起它的主人。湖水太深了，厚厚的冰层下，也许暗藏着潜流，假如人被潜流冲走，那就只能等到明年春天冰消雪化了。当然，没有人，敢当着沉默的秦师傅说出这话，也不敢放弃希望。而秦师母，则是在找到冰车的时候就晕了过去，被送到了厂里的医院。清晨，雪住了，家家升起炊烟，吃早饭的时候，传来了消息，人们争相传告着，说，捞上来了……

人们说，谢天谢地，不用等到明年开春了。

太阳升起了，新生的太阳，雪后初霁的太阳，照耀着洁白的城市。这惊悚的洁白，刺疼了有桃的眼睛，她不知道自己的眼睛是血红的。是啊，太阳不是从前的太阳了，有桃这样想。她听着风中传来的秦师母的哭声，那哭声撕心裂肺，不像是哭，像是在凄厉地嘶喊。整整一天，这哭声与她如影随形，就像一个鬼魂。人人都在谈论着这件不幸的事情，学校、厂区、宿舍院，这城市的每一条大街、每一个小巷、每一处角落。原来，昨晚之前，这城，她如此憎恶的这城，其实并不是地狱……

饭桌上，母亲对姐姐妹妹说："都别去'海子'上滑冰玩儿了，看见没有？多可怕！活蹦乱跳的，说死就死了！幸亏捞上来了，要不然，在湖里泡一冬天，成什么样儿？早喂了鱼了！"说着，看了有桃一眼，说："你也一样！"

有桃不敢看她的眼睛。她也不知道自己在发烧。

一夜，高烧让她昏昏沉沉。她觉得自己是在一片大水中浮沉着，挣扎着。她对着一个人嘶喊，说："你才想做替死鬼，你去死！"那个人，坐在冰车上，无言地望着她，突然，对她咧嘴一笑，说："我已经死了呀——"她惊醒了，一头的汗水，一脊背的汗水，一身的汗水，那么多的汗水，把床单都浸湿了。可是，怎么这么湿？她下意识地，伸手去摸，突然她翻身坐起，呆住了。

她尿床了。

十岁的有桃，在这个心惊肉跳的夜晚，羞耻地尿床了。

月色如水，从无遮无挡的玻璃窗洒进来，没有心肝地冰冷地照着这个绝望的孩子，这个走投无路的小少女，她呆坐在湿漉漉的床铺上，看着曙色一点一点来临。天就要亮了，她不知道这个世界、这个人世，还有什么更大的不幸在明天等待着她——在每一个明天。她叹息一声，取下了挂在墙壁上的书包，取出铅笔盒，拿出一把削铅笔的小刀，躺下，就躺在那湿漉漉的秘密之上，伸出手腕，在那上面狠狠地深深地一划。

永别了，姥姥！鲜血喷涌而出时，她和姥姥郑重道别。她知道，她永远去不了姥姥所在的世界了。那是天堂。而天堂，不再属于这个有罪的孩子。

黎明时分，有桔起床上厕所，一起身，头上垂下一只血手。淋漓的鲜血，滴在了她脸上。她惊声尖叫，惊醒了她的父母。

要感谢那把铅笔刀，它不够锋利，还有，十岁的孩子，也缺乏知识：小刀划破的，流了那么多血的，原来，并不是致命的动脉。

当护士的母亲，为她紧急处理了伤口，止血、清洗、敷消炎药、包扎。伤口触目惊心，只好送医院缝合。母亲一路走一路哭，说："袁有桃，你可真够狠毒啊！你可真狠毒！"

太阳下，母亲为她清洗着被褥。血渍和尿液，弄脏了它们。母亲忧心忡忡地洗着，蹲在一旁观看的有穗说道："妈妈，她都十岁了，还尿床啊！我要是十岁尿床，我也自杀——"

母亲喝止住了她，说："袁有穗，你还让你妈活不让？"

没有一个人疑心什么。全家人都觉得，这未遂的自杀，是因为遗尿。等到她伤口愈合拆线之后的第二天，姥爷来了，是母亲写信叫来了姥爷。母亲说："爸，你带她走吧——"话没说完，就委屈地红了眼圈。

就这样，有桃和姥爷，乘上了北去的列车。一路上，她只是望着车窗外的风景，沉默不语。直到她看到烽火台，蓝天下的烽火台，它们苍凉地静默地扑进她眼睛里的时候，她哭了。

姥爷说："孩子，回家了。"

四、苏慈航

就这样，有桃跟着姥爷，来到了他任教的学校念书。姥爷不仅是这座七年制学校的校长，也教语文。那是更北的北边小镇，更严寒，也更苦焦，而且，名字中就带着一个"堡"字，一听，就是从前的边关了。这里的太阳，永远有一种凄清的明亮，天空也更高远。当然，也有更酷烈的大风。大风刮起来的时候，飞沙走石，也让有桃想起那些古代的边塞诗。

而且，离外长城更近。出了学校门，沿一条小路，爬上去，就是长城了。

没事的时候，有桃就常常爬到长城上，看书、晒太阳、吹风、发呆。

边塞的大风，把她的皮肤吹得粗糙了，太阳晒黑了它们，她身上，那一段城市生活的印迹，被风和太阳轻易地抹去了。姥爷默默地看着这变化，姥爷想，但愿她心里的那痕迹也能这样抹去。

尿床的事，没再发生过。姥爷也从没有问过，在那个城市，究竟发生了什么。可是姥爷知道，一定是有大事的，是发生过什么的。否则，一个那么健康阳光的孩子，他的宝贝，怎么会——尿床？十岁的孩子啊！想到不知什么竟然能逼得孩子尿床，姥爷觉得自己心都在打战。

姥爷等着。等她自己有一天，能说出那心结。

有桃到来后，姥爷就在校门外一片旷野上，开出了一小片菜地，移来菜秧，种下一些细菜：西红柿、豆角，还有黄瓜之类，为的是给有桃改善伙食。平日里，晚饭前，太阳慢慢西坠时，爷孙俩会来菜地里除草、浇水。姥爷生性沉默寡言，而有桃，也不说话。他们只是默默地干活，闻着被太阳晒了一天后，植物散发出的那一股生命的香气。蜂飞蝶舞之中，偶尔，有桃会抬起头，叹息似的轻轻叫一声：

"姥爷呀——"

姥爷就回答："嗯？什么事？"

"没事。"有桃笑笑，"真好看啊！"

她是说夕阳。血红的一轮夕阳，挂在山巅。山峦、天空、长城、烽火台、千沟万壑，都变成了那样一种沉静的、安详的金红色。她眯着眼睛看夕阳的神情，让姥爷心疼。姥爷想，傻孩子啊，心里的疙瘩，说出来，就痛快了呀。

离小镇十几里，有个叫鸦儿崖的村庄，村里，住着一户北京来的下放干部。这家人有个儿子，叫苏慈航，也在镇上的这所学校读书，读七年级，这七年级有个名称，叫"戴帽初中"。

苏慈航不是寄宿生。他有一辆自行车，"凤凰牌"的，大链盒，每天，他骑着他的"凤凰"上学、下学，是这乡间公路上的风景。这里的自行车，很少有大链盒，大家骑的，都是加重型的"红旗"或者"飞鸽"。所以，苏慈航很惹眼，这里人看他，就好像他真的是骑在一只凤凰身上。

苏慈航十三岁了，正在拼命蹿个儿，就像那些正在拔节的庄稼，夜里，静静地听，似乎可以听到一个少年成长的那种神奇声响。从城里带来的衣服，都无可救药地小了，他妈只好把他父亲的旧衣服改给他穿。那些从前的衣服，有着很好的质地，无论怎么改，都有一种异地的气息、过客的气息，和这里格格不入。

所以，苏慈航没有朋友。

他骑着他的凤凰，早出晚归，独往独来。中午，只要是好天气，他就总是带着他的饭盒和一本书，沿山坡走到残破的长城上去。他喜欢这里，他觉得这里是枯燥、艰苦的生活里唯一的一点诗意。不用说，他是那种布尔乔亚家庭里滋养出来的小文青。

这里人，很少有谁去爬城墙玩的。没有人去惊扰它，偶尔，会有放羊的羊倌赶着羊群从那里经过。苏慈航喜欢这宁静，喜欢没有别人眼睛的注视。但是在这年开春之后，情况变了，有一天，他在这里碰上了一个女孩儿，后来，他们就经常在这里相遇了。

起初，不说话，相互保持着各自的矜持和礼貌的距离。终于有一天，苏慈航忍不住了，他抬起头来问她说："他们说你是从省城转学来的，是吗？"

她点点头，不能说不是啊。可她马上补充说："我就是这里人，我家在这儿。"

"知道，你姥爷是校长。"他回答。

"你是北京来的？"轮到有桃问了。

"对。"他点点头。

有桃轻轻叹口气："你，很想北京吧？你一定不喜欢我们这里。"

他明亮的眼睛，黯淡了。他们两人，各自趴在一个城垛上，望着远处的山峦、沟壑、田野。许久，他回答说："喜欢不喜欢，不都得在这里吗？我又不能选择……"

是啊，不能选择。这话，让有桃一阵疼痛。她懂那无助。她不知道该用什么话来安慰他。

他忽然回头冲她一笑："所以，我要找这儿让我喜欢的东西，你看，我找到了。"

她没有笑，望着他，她想，北京人，但愿你比我幸运。

"北京也有长城。"她说。自己也觉得这话很蠢。

他们就这样认识了。

苏慈航慷慨地借书给有桃看。那都是他父亲的书，劫后余生的书：俄罗斯小说、法国小说、英国小说，还有三十年代中国的那些小说，巴金的、老舍的、茅盾的……有一次，他还带来过一本外文的杂志，里面都是法文，一个字也看不懂，但据说那是一本美术的杂志。里面有一幅画，迷住了有桃。画面上，是满天的晚霞和正在等待收获的大地，一对男女，一对劳动者，低着头，虔敬地祈祷……那里面，有一种深深感动了这小少女的巨大的静谧，有一种笼盖了天地的神秘和庄严的东西，似乎，那里面，有永远不会被破解的神圣的生活的秘密……有桃觉得，那里面的秘密，似乎和她的灵魂有关。她捧着这幅画，看了许久，这让苏慈航感到惊讶，他不知道是什么让她如此动情。于是，他告诉她，这幅画是一个叫米勒的法国人画的，它的名字叫《晚祷》。听到这名字，有桃的眼睛，一下子湿了。

"他们听到教堂的钟声了。"苏慈航这样告诉她。

"也许，他们还听到了别的。"有桃轻轻说。

苏慈航很惊诧，他觉得这个小姑娘很奇特，就像一个小巫女，或者，一个小圣徒。

当然，更多的时候，他充当着启蒙者的角色，给这个山区的小姑娘带去城市的文明。不用说，这个启蒙者必然拥有一本歌本，《外国民歌 200 首》，那几乎是那个年代小资文青们的"圣经"。他总是喜欢用他刚刚变声的嗓子唱那些忧伤的歌曲：

啊，你，命运，我的命运，我不幸的命运，

为什么，我苦难的命运，

送我到——西伯利亚——

有桃听着这样的歌声，心想，这里，就是他的西伯利亚啊。原来，每个人，都有自己的西伯利亚。她试着用他的眼睛，苏慈航的眼睛，来看这个地方，苦焦、严寒、干旱缺水，只生长莜麦、胡麻、糜谷、马铃薯这些高寒作物，人都很贫穷……可是，即使如此，有桃也希望，他能够被这片土地善待，他能够感受到这土地的悲悯与善意。

苏慈航的妈妈，从前是大学里的老师，本来就不擅长家务，也不会做饭，加上老家是南方人，当然更不知道怎么料理这里的五谷杂粮。所以，苏慈航每天装在饭盒里的午餐，千篇一律，永远是小米捞饭。那捞饭，还总是掌握不好火候，不是硬就是软。有桃就格外用心地打理自家的饭菜，她的厨艺，或许是师承姥姥，或许是无师自通。她变着花样，粗粮细做，一样莜面，今天蒸栲栳栳，明天搓鱼儿，后天做野菜烫面蒸饺，再一天，或许就是莜面压饸饹。她从自家菜地摘来最新鲜的带着晨露的西红柿，和鸡蛋一起，打卤，把豆角、茄子、马铃薯烧成烩菜。她一早起床，摘菜，和面，拉风箱烧火，该蒸的蒸，该切的切，中午放学，只需稍稍加工，就是一顿香喷喷的午饭。她把菜饭装进饭盒，对姥爷说："我去班里和同学吃了！"就跑走了。

她当然不是去班里。姥爷知道。姥爷看着她日渐明亮起来的眼睛，心里感激着神明。姥爷望着她朝山坡奔跑的背影，眼睛渐渐潮湿了，在心里，对一个亡人说道：

"老伴儿啊，谢天谢地，孩子挺过来了。是你在保佑她吧？你呀，你可不能撒手不管啊……"

两个孩子，分吃着午餐。那是浪漫的午餐，群山环抱着他们，古长城废墟做了他们的餐厅。她吃他火候不到的硬邦邦的小米捞饭，把自己饭盒里的饭菜给他，告诉他说，她最喜欢吃的就是小米捞饭，怎么吃都吃不厌。他知道那是假话，却没有戳穿，他领受了这份情意。他一边吃，一边说道：

"袁有桃，你怎么这么能干？怎么能把饭做得这么好吃？太神奇了！"

有桃回答说："不是我能干，是粮食香。在城里，哪里有这么香的粮食？你看，就算是你的'西伯利亚'，也有城里比不上的地方。"

她很自然地说出了"城里"这字眼。这两个字一出口，她静默了一下，很奇怪，也许，是太阳太明亮了，蓝天太澄澈了，面前的莜面和小米都太香了，她觉得很平静。

苏慈航笑了："袁有桃，你知道吗？你简直可以去做政委，太会做思想工作了，或者，去做牧师，天天给人布道。"

"我？我没有资格。"有桃这样回答。

疼痛还是突然袭来了，她眼睛一阵黯淡，沉默下来。但是，苏慈航好像什么也没有觉察到。

"那你就去给牧师做太太。"

有桃"呀！"地笑了。

"苏慈航，你好坏！"有桃笑着说，"你才给牧师做太太呢！"

"我？"苏慈航一本正经望着她，"我怎么能做牧师太太，我只能做牧师啊！"

有桃的脸，一下子红了。那是一种从未有过的鲜艳，初绽的、羞涩的鲜艳。苏慈航惊讶地望着这突然红脸的女孩儿，想起一个成语：艳若桃花。原来，她的名字真是暗藏玄机的……他的脸也有些红了。

"中国现在哪里还有牧师啊！"他嗫嚅地说道，"除非活在书里，或者，画里……"

那就活在画里吧，有桃想，活在《晚祷》那样的画里，永远不要走出来。

那只能是梦。

两年后，姥爷突发脑溢血，在送往县医院的途中，去世了。一路上，昏迷中，他的手，和有桃的手，始终紧握着。直到咽气，那只手，仍旧紧紧攥着他对这人世的留恋，不肯撒手——他实在走得不放心。他放不下这个孩子啊。

五、隐疾

还是那座城，还是那个大院儿，还是那两间房，还是那些人，离开两年后，有桃又回来了。

爸爸妈妈，看上去没什么变化，变了些的，是姐妹们。姐姐有桔，变白了、瘦了、好看了，也更高傲。妹妹和小弟弟，都蹿个儿了。她们不再叫她那个难听的绰号"娄阿鼠"，可也不知道该怎么叫她，就叫她"哎——"。母亲对她，也变得客气，还有一点小心翼翼，好像她是一个来做客的人。

她不再在意这一切。

珍贵的东西，无论是人、还是时光，都那样容易消逝。她想起姥姥当年在母羊坟前对她说的话："宝啊，这世上，再好的物件，再亲的人，都有分手的一天啊。"南来的列车上，她一直一直在想这句话，她对自己说："袁有桃，你不要自哀自怜，你不比别人更倒霉，你只是比人家早一点看到了结局……"

和苏慈航，是在他们的长城上道别的。一年前，苏慈航就已经离开了小镇，到县城去读高中了。不过，差不多每个星期天，他都要骑着他的"凤凰",来这里看有桃,看他们的长城。苏慈航说:"袁有桃,你要给我写信。。"

袁有桃说:"好。"

苏慈航又说:"袁有桃,放假了,你可要回来,你能回来吧?"

袁有桃回答:"能。"

苏慈航又说:"一放假,我就天天来这里等你,你可不要忘记。"

袁有桃点头:"不忘。"

那是临行前一天的傍晚,他们站在长城上,就要落山的夕阳,将山峦、沟壑、村庄、公路、暮归的羊群、亲人的坟墓,以及两个少年人的身影,涂染成一片血色。袁有桃忍着眼泪,答应着,可心里却像是和这一切永别一样难过。她爱着的东西和人,都留在这里了。她知道许诺是没用的,前边有什么在等待着她,她怎么会知道?她留恋地、痴迷地望着眼前这个大男孩儿,其实已经是在望着过去。

很快地,有桃就收到了苏慈航的来信。信寄到了有桃的新学校——厂里的附属中学。信封上这样写着:

某某市某某工厂子弟中学初一新生

袁有桃　收

有桃笑了,她想起了"乡下,爷爷收"。有多少初一新生呀!可这也真像苏慈航的风格。有桃站在校门口,打开信,只见里面写道:

袁有桃:

就算那列火车再慢,你也早就该到达目的地了。你总不会坐上一列永远不停车的火车吧?可你怎么不来信呢?这么快你就忘记我们的约定了吗?我天天到我们学校传达室去问,天天失望而归。我要说实话，还从来没有人给我写过一封信。袁有桃，我想让你成为一生中第一个给我写信的人……

就在这时，校门口，突然起了骚动。只听人们说道："疯子！疯子！疯子来了！"没等有桃弄明白发生了什么，一个女人，已经站在了有桃面前，对她说道：

"你看见我家安康了吗？"

第一眼，有桃几乎没能认出眼前这个女人是谁，可那只是一瞬间。一瞬间的静默之后，有桃觉得世界远了，消失了，世界只剩下了这个女人，头发灰白，衣着古怪，眼神又犀利又迷乱。她用这样的眼睛审判似的凝视着有桃，说道：

"你看见我家安康了吗？"

阳光太强了，就像雪山上的阳光，白炽一片，晃着有桃的眼睛，晃得她流泪，晃得她天旋地转，几乎站不住脚。就在这时，有人过来拉住了女人，嘴里说道：

"怎么又跑出来了呀？——学生，对不住，对不住！她啥话都不会说了，就会说这一句……"

"你看见我家安康了吗？"整整一天，这句话，响在有桃耳边，就像钻进她身体里一样，安营扎寨。它还钻进了她的梦里，就像一条黑鱼，在冰冷的水里扑腾着，扑腾着，然后，她就看见了他，那个久违的孩子，水淋淋的，头发变成了水草，脸色惨白，突然对她咧嘴一笑，说：

"我已经死了呀！"

有桃惊醒了，身下精湿一片。一切，已经不能挽回，她尿床了。

从此一发不可收拾。

母亲寻来了各种奇怪的偏方，猪尿脬蒸米饭、用七根葱白捣碎和硫黄一起搅拌敷肚脐、屋檐下的燕子窝泥敲一块下来，在柴火灶上烧红泡水，等等。母亲沉默地、咬紧牙关做着这一切，生怕自己一开口就会崩溃。有桃更沉默，沉默地被摆布着，让吃猪尿脬就吃猪尿脬，让喝燕子窝水就喝燕子窝水。为了让她方便起夜，他们让她从上铺搬到了下铺，但是仍旧无济于事。

夜晚，变成了最大的伤害和煎熬。有桃不敢睡觉。她大睁着眼睛望着窗外。透过蒙满灰尘的玻璃窗，夜色也好像是混浊的。偶尔，会有好月光，那会让她流泪。她对月光说，救救我。她以为月光是仁慈的，但是，月光和偏方一样，救不了这孩子。

终于，有一天，半夜里，有桃突然睁开了眼，黑暗中，一个人，静静地俯身望着她。是母亲。母亲慢慢地把双手卡在了有桃的脖颈上，母亲望着有桃的眼睛，望了许久。母亲说道：

"我真想这样掐死你，然后，自己死！——"

说完，她松开了手，抱起了有桃，失声痛哭。自从满月后，她还从来没有抱过这孩子，这骨肉。她一边哭一边说道：

"你就这样惩罚我啊！就这样折磨我啊！我那时候也是没有办法呀，我得了乳腺炎，疼得要死要活，没有奶，我哪有钱请奶妈？你说让我怎么办？怎么办？你怎么能这么狠毒？你怎么能这样惩罚我——"

有桃也哭了。

有桃在心里说："不是，不是，不是！"

如同奇迹一般，经过这个夜晚，有桃的病，戛然而止。也许，是那些猪尿脬、燕子窝水渐渐起了疗效，也许是因为别的。母亲暗自吁出一口长气，说道："阿弥陀佛！"她觉得自己得救了。但是，没人知道，这隐疾，只是更隐秘地潜伏在了有桃的身体里，就像一个休眠的特务，等待着某个唤醒它的指令。也许，连它自己也不知道，它有着怎样坚韧缠绵的耐心。

有桃始终没有给苏慈航写信。

这是天罚我。有桃这样想。就在她平生第一次接到朋友来信的同时，就在她那么快乐幸福的时刻，秦师母从天而降，质问她："你见到我家安康了吗？"秦安康，那个水淋淋的孩子，就这样又潜回到了她的生活中，回到了她的每一个白昼和黑夜，回到她的梦里。

苏慈航，你知道吗？在这里的每一天，都是惩罚，为了我的……过错。

苏慈航，你懂什么叫惩罚吗？你知道它多么诡异和羞耻吗？一个活在阳光下的幸福的人，一个没有罪和秘密的人，永不会知道这个。

我以为我可以遗忘。在我们的高原，在那么澄澈温柔的阳光和仁慈的天空下面，在我们长城的废墟之上，那些和你在一起的日子，有你的日子，我以为，我可以忘记我需要忘记的，它们也似乎真的离开了我一段时日，我以为它们慈悲地放过了我，但是，没有。

苏慈航，对不起，我不能够做第一个给你写信的人了！我也不能够在假期里去赴我们的约会……其实，那天，我们的道别，就已经是永别了。和我珍惜的、留恋的、爱着的一切，永别了！否则，我怎么会那么伤心？

谢谢你，苏慈航，谢谢你带给我的快乐。珍贵的快乐。也许，这一生，我都不会再有快乐了。

有桃在心里，写着回信，永远也不会寄出的信，和她懵懂的、青涩而美好的那一点情愫郑重道别，和与幸福有关的一切道别。她感到了一种撕裂般的疼痛。这疼，慢慢变作身体的记忆，伴随了她很久，很多年，直到她碰到那个来自法兰西的男人。

六、郑千帆

他们是在同事家的一个聚会上相识的。那天，同事要在家中招待一个老外吃饭，请有桃来掌勺做大厨。有桃的厨艺，认识的人，差不多都知道。这同事的先生，在大学里教书，那老外也在那大学里担任着教职。老外进来的时候，有桃一个人在厨房里煎炒烹炸地忙碌着，本来，她一点也不想出去凑热闹，但是，外面酒过数巡，饭吃到一半时，同事进来，非要拉她出去，说是老外一定要见见厨师。

同事说："你知道那老外说什么？他说这些菜是奇迹！"

有桃笑笑："你也信！他们都太喜欢夸张。"

当然，还是出去了。只见那个金发碧眼的法兰西绅士站起身，说道："你就是这些奇迹的创造者啊？太荣幸了！你好，我叫郑千帆。"一边向她伸出一只手。

有桃有些吃惊，惊讶他的汉语竟是如此的流利，也惊讶他有这样一个文人气的中文名字，还惊讶他的年轻。

"袁有桃。"她轻轻说，也伸出了手去。

他们握住了。

"你怎么能把菜烧得这么好吃？太神奇了！"郑千帆望着她的眼睛，真诚地说。

那眼睛里的蓝色，让有桃想起了天空，很久以前，遥远的以前，曾经有过的天空和时光。她的心，痛了一下。

"你过奖了，"她笑笑，"都是一些普通的家常菜，不是什么了不起的大菜。要说神奇——"她想了想，"那就是，这些食材，它们其实知道你是否真的珍惜它，用心料理它，它们通人性。"

那双蔚蓝色的眼睛，突然像被阳光照亮了一样，"你知道吗？我妈妈也说过同样的话，我妈妈也有很棒的厨艺。她曾经梦想能做一个米其林三颗星餐厅的主厨，当然，没有实现。"郑千帆说。

有桃不知道什么是"米其林三颗星"，她望着他，心想："这个老外，他想家了。"

当有桃再一次回到厨房，接着做剩下的菜肴时，她想了想，加做了一道餐后甜品。制作这甜品，费了一些时间和心思，因为是第一次。当有桃最后把它端到餐桌上时，郑千帆惊呼一声：

"焦糖布丁！"

有桃笑了，"你尝尝，做得像不像？我还是第一次做。"

上世纪九十年代初叶，在有桃的城市，西餐厅寥寥无几，也没有后来遍布大街小巷的面包房蛋糕屋一类，焦糖布丁在一个家庭餐桌上出现，真的像一个"小小奇迹"。

没有模具，有桃临时找来了几只小茶碗代替，褐色的糖浆，散发出诱人的焦香。一口下去，郑千帆陶醉地闭了下眼睛，说："回家了。"

"你还会做西餐啊？"有桃的同事，高兴地叫起来，"我说有桃，你干脆辞职算了，辞职开个小饭馆，一定能火。我也入伙！咱们一块儿干，你说一辈子当个护士，能挣多少钱？"

同事的先生插嘴说："怎么听上去，像是要拉人落草为寇似的？"

大家都笑了。

但是临分别时，郑千帆认真地、郑重地对有桃说："你要是真开饭店，千万别忘了告诉我。我一定天天去你的餐馆吃饭——你会开餐馆吗？"

有桃愣了一下，笑了，说："怎么会？那是开玩笑！"

"真遗憾。"郑千帆耸耸肩，"那，不开餐馆，我还有机会吃到你做的菜吗？"

有桃没有回答。她一时语塞。

郑千帆笑了，说："再见，魔术师！"

有桃想，不会再见了，萍水相逢的一个人，有什么理由再见呢？

但是，真的再见了。

当有桃在她上班的医院门前，看到等待在那里的那个法兰西青年，那个有着天空般蓝眼睛的郑千帆，不知为什么心里突然响起一支俄罗斯歌曲的旋律：

轻风吹拂不停，

在茂密的山楂树下，

吹乱了青年钳工和铁匠的头发……

她想起了唱这歌的人，那个人，无论什么样的歌曲，都能唱出那样一种明亮的、少年人的忧伤。她想起了同样是明亮和忧伤的那些岁月，最好的岁月，心里一阵怅然。而他，已经笑着向她跑了过来。

手里是两张戏票。

"请你听戏，"他说，"谢谢你那天的晚餐。"

"你已经谢过了。"有桃回答。

"是吗？可我没有谢芙蓉鸡片、菊花鱼丝、龙井虾仁，没有谢口蘑羊肉栲栳栳，还有焦糖布丁。"

有桃笑了，说："它们说，不用客气。还有，它们也不爱听戏。"

"京剧也不爱听吗？《锁麟囊》。"

"好像不爱。"有桃回答。

"噢！它们可真不给人面子！"这个异乡人夸张地说。

他是那么有活力，那么明亮、干净、快乐，但是，尽管如此，有

116

桃还是看出了一个异乡人眼睛里的那种渴望，取暖的渴望。这点渴望，是有桃不忍心拒绝的。他们一起去听戏了。北京来的剧团，演的是程派名剧。有桃惊讶地发现，关于京剧，这个法兰西青年知道的，竟比她还要多。至少，胡琴声一起，他就知道那是西皮还是二黄，还有那声腔的妙处，而有桃，则一片懵懂。

一场戏听下来，有桃很服气。

更让有桃吃惊的，是在那之后。有一天，在一个朋友的家中，大家聊天，说起《红楼梦》里人物名字的隐喻，郑千帆忽然问道：

"袁有桃，你的名字是谁给你起的？"

"我也不知道，"有桃回答，"我只知道太土了。"

"土？"郑千帆一挑眉毛，"它们出自《诗经》：园有桃。你姓袁，园袁同音，信手拈来，我觉得很妙。"

《诗经》？有桃一头雾水。

郑千帆开始背诵："园有桃，其实之肴。心之忧矣，我歌且谣。不知我者，谓我士也骄……下面我记不清楚了，总之，是一个文人、读书人忧伤的感叹。"

有桃很震动。原来，她的名字里藏了典故。藏了一个人两千多年的忧伤和咏叹！是谁给了她这样一个名字？没人在意、没人珍惜、那么草率地来到人间的一个小生命，是谁，让她去背负起了这样悠长几乎是永恒的孤独和忧伤？原罪般的忧伤？是谁，给了她这样的使命？

她们家，找不到一本《诗经》。有桃的父亲，多年前，已经死于癌症。父亲的离世，使这个家陷入了窘境，也是有桃没有读高中而选择了中专的原因。有桃最终上了一所卫生学校，学了护理专业。三年后毕业，分配到了省城一家不错的大医院，开始挣钱养家，供妹妹和弟弟继续读书。如今，妹妹也大学毕业了，做了"北漂"。而他们优秀的小弟弟，则一路高歌猛进地读下去，读到了美国。

姐姐毕业后南下深圳，在那里结婚，安营扎寨，有了孩子，就把刚刚退休的母亲接去帮她带孩子。如今，在这个城市，就只有有桃一个人留守了。他们的家，从前那个闹哄哄的家，常常空寂无人，有桃平日里住医院宿舍，只有星期天，才会回到这破败的老家里看看。

那个热火朝天雄壮的大厂，如今，停产了。凋敝之气在整个厂区笼盖着，谁也不知道它未来将何去何从。有桃家还在那座筒子楼，这么多年下来，楼自然是更加的衰老、破旧、拥挤，可那两间屋子，那个家，只要有桃回来，就一定要把它们收拾得清清爽爽。两间屋子里的书柜，有桃整个翻找了一遍，没有《诗经》。她们家，不管是从前热闹的时光还是寂寞的现在，从来不是《诗经》光顾的地方。

有桃去书店，买了一本回来。

她找到了那一篇，《园有桃》：

"园有桃，其实之肴。心之忧矣，我歌且谣。不知我者，谓我士也骄。彼人是哉，子曰何其？心之忧矣，其谁知之？其谁知之，盖亦勿思。"

那是中国读书人与生俱来的忧伤，原罪般的忧伤，有桃确认了这个。虽然她远远算不上一个读书人，可她认识汉字。汉字，应该就是这忧伤的种子。袁有桃伤感地想。

再见到那个法国人时，袁有桃忍不住感慨地问道："郑千帆，上辈子，你是一个中国人吗?"

郑千帆回答说："这我没法确定。我能确定的是，这辈子，我一定会和一个中国姑娘结婚，"他望着对面那温柔的、美好的、水一般清澈的女孩儿，"袁有桃，你是那个姑娘吗?"

那是一个初夏的黄昏，他们坐在餐桌旁。那是这城市刚刚开张的第一家咖啡馆，卖各种咖啡，也卖中西式简餐。他们面前，一人一份煲仔饭，煲仔饭的热气，熏着有桃的眼睛。而窗外，很远的地方，夕阳正在穿城而过的一条河流上慢慢坠落。

有桃摇摇头，回答说："郑千帆，我不是。"

"为什么？"郑千帆隔着桌子握住了她的手，"第一眼看见你，我就知道，你是那个姑娘……是因为，我是一个外国人吗？"

"不是。"

"那是什么？"

"是因为，我不能。"有桃回答。

"不能什么？"

"不能结婚。不能和任何人——结婚。"

她平静地甚至是微笑地说出了这话，可是眼泪却慢慢溢出眼睛，"郑千帆，别问了，请你放过我。你是这么好的一个人，你应该找一个好姑娘，你应该幸福……"

"你就是那个好姑娘，最好的姑娘，你就是我的幸福。"郑千帆回答。

"可我不能！"

"你不能生育吗？那我们不要小孩，或者，我们可以领养，这世界上，有多少被遗弃的孤儿，对不对？或者，你有绝症？那就在你病情恶化前我们闪电结婚，能和你在一起共同度过一天，我也是幸福的……袁有桃，我不让你马上回答我，我可以等，我是一个非常有耐心的人。也请你不要立刻拒绝，给我一些时间，行吗？"

他的眼睛，蔚蓝色的眼睛，在这个黄昏，变得更加深邃而辽阔，她就要像一只小鸟一样，无可阻挡地飞进这眼睛里去了。她在心里，叫着自己的名字："袁有桃，袁有桃，这不行，你不配，你是不能幸福的呀！"可是她知道，她是多么渴望，渴望着纵身一跃，飞进他的世界。

他是守信的，那个黄昏之后，他不再追问，他只是默默地等候。

有桃在儿科病房上班，三班倒，而他总会在最合适的时间出现在她面前。他总会给他们安排一些有趣的事情，比如，去参加某个家庭音乐会，去看某个不知名的小画家个人画展，去看大学生剧社的话剧、音乐剧，等等，当然，也会去见他的各路朋友们。他的朋友可真多啊！生活，原来可以是这样广阔的，而城市，也不再是从前有桃认识的那个灰色城市。这个异乡人，带领着她，这里那里，探寻着这城市的色彩，就像在沙漠中寻找花朵。而那突然相遇的坚韧的鲜艳，常常，让有桃感动，原来，这城市也是有柔情的。

夏天过去了，秋天也过去了，冬天到了。十二月某一天，是这异乡人的生日。有桃决定给他做生日面吃。她带着各种食材去了他的公寓。认识这么久，她还是第一次去他的住处——这禁忌之地。她和面、洗菜、烧汤、打卤，他在一旁打下手，那情景，就像一对夫妻。那天，她做的是小拉面，浇头有好几种：最常见的西红柿鸡蛋卤、什锦小炒肉打卤，还有南方风味的爆炒蟛糊和冬菜肉末。几个清爽的家常凉菜，糖醋白菜心、炝莲藕之类，还烧了一小砂锅红烧肉，清蒸了一条鲈鱼。他开了一瓶红酒，在餐桌上点起了蜡烛，那蜡烛是红色的，就像洞房的花烛。还有一种异域的香气，那是暧昧的暗示。

他们举杯，她说："生日快乐。"

他回答："袁有桃，我想问你要一样生日礼物，可以给我吗？"

有桃叹息一声，回答说："我想我带来了。"

他们吻了。

灵魂出窍的时刻，她在他怀中发着抖，像呓语似的说："怎么办啊郑千帆，我该怎么办啊？"

他搂着她，说道："袁有桃，有我啊，有我啊！"

那是她的初夜，她把自己给了他，她给了他一份珍贵的生日礼物。看到落红，这个法兰西青年，这个异乡人，哭了。

那一夜，她要走，他不放她走。他说："袁有桃，今天，我把它看作是我们的新婚之夜，我要介绍你认识我的家人。"

他有一台幻灯机，他就在幻灯机上，一张一张放着家人的照片，雪白的墙壁，做了银幕。

"这是我妈妈，我妈妈是家庭主妇，可她是一个非常聪明的女人，手很巧，厨艺很棒，她会做一种非常好吃的焦糖苹果塔，那是我家乡卢瓦尔河谷的美食。她做的红酒炖鳗鱼，好吃得简直让人灵魂出窍！袁有桃，我觉得你和她有点相像……这是我爸爸，我爸爸是个中学教师，是一所高级中学的校长。你看他很严肃是吧？其实他是一个很温柔的人，年轻时喜欢写诗，他就是用写诗追求到了我妈妈……这是我爷爷，这是我们的家，你看，这就是我家的葡萄酒窖，这是葡萄园，这，就是卢瓦尔河，法兰西最美的河流，诗人眼中生生世世温柔的故乡……这漂亮的老建筑是乡村小旅馆，藏在绿荫之中，它已经有一百年的历史了。对，它是我爷爷的旅馆，我们家族的旅馆，也是我最喜欢的地方。它旁边不远，是一座美丽的小教堂，我爷爷、我父母，都是在那个乡村小教堂结婚的，我希望我们的婚礼也能在这里举行，袁有桃，我相信你一定也会喜欢……"

是，她喜欢，仅仅在照片上，有桃就已经喜欢上它了，喜欢它如画的静谧、古老、安详。他的声音，有一种梦幻般的魔力，是，那是梦里的声音，只有梦，才可以是这样美好。那梦境里的声音，说着诗一样的语言，教堂、钟声、婚礼、洁白的婚纱、草地上的派对、流向大西洋的美丽的河流……她含着眼泪静静聆听，被这声音催眠，而心里，却有一种难舍的伤痛。她想，袁有桃，这是梦。

窗外，下雪了。有桃的城市，落了这个冬季第一场大雪。鹅毛大雪，在他们相拥着入睡后静静飘落。凌晨，有桃被一种恐怖的冰冷冻醒了，就像她躺在了雪地上一般。她睁开眼睛，猛地起身，她知道有什么事情发生了——最绝望的事情。刺目的灯光下，只见他惊愕地呆坐在一旁，目瞪口呆注视着身下湿漉漉的床褥，注视着那纤毫毕现无遮无挡汹涌的羞耻……惩罚并没有结束，在每一个幸福的瞬间，它总是这样恶毒地不期而至，如同必然要到来的黑夜。

有桃默默地穿上衣服，没有一句辩解，走出了房间，走进了漫天大雪之中。她在凌晨的城市漫无目的地走，走，雪没住了她的脚踝，落在她头上、肩上、睫毛上，她早已成了一个洁白的雪人。突然，她站住了，发现自己竟然来到了"海子"——许多年来，她一直一直躲避的地方。可无论怎么躲避，这冰封雪盖的湖洼，这海子，其实，就一直住在她灵魂里，从没有离开过她一天。"你想自杀吗？你想做替死鬼？"隔了二十年遥远的时光，她奇怪地听到了那男孩儿声音里笨拙的善意。她抬起头，望着大雪纷飞的天空，远远地，从那深处传来一个声音，一个不灭的追问：

"你看见我家安康了吗？"

整个城市，都被这悲伤的回声笼盖。

冰消雪化的春天，在这城市消失了一段日子的郑千帆，突然又出现了。一连三天，他等在有桃工作的医院门口，却没有等来他要等待的人。他就直接去儿科病房寻找。在护士站，他向一个帽子上有蓝色标志的姑娘打听有桃，他知道戴这种帽子的人是护士长。

"你是叫郑千帆吧？"护士长望着他，似乎一点也不意外，"她留给你一封信。她说，如果有一天，你来这里找她，就把这封信交给你。"

"她人呢？她到哪里去了？"

"不知道，她辞职了，走了。"护士长说。

122

信是这样写的：

> 现在，你知道我的秘密了。你知道，我为什么说，不能做新娘。它比你当初想象到的任何理由都要荒诞、残酷。你问我是不是得了绝症，是，这就是我的绝症，而且，没有治愈的希望。
>
> 假如我没有猜错的话，你在惊愕和痛苦之后，有可能回来找我，告诉我现代医学对付这疾患的方法，有可能你已经打听好了医生，因为你太善良。但是，郑千帆，那没有用，对我而言，那不是疾患，而是，我必须背负的命运。你一定会问我为什么，我不能说。
>
> 你读过托尔斯泰的《复活》吧？那不幸的玛丝洛娃最初面对聂赫留道夫的忏悔时，是那么愤怒。"你不过是要用廉价的忏悔，要用我的不幸来拯救你的灵魂！"我忘记原话是怎么说的了，但这谴责，我永不会遗忘。假如，一个作恶的人，仅仅用忏悔就能拯救自己，就能解脱，那我宁愿选择沉默——请你尊重我的沉默。
>
> 再见了！你一定会遇到一个真正的好姑娘。好好生活，好好爱自己，爱她。

袁有桃就这样从这个城市消失了。

七、晚祷

星移斗转，许多年过去了。某一年，某个夏天，几对男女结伴从北京出发，开始了他们的欧洲七国之行。其中有一对夫妻，先生五十出头，而女人则要年轻许多，三十岁不到，非常漂亮，而且，深知自己漂亮，眉目间难免就有一种傲骄之气。她的丈夫，据说是某个上市

123

公司的老总，和他的事业与年龄相比，他的体重算是轻量级的，几乎看不出岁月沉淀的痕迹。不用说，这是运动的结果。

显然，同行者应该是年轻女子的朋友或者熟人，年龄也都和她相差无几。他们都惊叹着这位"大叔"几近完美的体型。有人忍不住问他说：

"您平时做什么运动？打高尔夫吗？还是打网球？"

"大叔"还没来得及回答，旁边的女人搭腔了。女人貌似低调地说道：

"他不打高尔夫，他喜欢登山、冲浪、开飞机。"

"哇！"一片惊呼之声，"开飞机？真酷啊！"

"大叔"知道这是女人在向她的朋友们炫耀，也是在证明，他这个老男人除了钱，还有别的一点什么是值得她以身相许的。他笑笑，回答说：

"我在美国读书的时候，拿到过开小型飞机的执照。不过，很久没开了。"

几个年轻人相视一笑，意思是，不是一土豪。

他们的第一站，是巴黎。巴黎，"大叔"自然是去过的，但那几个同伴，却都是初来乍到。几天下来，那些世人皆知的景点，巴黎的地标式建筑，卢浮宫、巴黎圣母院、凯旋门、埃菲尔铁塔、香榭丽舍大街，自然游历一番，也乘游轮游了塞纳河。最后一天，大家就分道扬镳了，有人要去这里，有人要去那里，女士们无一例外则是要去购物。而"大叔"却是去了"奥赛"，这是他每次来巴黎都要去"朝圣"的殿堂。"大叔"这个年纪，热爱奥赛，是很容易理解的事，那些他们年轻时热爱的艺术家们，几乎都在这个殿堂里了。他们来这里朝拜自己的青春。

"大叔"想说服年轻的妻子与他同行，"到了巴黎，怎么能不去奥赛?"他认为这理由很充分。

妻子笑了，说："哪个女人到了巴黎，能让自己空手而归？麻烦你替我向凡·高问个好吧，还有你总是念叨的那个米勒。"

"大叔"就一个人去拜会他们了。

他像识途的老马一样，直奔他的目标。他也不知道为什么他会那么热爱这个《晚祷》，他来在它面前，站住了，那静谧，从画作中布满晚霞的天空，从正在收获的秋天的田野，从那低头祈祷的年轻农夫和农妇的身上，穿透出来，氤氲、弥漫、扩散，笼罩住了"大叔"的世界。那是多么庄严和神秘的静谧，他想，是"静谧"的灵魂。乡村小教堂悠长的钟声，从天际远远传来，或者，是从……前世传来，一个少年，在同样静谧、美好的苍穹之下，在正在生长的粮食朴素的香气中，对他的小女伴说道："我怎么能做牧师太太，我只能做牧师啊！"不错，那是前生前世的记忆。

奇怪，这《晚祷》里，流淌着一种……她的气息。

"他们听到教堂的钟声了。"少年这样说。

"也许，他们还听到了别的。"她轻轻回答。

是，一定还有别的，钟声之外的东西，更为宏大、永恒的东西，更深邃的秘密。他一阵鼻酸。

他回头，转身离去。发现身后站着一个女人，不年轻的东方女人，一脸沧桑，静静地伫立着，凝望着前面的画作。是那静，一种深深沉浸的静而非观光客浮光掠影的表情，吸引他多看了她一眼。和她擦肩而过的时候，他觉得心奇怪地跳了一下。他站住了，回头打量着她的背影，中等个头，瘦削，衣着朴素甚至土气，毫无出奇之处。这不应该是她。他不能允许她变成这样一个毫无色彩的中年妇女。为了打消自己的疑虑，他想了想，走到了她旁边。

"对不起，打扰一下，"他用中文说，"我可能太冒昧了，请问，您认识一个叫袁有桃的人吗?"

她望着他,摇摇头,"不认识,"她回答,"您认错人了。"

"不好意思。"他笑笑,这样说。

是啊,哪里有这么巧的事?那是韩剧的桥段。走出奥赛的时候,他这样想。

心里却一阵怅然。

假如这个"大叔"在走出十几米后猝不及防折返,他会看到那女人突然之间奔涌的热泪,以及被柔情所照亮的美目。女人在心里温柔地说,你好,苏慈航,久违了。

从那座痛苦的城市消失之后,有桃来到了南方一座小城,在那里,没有一个人,认识这个北方姑娘,没有一个人,知道她的前史。她把自己连根拔起,放逐到了一片荒凉之海。其实,那是一座安逸、宁静、祥和、富足的小城,也是一座闭塞的小城,走在它的街头,听着满耳一句也不懂的方言,听着别人的乡音,有桃偶尔就会冷不丁想起那个词:西伯利亚。

"为什么,我苦难的命运,送我到,西伯利亚——"

多年前,那个英俊少年忧伤的歌声,蓝天下的歌声,就会在有桃心里响起。有桃默默地说,没有为什么,袁有桃,西伯利亚,那就是你的命运。

她在这小城一家很有实力的民营医院,找到了一份工作。先是做护士,后来做护士长,再后来,随着医院规模的不断扩大,做到了总护士长。不知不觉,二十年的时光,过去了。她变成了这医院"元老级"的人物,受人尊敬,也学会了一口不算地道的本地方言。他们的医院,原本在城里,由于扩建,新院址选在了城郊,于是,她就在郊外租了一座农家小院,略事改造,加盖了卫生设施之类,就成了小小一个世外桃源。闲暇无事，她在院子里种花、种菜、种树，还种一点草药，像连翘、金银花之类。她用她的鲜花装点餐桌，用她菜园里的新鲜蔬菜做她的晚饭，用那些草药泡口味独特的草药茶。只是这一切，四季的鲜花、绿色的蔬菜、滋味悠长的茶汤，永远没有人和她一起分享。她没有成家，也不交朋友，从不邀请人到她家里做客。她独往独来，而她一个人走在这城市的孤单身影，渐渐地，不再让人好奇。一个外乡人嘛，总有她的道理。

她以为，生活就这样无风无浪地过下去了。她甚至想到了退休后的日子，她筹划，到那时，她可以把这小院子买下来，办"农家乐"——施展她一手的好厨艺。她真是技痒啊！有多久，没人吃过她烧的饭菜了！她是多么喜欢给人烧菜吃，听懂它的人真心的赞美。人家是以文会友，她是以味道觅知音……她有时会憧憬未来，一个满头银丝的老妇，站在紫藤花架下，静静地、微笑地望着一桌子食客和一桌子美味佳肴。不知为什么，在那个画面里，永远只是一桌，只有一桌，是她不贪心吗？她不知道。微风吹来，紫藤花一瓣一瓣无声而清香地飘落，满院子的落花啊。她远远地看，从不会去惊扰人家。也许，她会听到这样的惊叹："怎么能把菜烧得这么好吃？太神奇了！"一生中，曾经有两个人，两个她珍惜的人，这样赞美过她的厨艺。

但是，癌来了。

血尿，无痛血尿，毫无征兆地在一个清晨到来。洁白的马桶将那半盆鲜红映衬得格外惊悚。她望着那惊悚的鲜红感到指尖都是冰凉的。一个资深护士长，太明白这是一个什么预兆了。她没有声张，独自坐车去了省城的大医院，检查结果，如她所料，膀胱癌。只是比她预想得更糟，晚期。

一周后，她请了长假。二十年来，她从没修过带薪假期，所以，老板答应得很痛快。老板是个明白人，他知道一定有什么不寻常的事情发生了。她把全部的存款都取出来存到了一张卡上，她笑笑，和她的"农家乐"告别，和梦想告别。她是不能有梦的，她是不能宽恕自己的。她手里握着那张卡在心里说。然后，她报名参加了一个旅行团，来到了法国，来到了巴黎。

奥赛，不是旅行团的日程，她也是利用自由活动自由购物的时间来到了这个殿堂，来和一幅画约会。奇迹发生了。在她生命的末路，在她就要走到尽头的地方，她和那个叫苏慈航的英俊少年意外重逢，虽然只是擦肩而过，虽然他们彼此都已面目全非，但是足够了。她撞见了她生命中最美丽的一小段岁月，那岁月，就像被点燃的一盏河灯，而那光，可以引领她的灵魂勇敢地走进永恒的黑暗。

三天后，在卢瓦尔河谷一座乡村小教堂内，有桃点燃了一支蜡烛。她在神坛前跪下了。

"你好，上帝！你好，圣母！"她在心里这样说，她不是教徒，不懂祈祷的规矩，"你好，秦安康——"这个她背负了一生的名字就这样脱口而出，"秦安康，现在，我可以告诉你了，其实，四十年前，那一天，在我听到'扑通'的声响发现你落水时，我……我没有在第一时间跑过去救你，我从雪地上爬起来站在那里，看见你扑腾、挣扎，我没有动……后来，我一直对自己说，袁有桃，你那时是吓傻了，吓愣了。可我清楚，其实，我那时听到了自己心里一个声音在说，'活该，去死吧！'——那声音那么短促，转瞬即逝，可我确实是听到了这魔鬼的说话……我不知道这一刻到底有多长，几分钟或者几十秒，等我清醒过来时，冰窟窿那边已经没有动静了。我一路喊着你的名字跑过去，我趴在冰窟窿边上一边哭一边喊，我说，秦安康，秦安康，秦安康！你能听见我说话吗？没有人回答，那冰窟窿黑得像地狱一样，真恐怖啊。我朝四周喊，有人吗？有人吗？救人呀——可却没有一个

128

人！白茫茫的湖面上没有一个人！——这时我是真吓傻了，拔腿就跑！雪下得那么大，我看到了你妈妈，秦师母，在那里问人家，'你看到我家安康了吗？'我慌不择路地逃了……假如，我没有过那几分钟或者几十秒的恶意，我一定不会躲，不会逃，我会一路跑来喊人，我会告诉她实情。后来，我也一直在想，就算我在第一时间毫不犹豫朝冰窟窿那里跑，又能怎样，难道来得及吗？能救起你吗？很可能，不能，很可能，来不及！但是，但是那会多么不同！我是说，对我而言，那会多么不同！——我可以不用我这一生，来偿还那几分钟或者几十秒的恶念和罪孽……

"是，秦安康，我偿还了一生。我惩罚了自己一生。这一生，有过一些时刻，我可以忏悔，我知道，也许，对珍惜的人说出口，或者，当着你亲人的面悔过，我就不用这么沉重地背负你过这一生，但，这对你公平吗？这样轻易地自我宽恕，我觉得羞耻……除了沉默地和你一起受难，我想不出还有什么方法，来度过我这有罪的一生。现在，我来到了我生命的尽头，秦安康，你知道了我的罪孽，可以了。

"上帝，圣母，基督耶稣，在你们的圣殿里，我说出了我的秘密，谢谢你们！但我不求你们的原谅，我将继续带着这秘密远行，我知道，我要去的地方，很黑暗，那里，不会有我至亲至爱的亲人——我的姥姥、姥爷，他们应该在花香四溢鲜草翻涌的好地方，而我，我知道我永不会再和他们相遇，所以，我需要一点勇气，请帮帮我……"

她沉静地、默默地说。

教堂外面，是一座墓园，和她同行的旅游者们，在墓园里拍照。这一晚，他们将会在附近的乡村小旅舍投宿。那小旅舍，深深地隐藏在绿荫之中，迎接他们的，是家庭风格的房间、干净芳香的床褥，以及美味的晚餐：红酒炖鳜鱼、焦糖苹果塔，还有，卢瓦尔河谷永生的葡萄酒。

晚祷的钟声响了。

2014 年 6 月 7 日于京郊顺义

心爱的树

一八九〇年，或者，九一年，一个人带着行装上路了。他离开海边的大道，沿灌木林里一条草木繁茂的小路，准备做一次环岛的旅行。后来他有了一匹马，是别人借给他的，他就骑着这马继续走向岛屿的纵深。一路上，不断有人向他打着招呼，说："哈埃雷——马侬——塔马阿！"意思是说，来我家吃饭吧。他笑笑，却并没有停下他的脚步。后来，有一个人叫住了他，是一个像阳光般赤热明亮的妇女。

　　"你去哪里?"她问他。

　　"我去希提亚阿。"他回答。

　　"去做什么?"

　　"去找个女人。"

　　"希提亚阿有不少美女，你想讨一个吗?"

　　"是的。"

　　"你要愿意，我可以给你一个，是我女儿。"

　　"她年轻吗?"

　　"年轻。"

　　"长得健壮吗?"

　　"健壮。"

　　"那好。请把她找来。"

就这样，欧洲人高更，在希提亚阿，找到了他的珍宝，他年轻健壮俊美、皮肤像蜜一样金黄的塔希提新娘。他用马把他的新娘、他幸福和灵感的源泉驮回了岛上的家。

两年后，这个男人离开了，他乘船离开塔希提回法国去。他的女人，坐在码头的石沿上，两只结实的大脚浸在温暖的海水里，总是插在耳边的鲜花枯萎了，落在双膝上面。一群女人，塔希提女人，望着远去的轮船，望着远去的男人，唱起一首古老的毛利歌曲：

南方来的微风啊，东方来的轻风，你们在我头顶上会合，互相抚摸互相嬉闹。请你们不要再耽搁，快些动身，一起跑到另一个岛。请你们到那里去寻找啊，寻找把我丢下的那个男人。他坐在一棵树下乘凉，那是他心爱的树，请你们告诉他，你们看见过我，看见过泪水满面的我。

——取材自 《诺阿·诺阿》

一、梅巧和大先生

梅巧十六岁那年，嫁给了大先生。大先生比她大很多，差不多要大二十岁，所以，梅巧不可能是大先生的结发妻子。大先生的发妻，死于肺痨，给他留下了一双儿女。迎娶梅巧时，大先生的长子，已经考到了北京城里读书，而女儿，也快满十三岁了，一直跟随祖母在乡下大宅里生活。

嫁给大先生，梅巧是有条件的。梅巧本来正在读师范，女师，由于家境的缘故辍了学，梅巧的条件就是，让她继续上学读书。

"让我念书，我就嫁，"她说，"七十岁也嫁。"

这后半句，她说得狠歹歹的，赌气似的。其实，和谁赌气呢？梅

133

巧就是这样，是那种能豁出去的女人。当然，从她脸上你是看不到这一点的，她一脸的稚气，两只幼鹿一样的大黑眼睛，很温驯，嘴唇则像婴儿般红润娇艳，看上去格外无辜。她坐在窗下做针线，听到门响，一抬头。这一抬头受惊的神情，就像幅画一样，在大先生心里，整整收藏了五十年。

这是座小城，至少，在梅巧心里，它是小的。梅巧向往更大的天地，更大的城市。如果具体一点，这个"更大的"城市大概叫作巴黎。

因为梅巧想做一个画家。

七八十年前，梅巧的城市一定是灰暗的。北方城市通常都是这样一种暗淡的灰色。如果站在高处，比如说，城东那座近千岁的古塔上，你会觉得这小城安静得就像沉在水底的鱼，灰色的瓦像鱼鳞一样密不透风，覆盖着小城的身体。这让梅巧郁闷，梅巧就在画上修改着这城市的面貌，她把屋瓦全部涂抹成热烈的红色。一片红色的屋顶，铺天盖地，蒸腾着，吼叫着，像着了大火。大先生评价说：

"恐怖。"

此时梅巧已是身怀六甲，身子很笨了，不能再去学校上课。大先生就利用每天晚上的时间为她补习功课。白天她守着一座空旷的两进的四合院，闲得发慌，日影几乎是一寸一寸移动着，她伸手一抓，摊开手掌，满掌的阳光。又一抓，握紧了，再摊开，又是满满一掌。这么多的时光要怎么过才过得完？梅巧叹息着，听见树上的蝉，唧了唧了叫得让人空虚。

大先生是个严谨的人，严谨，严肃，古板，不苟言笑，很符合他的身份。大先生是这城中师范学校的校长，兼数学教员。大先生教数学，可谓远近闻名，是这行中的翘楚。论在家里的排行，他并不是老大，可人人都这么叫他，大先生，原来是一种尊称。

134

这阅人无数的大先生，惊讶地发现，他的小新娘，拙荆，贱内，竟然冰雪聪明！他为她补习数学，真是一点就透。他掩藏着兴奋，试验着，带领她朝前走，甚至是跳跃，甚至设置陷阱，却没有一样难得倒她。她就像一匹马，一匹青春的、骄傲的小母马，而数学，则是一片任她撒欢飞奔的草原。大先生渐渐不服气了，想绊住那马蹄，四处寻来了偏题、怪题，可是，哪里绊得住？她总是能像刘备胯下的"的卢"一样，在最后关头越过檀溪。煤油灯的玻璃罩，擦得雪亮，灯焰在她脸上一跳一跳，这使她垂头的侧影有一种神秘和遥远的气息，不真实。大先生不禁想起《红楼梦》中关于黛玉的那句判词，"心较比干多一窍"，突然就有了一点不祥的预感。

现在，梅巧不再是梅巧，而是"大师母"了。所有人的"大师母"。习惯这称呼不是一天两天的事。起初，人家一叫她"大师母"，她的脸就红到了耳根，觉得那称呼很讽刺。只有在学堂里，她的同窗们才叫她一声名字。大先生是守信用的人，婚后，他果然送梅巧重返了女师学堂。也只有在那里，梅巧还是"范梅巧"，甚至是"范君"。她们几个要好的朋友总是彼此以"君"相称：张君、李君、范君的。女师学堂设在一座西式建筑里，是那种殖民风格的楼房，石头基座，高大的罗马柱、哥特式的尖顶，走廊里永远是幽暗的，有着很大的回声。从前，梅巧不知道自己是爱这里的，现在，她知道了。

生下第一个孩子，还没有满月，梅巧就跑去参加期末考试了。在七月的暑热季节，她的两只大乳房，涨得生疼，乳汁在里面翻江倒海，不一会儿她的前襟就湿透了。巡堂监考的先生关切地停在了她面前，犹豫着要不要递给她一块手帕。那一刻，她恨不得钻到地缝里去。她吞咽下羞耻的眼泪，在心里发誓说，再也不要生小孩了！

可是，这事哪里由得了她？那些不知情的小生命，那些孩子，还是接踵而来了。有了老二、老三，说话间肚子里又有了老四。她的身

135

板，真是太好了，年轻，肥沃，漫不经心撒下种子，就有好收成。她折腾自己，在学堂操场上，一圈一圈跑步，在沙坑里练跳远，两条腿磕得青一块紫一块，可是那一团温暖的诡异的血肉，就像吸附在她体内一般，坚不可摧。她吃巴豆吞蓖麻油，甚至还在身上藏了咒人流产的符咒，一切都没能阻挡那血肉们一天天壮大、成熟。大先生的娘，她婆婆，在她生下老二时从乡下来看她就发了话，说："凌香她妈，快别去学堂现眼了，拖儿带女的，就做了女状元，又能咋？"她自己的亲娘也劝她，说："闺女呀，别犟了，认命吧，人谁能犟过命去？"大先生呢？大先生嘴里不劝，可是那些劝阻的言语都写在了眼睛里。梅巧就回避着大先生的眼睛，坚持着，那坚持可真是需要耐力啊。本来三年的学业，她休了念，念了又休，到第六个年头，这场艰苦卓绝的坚持才见分晓：梅巧终于拿到了盖着鲜红大印的女师的毕业证书。

她捧着那证书，跑回娘家，一进门，哈哈大笑，热泪狂流。

大先生吁出一口长气，心想，该消停了，安静了。

老四在她肚子里，一天一天长大，她果然安静下来，或许，太安静了些。她本来就不是一个多言多语的人，现在，差不多变成了一个哑巴。她使尽了气力似的，眼神变得涣散和呆滞。北方的夏季，已经临近尾声，却又突然来了秋老虎。她搬一把躺椅在树下乘凉，肚子像山丘一样耸立。那是一棵槐树，说不出它的年纪，枝繁叶茂，浓荫洒下来，遮住半座院子。槐树是这城市最常见的树，差不多是这城市的象征。梅巧不喜欢这树老气横秋的样子，她就在画上修改这树，她恶作剧地解气地把树叶涂染成了蓝色。一大片蓝色的槐林，有着汹涌的、澎湃的、逼人的气势，乍一看，就像云飞浪卷的大海，翻滚着激情和邪恶。

临产前不久，一天深夜，大先生被梅巧的惊叫惊醒了。原来她做了噩梦。她惊恐地抓住了大先生的手，说："我要死了！"说完，就哭了起来。这么多年来，她还从来、从来没这样子哭过呢，当着大先生的面，哭得这么软弱、无助、放纵和悲伤——她一直都像敬畏父亲似的害怕着他。大先生被她哭得手足无措，心里发毛，嘴里却在说："别胡思乱想，哪能呢？胡大夫是最好的妇产科医生……"话一出口，他就知道这不是她想要的许诺。

分娩果然是不顺利的，胎位不正。留学日本的胡医生使出了浑身的解数，最后，动了刀剪，下了产钳。梅巧在产床上忍受了两天一夜的煎熬，生死的煎熬。接下来就是产后忧郁症，厌食、低烧、不说话，莫名其妙地流眼泪，哭泣。孩子被奶妈抱去了，她一滴奶水也分泌不出来，倒省了以往回奶的麻烦。孩子是那么小的一个小东西，还不足五斤，剥了皮的狸猫似的，头被产钳夹成了长长的紫茄子。她一看到这孩子就厌恶地战栗，又厌恶，又怜悯。

大先生接来了岳母，让岳母陪伴她坐月子。岳母盘腿坐在炕上，小心翼翼地跟她说东说西。说一百句她也不理不睬，说一千句她也不理不睬。她不说话，也吃不下东西，喝一碗沁州黄小米汤也反胃，倒像害喜似的，人一天天瘦下去，憔悴下去，枯萎下去。岳母无计可施，哭了。

"梅巧呀，放着好好的日子不过，你这是自己作死哪！"

这话，可谓一针见血，让人惊心，也只有亲生亲养的娘，说得出口。她娘说完这话，叹着气，回家了。也是眼不见心不烦的意思。可是大先生不行，大先生不能"眼不见"啊，大先生不能落荒而逃啊。终于，有一日，大先生回家来，叫过大女儿凌香，给了她一样东西。六岁的凌香拿着这东西进了母亲的房门。凌香喊了一声"妈"，爬上炕，把这东西递了过去。

梅巧接过来，先是一怔。渐渐地，她的手颤抖了，她一把抱过凌香，把她紧紧揽在怀里。她感到凌香的小身子那么温暖、柔软和芳香，她感到这小生命那么温暖和芳香。生活得救了。

那是一张聘书。

国民小学校的聘书。

春节过后，梅巧就成了一名国民小学校的教师。她先教四年级的算学，后来就教了美术。这教职，不用说是大先生替她谋来的。别人谋职，大约要费一些力气，可是在大先生，也就是一句话的事。只是，这一句话，说，还是不说，却一定是个折磨大先生的问题。大先生是清楚这女人心病的症结的：她是害怕四合院里这平常人家主妇的日子，她年青茂盛的身子和心抵抗这日子！有什么办法呢？救人一命胜造七级浮屠啊。

天气还没有转暖，梅巧就脱去了棉袍，换上了春装：阴丹士林布面的大褂，上身罩一件开司米绿毛衣，那绿真是又清新又理直气壮，春草似的嘹亮霸气。生育了四个孩子之后，梅巧的身材，竟然没有太大的改变，站在那里，仍然是玉树临风似的一个人、一个新鲜的人，出淤泥而不染。这新鲜的人，清早出门，傍晚回家，手上沾了粉笔灰，或是水彩，甚至还有墨渍，衣襟上也蹭了粉笔灰，却仍然是新鲜的、明亮的。外面的世界，一个阔大的天地在滋养着她呢。说起来，她倒并不是多么热爱教书这职业，她热爱这外面的世界。

国民小学距离她的家，走路也就十几分钟的样子，课业也不重。还有一桩意外的高兴事，那就是，当年，她在女师读书时的好朋友，她们称作"张君"的一位，竟也在这所学校里任教呢！张君比梅巧早毕业几年（梅巧不是因为一次又一次怀孕、生产耽搁了吗？），毕业后回到了家乡，一个离这城市近百里、盛产葡萄和陈醋的小县份，一来二去的，就失去了音讯。不想，竟在这里撞上了，还做了同事！梅巧真是高兴坏了。

"哎呀哎呀，"她叫着，"还以为你在哪儿呢，还以为再也见不着了呢，原来你就在我家门口啊！"

"是啊是啊，我埋伏在这儿，守株待兔呢。"张君回答。

两个人的眼睛里，都闪着泪光，流露出了女学生的天性和情状。可她们终究不是女学生了。就在这一刻，她们突然感觉到了时间，就在耳边，呼呼地如同大风一样呼啸而过，刮得她们心里一阵茫然。

"我结婚了。"张君说。

从前，张君是那么英气的一个少女，宽肩、长颈、浓眉，身板像杨树一样，永远挺得笔直。她们开玩笑叫她"美男子"。这狂妄的"美男子"曾经叫嚣，要一辈子守住她洁净的处子之身。如今，似乎是一切如旧，肩还是宽的，颈还是长的，身板仍然是挺的，可从前的誓言，灰飞烟灭了。

那一天中午，这两个重逢的好友，在校门外一间山东人开的馆子里，吃了午饭。是梅巧做东。她们甚至还喝了一点酒，竹叶青。那真是用竹叶泡出的好酒，清澈而碧绿，喝在嘴里，有一股奇特的异香。她们把着盏，彼此诉说着别后的经历。梅巧的经历，三言两语就道尽了，那就是生孩子，接二连三地一口气生出四个。而张君，则要复杂得多，有戏剧性，那就是抗婚、私奔、和心爱的人一路出逃——是一个时代的故事。

"哎呀哎呀！"梅巧连连叫着，因为酒，也因为兴奋，双颊变成了桃腮，灼灼燃烧着，"张君，你真是不平凡哪！"

张君在国民小学，只教了短短一个学期，就辞职了。她丈夫突然接到了武汉某所学校的聘书，暑假里，最热的伏天，她离开了这城市，匆匆前往长江边那个火炉里去。临行前，她来向梅巧辞别。她给梅巧留下了通信的地址，说：

"给我写信啊。"

139

梅巧点点头，心里翻江倒海。

"若有机会，就来南边看我啊。"

梅巧不再点头了，泪水一下子涌上来。这样的机会，怕是永远也不会有的，永远也不会有啊。她背过了身去，再回头时，朋友已经不见了，院子里空荡荡的，洒满树荫，唧鸟的噪声，像突然浮起似的，遮蔽了一切。知了——知了——知了，那是先知的声音。

二、来了个席方平

这天，大先生回家来，对梅巧说："让人收拾出一间客房吧，有个北京来的先生，一时没找着合适的房子，我留他住几天。"

梅巧家，头道巷十六号，两进的四合院，外带一座小小的跨院，大大小小的房屋，二十几间，虽说是孩子多，人口多，红红火火的一大家人，可闲着的空屋子，总还是有的。梅巧吩咐用人们把后院的一间西屋拾掇了出来，那屋子里，没有盘炕，而是架了一张时新的铜架子的弹簧床。

来人就是席方平。

一听这名字，梅巧就忍不住想笑，这不是一个活生生的聊斋人物吗？样子也有些像呢，清秀疏朗的眉眼，人生得白白净净。起初，梅巧还以为，这"从北京来的先生"，不知是个多威严的老先生呢，不想，竟是这样一个年轻、文雅、像女人般俊美的书生。

说起来，这席方平，原来还是大先生的学生，弟子，得意的弟子，家道贫寒，寡母扶孤长大，后来考取了北京师范大学，如今，刚毕业，就受到了大先生的聘书——不用说，大先生是很钟爱这个弟子的。

那一晚，大先生在家中设了家宴，算是给这弟子接风，请来作陪的，也是几个亲近的弟子。大先生拿出了他珍藏的好酒，一坛"花儿酒"，是他家乡的特产，用柿子酿出的一种奇异的果酒佳酿，大先生甚至还详尽地给大家讲了这"花儿酒"的妙处。一餐饭，宾主尽欢，席间，梅巧走进来，给大先生添茶，也是提醒他不要过量的意思。这时，只见那个席方平，红着脸，站了起来，恭恭敬敬地端起了面前的酒杯。

"大师母，"他喊了一声，脸越发红了，人人都看得出，他是不胜酒力的，"给你添麻烦了，我，敬你一杯。"

他一仰脖，一饮而尽，亮了下杯底。他眼睛里，似乎汪着许多的水。这哪里是男人的眼睛！梅巧抿嘴一笑，说：

"有什么麻烦的？房子空在那里，不也是空着？"

是啊，房子，就是要住人的，人不住，鬼就要住了。梅巧这么想着就又笑了。怎么今天总是想到鬼呢？大概，都是"席方平"这三个字招惹的吧。梅巧端着灯，不觉又走进了后院里，前边，酒宴还没有散，可是后院人却都已睡了。奶妈带着孩子们，沉入了梦乡，北房、东房、南房，一片漆黑，只有西房里，一灯如豆，悠悠地在等待着夜归的客人。梅巧轻轻推门，走进去，似乎想看看还有什么不妥当的，她自己的影子，巨大的黑影，一下子投在墙壁上，倒把她吓了一跳。

这一夜，梅巧做梦了，梦很乱，飘飘忽忽的，梦中的梅巧，还是从前的样子，出嫁前的样子，十六岁，梳着齐耳的短发，白衣，青裙，站在葡萄架下，一个人走过来，说："原来你在这里呀，原来你藏在这里呀，让我好找！"那个人，那说话的人，原来就是，就是现在的梅巧。

第二天，在早餐桌上，席方平看到梅巧，脸又一下子红了。

这事是让人别扭的。照说，一个大师母，是不应该让人脸红心跳的。一个大师母，应该是慈祥、端庄、安静、温暖，像一棵没有杂念的秋天的树。可是眼前这个"大师母"，这个光焰万丈咄咄逼人的女人，这个让人不敢和她眼睛对视的女人，和一个真正意义上的大师母

141

相比，相差何止千里万里！

要快点找房子搬家啊，他想。

后来，他们熟识之后，她让他看她的画，那是一次敞开和进入：那些燃烧的暧昧的屋瓦、那些波涛汹涌凶险邪恶的树冠、那些扭曲变形阴恻恻的人脸，看得他惊心动魄。他用手轻轻抚摸它们，爱惜地心疼地说道：

"你这不屈服的囚犯啊。"

三、凌香

所有的孩子里，凌香最依恋母亲。

四个孩子，一人一个奶妈，凌香的奶妈是最费了周折的。月子里，她一直吃梅巧的奶，等到梅巧要去上学，把她交给新雇来的奶妈时，坏了，她死活不肯去叼奶妈的奶头。她闭着眼睛，张大嘴，哭得死去活来，哭得一张皱皱的小脸，由红转青，她宁肯去啃自己可怜的小拳头，却饿死不食周粟。更要命的是，她这里一哭，隔了半座城，那边课堂上的梅巧，就如听到召唤一般，两肋一麻，刹那间，两股热流，挡也挡不住，汹涌着，奔腾而来，一下子，前襟就湿透了。

梅巧的眼睛也湿了。

有几次，她忍不住溜出了校门，雇一辆洋车就朝家跑，去搭救她的孩子。那凌香，到了她怀中，一头就扎进她胸口，凶狠地、仇恨地、以命相拼地噙住那奶头，两只小手，紧紧紧紧抱住她救命的食粮，像只疯狂的危险的小兽。

没办法，梅巧只好向这小小的女儿缴械。从此，每天清早，出门前喂饱她，中午匆匆坐洋车回家，再喂她饱餐一顿。晚上，倒是叫她跟奶妈睡觉，半夜里，听到她哭声，梅巧就爬起来，喂她一餐夜宵。

梅巧的奶，真是旺盛啊！一年下来，那凌香，养得好精彩哟，又白又胖，两只小胳膊，一节一节，像粉嫩的鲜藕，可以给任何一家乳品公司做广告。梅巧却一日千里地瘦下去，直到后来，突然地，有一天，奶水奇迹般地失踪了。

有了这教训，后来那几个，一生下来，梅巧就交给奶妈去喂养了。后来那几个，谁也没再吃过亲娘的奶水，和亲娘就总有那么一点点隔。

那几个，各人有各人的奶妈疼着，宠着，护着。凌香的奶妈，却是早早地就离开了这个家。虽说凌香没吃过她的奶，却也是被她抱在怀中，朝朝暮暮，抱了那么大，就是块石头，也焐热了。奶妈的离去，是凌香平生经历的第一桩伤心事。她不知道奶妈为什么突然就走了。后来，很后来，她才知道了原委：奶妈的离去是因为家中的孩子生了绝症。那一年，凌香刚满四岁，人家就让她跟弟弟凌寒的奶妈一起睡觉。好大一盘炕，奶妈搂着凌寒，睡一头，凌香自己，睡另一头。半夜里，她小解，醒来了，喊奶妈，却没人理，她悄悄哭了。

第二天早晨，凌寒的奶妈一睁眼，发现炕的那一边空荡荡的，凌香那个小祖宗，不见了！这一惊非同小可，慌忙下地来，跑到院子里，四处寻找，哪里有她的影子？又不敢声张喊叫，正没主意呢，一抬眼，看见对面南屋的门虚掩着，露着宽宽一道门缝，那是凌香和她奶妈住过的屋子。她急急地冲进去，只见辽阔的一盘大炕上，那小祖宗，一个人，蜷成一团，泪痕满面，睡着，怀里抱着她奶妈枕过的枕头，身上胡乱盖着她奶妈的花棉被……

梅巧当天就听说了这件事，到晚上，她抱来了被褥，把那小冤家搂在自己的怀抱里。凌香的小脑袋，有点害羞地扎在她怀中，一动也不动。忽然，她叫了一声"妈"，说：

"真的是你呀？"

梅巧的鼻子，一下子就酸了，她搂紧了这孩子，说："是我，是

143

我，不是我是谁？"凌香抽泣起来，大颗大颗的眼泪，热乎乎的，像蜡油一样，烫着梅巧的胸口。梅巧一夜搂着那小小的伤心的孩子，想，这孩子像谁呢？

后来，凌香问过梅巧一句话，凌香说："妈妈呀，会不会有一天，你也像奶奶一样，不要我了呢？"梅巧回答说："小傻瓜呀，宝，我怎么会不要你？"

可是，梅巧不知道，这世上所有的小孩子，都是先知。

有时梅巧自己也弄不明白，为什么这孩子总是生活在恐惧之中，每当梅巧出门去，回来得稍晚一点，一进门，这孩子就扑上来，抱住她，死死地，再也不肯撒手，就像失而复得一般。有时，一清早，她还没睁眼，忽然这孩子就慌慌张张跑进来，用手摸摸她的脸，说道：

"妈妈，你在这里呀！"仿佛，做着一个确认。

梅巧望着这孩子，望着她大大的黑暗的眼睛，想，这孩子，她怕什么呢？这样想着，心里就掠过一丝人生莫测的怅然，还有不安。

现在，终于，梅巧知道了那答案。

事情是怎么开始的呢？八岁的凌香不知道，可她知道有一件大事发生了，有一个大危险来临了。那危险的气味啊，像刺鼻的槐花的气味一样，弥漫在五月的空气中，无孔不入。如果在白天，似乎看不出这家里发生了什么变故，一切都和往常一样：爹一早出门，穿戴得整整齐齐，乘洋车去上班；妈也是一早出门，穿戴得也很整齐，不过不乘车，就走着去上班。天气一天天热起来，爹和妈，都换上了夏布做的新大褂儿。爹是一件月白色的，而妈的，则是粉底，上面洒满星星点点的小碎花。人走过去，就飘过一股新布的香味。

但是，太阳总会落下去的，夜总归是要来临的。危险就是在夜幕的遮蔽下现出原形。晚饭是那危险的前奏、序曲，妈一连好几天都没有回家吃晚饭了。爹阴沉着脸，不说一句话，那咀嚼着的牙齿，似乎格外用力。人人都知道，这是风暴来临的前奏。一家人，屏住了呼吸，战战兢兢，就连最小的弟弟，刚刚两岁的小凌天，爹爹的心头肉，也变得很乖。一餐饭，吃得鸦雀无声，草草收场，然后，各自回到各自的房中，仍旧是不敢出大气。奶妈们，早早安顿自己的孩子睡下，而女佣和男工则躲在跨院伙房，压低了嗓子，交头接耳。人人都在等待，等待着那风暴——那是躲不过逃不掉的，就是沉入睡梦也躲不过。人人的耳朵，这时，都灵敏极了，掉一片树叶也能听到那响动，更别提那"吱扭"的门声。那"吱——扭"的门响简直就是炸药的捻子，女主人的脚步，踢踏踢踏，要惊破天似的，起落间就是生死。此刻，人们反倒是横下了心了，知道要来的，终于来了。

说是吵，其实，只听见大先生一人的怒吼和咆哮，大先生发起脾气，真是可怕呀，地皮也要抖三抖的。可是，渐渐地有了回应，那回应声音不算高，却有着一种愤怒的激烈，有一种不顾生死亡命的激烈，说来，那才是更让人害怕的，那亡命的不顾生死的激烈是可摧毁什么的。这才是那个大危险，那个悬而未决的噩运。大先生的怒吼、咆哮，甚至砸东西，不过是烘托，烘云托月，为这个大危险，做一个黑暗的铺垫而已。

这一天，吵到最激愤的时刻，大先生动手了。他劈头朝女人挥出一掌，那一掌，是地动山摇的一掌，像拍一只苍蝇，是一个灭顶的打击。不仅仅是对梅巧，也是对他自己。那一掌把梅巧击倒了，口鼻流血。血使他怔住了，他浑身冰冷。梅巧慢慢爬起来，用手在脸上一抹，抹了鲜红的一掌，她就把那只血手朝洁白的墙壁上抹了一把，立时，一个血巴掌，惊心动魄地跳出来，像一个鲜红的小妖孽。梅巧看了看，二话没说，笑笑，就摇晃着走出去了。

到早晨，人人都看见了那暴力的结果，梅巧的脸，肿得很厉害，上面还有着瘀青。可是她神情安详，头发梳理得一丝不苟，夏布长衫，齐齐整整，她就这样昂着头带着伤痕出门去了，临走，还吩咐了奶妈几句琐碎的事情，仿佛，这是一个和平常的日子没什么两样的早晨。凌香追上去，拦腰抱住了她，她迟疑片刻，解开了那两只缠绕着她的小胳膊，头也不回，说："宝，去上学。"

这一天，是令人煎熬的一天。每一分钟，凌香都忍受着折磨和煎熬。她上课走神，走路碰壁，吃饭吃不到心里。她一分钟一分钟，盼着太阳下山，盼着天黑，盼着夜深人静，甚至，盼着吵架——她告诉自己这一天其实和昨天没什么两样，和前天、大前天，和以往所有的日子，没什么两样。这并不是多么特别的一天，不是不祥的一天。她挺着身子，坚定地安慰着自己，却忍不住一阵又一阵地打寒战，就像生了热病。这一天，真是长于百年啊。终于，太阳下山了，全家人又聚在饭厅里，只缺妈妈一个。不过，没关系，昨天、前天、很多天，不也都是这样？爹的脸，阴沉着，一家人，仍旧是大气不敢出。可是爹的咀嚼，好像没那么凶狠了，爹的咀嚼声没了那一股杀气，而且，爹的饭，也吃得很少很少。凌香忽然心乱如麻，不知道这是什么预兆。

后来人们就看见，凌香一个人，站在院子里，做饭的孙大出来打水，看见了，问她："你在这儿干什么?"声音压得低低的。凌香回答说："等我妈。"女佣杨妈出来小解，看见了，也问她："你在这儿干什么? 黑灯瞎火的?"声音也压得低低的，她还是回答："等我妈。"人人都知道，这丫头的脾气秉性，知道劝她不动，也就由她去。渐渐地，院子里静寂了，她一个人，站在槐树下，站了大半夜。

槐花盛开着，那香气，浓得化也化不开。往年，槐花刚刚初放时，孙大就用长杆把那白色的花串打下来，洗净了，和上面粉，给他们这些孩子蒸槐花"拨烂子"吃。孙大喜欢说："应时应景，尝个鲜。"今年，孙大没有心思让他们"尝鲜"了。许是因为这个缘故，今年的槐花，比往年繁密许多，那香气，也霸道许多、浓郁许多，不容分说，

146

是一种强悍的邪香。

夜露下来了。像树的眼泪，一大颗，一大颗，滴下来，是那种无法言说的大伤心。不知名的虫子们，唱起来。凌香的腿，又酸又胀，就要站不住了。墙根下，西番莲、榆叶梅就要开了，牵牛也爬上了架。那都是妈撒下的种子，移来的花木。妈还在后院里种玫瑰，种月季、芍药、牡丹，妈喜欢那些颜色热烈浓艳的花朵，丰腴的花朵。妈总是说，这院子太素了。她就用那些花来打扮这院子。

花啊，快点开吧。凌香在心里叫喊，花开了，妈就喜欢这院子了。今年，花好像开得特别晚，特别慢，特别阴险，所以，妈才会讨厌回这个家吧？凌香突然打个冷战，绝望地哭了。

"吱扭——"一声，门响了。这"吱扭——"的声响，是多么慈悲。凌香几乎不相信自己的耳朵，不相信这大慈大悲的声音，直到踢踏踢踏的脚步停在她面前。黑黑的亲爱的人影，停在她面前，吃惊地问她："你怎么在这里？"她如同起死回生一般，一头扑在了来人怀中，说：

"我还以为，你再也不回来了呢！"

梅巧抱住了她，抱紧了她，她抽泣，浑身颤抖。梅巧用自己受伤的脸颊摩挲、抚弄她被夜露打湿的头发。她叫着她的名字，说："凌香啊，凌香啊，宝——"她搂着这孩子把她送回后院房中。她扯下毛巾，为她揩干头发，又为她铺被子，脱衣裳，好像，她还是一个极小的幼儿，不满四岁，刚刚离了奶妈……她安顿她睡下，睡稳，然后，久久、久久凝望这孩子的脸，美丽的、难割难舍的、血肉相连的脸，说了一句：

"宝，我的宝，你睡吧。"

就走了出去。

整整一座宅子，黑着，只有书房里亮着一盏灯，就像审判者的眼睛、神的眼睛。梅巧朝那灯光走去。她走进去，看见大先生无声地站了起来。他们无声地、默默地对视了很久。然后，梅巧就跪下了，梅巧跪下去，朝着大先生，恭恭敬敬地磕了一个头。

这一晚，出奇地静。没有吵闹。一家人，上上下下，揪着心，竖着耳朵等待着的那一场风暴，没有降临。这似乎是许久以来最风平浪静的一夜，平安的一夜。人人都松了一口气。这一夜，合宅的人都睡得很沉，很酣，梦都没做一个。

到早晨，太阳升起来，才知道，天地变色。

到早晨，榆叶梅突然地爆开了一树，一树光明灿烂的粉红，云蒸霞蔚。他们素净的院子被这一片粉霞照亮了，可是，凌香却再也等不回母亲。永远也等不回了。

四、花儿酒、柿子树和其他

有一处地方，叫峨嵋岭。这峨嵋岭，不是那峨眉山，不在四川，在河东，河东最大的旱塬。河东盛产柿子，《西厢记》不是有这样一句唱词："晓来谁染霜林醉，总是离人泪。"那霜林，其实，不是枫林，而是柿树林。柿树在秋天，叶子一经霜打，红如血染，是河东的奇观。

峨嵋岭上，遍山遍塬，都是柿子树。峨嵋岭上的柿子，有种奇功，那就是，可用来酿酒——不是普通的酒，而是花儿酒。什么叫花儿酒？你看，提壶把盏，细细地斟满酒杯，盏中心，慢慢开出一簇酒花，花花相随，走马一般排着队，沿一线齐齐滚向杯缘，碰壁即灭，这叫"走马花"，那就是说，这酒只有30度。若是那酒花，沿杯盏口，密匝匝，排满一圈，那就叫"满扣花"，就是说，这酒要烈一些，差不多40度。倘若是，花堆花，层层叠叠，满盏花堆成一个花绣球，也有个名

148

字，叫"楼上楼"，那这酒就足足有 55 度！——这就叫作"对花鉴酒"，可说是，河东一绝。

酿造这花儿酒，是一门独门绝技。那手艺和秘籍，相传，是秘不示人的，代代一脉单传，传媳不传女。听来，就像一个武侠的故事了。那酿酒的原料，还必得是峨嵋岭上霜降之后的空心柿，这种空心柿酿出的酒，会拉丝，是"花儿酒"中的极品。

说来，这花儿酒，也是酒之一祖呢，可见其古老。它幽柔醇香，回味绵长，最妙的是，一口下肚，浑身的血脉，就像被疏浚的河道，流得分外通畅：是能用来做药引的，"引百药以入十二经"。若身上有跌打损伤，它还有着外用的奇效，一擦即好。总之，是一宗宝啊。

后来，有一个叫杨深秀的读书人，把这花儿酒带到了京城。这杨深秀，正是峨嵋岭人，他携带着峨嵋古酿，每每自乡返京，必设宴招饮，款待同侪。谭嗣同一定是饮过这酒了，杨锐、林旭、刘光第一定是饮过这酒了。或许，康有为、梁启超也饮过这佳酿呢！他们灯下把盏，盏中，走马花、满扣花、楼上楼，千万朵花儿滚着绣球，他们开怀畅饮，锦口绣心，商谈着变法的大计，何其快哉！

还有光绪皇帝呢，光绪皇帝想来也是饮过这美酒的。皇帝和他的红颜知己，对花鉴酒，分享着这琼浆中的奇观。那红颜知己，在月下，焚香奠酒祝祷，不是这样唱吗："愿圣明天子福寿高，雨露承恩同偕老。"想来，那杯中的酒，也是这花儿酒呢！满盏的酒花，就如同盛开的心事，用来祈天，真是再合适不过。这一对天真的男女，在心中，有着怎样美好的憧憬啊——只不过，那憧憬，比这杯中的走马花破灭得还要快。随着六君子人头落地，花儿酒从此就在北京城绝迹了。

星移斗转，又过了许多年，日本鬼子来了。这一年，日本鬼子开进了峨嵋岭，开进了大旱塬。要说这小鬼子，还真是识宝呢。他们一下子就被这峨嵋古酿吸引住了，那"对花鉴酒"的奇观，简直让他们看傻了眼。他们连连喊着，神奇呀，神奇呀，要——西！他们当然不是喊叫一番赞美一番就算了，他们要这绝技！第二年，柿子挂果了，丰收在望，酿酒的节令，就要到了，他们"请"来了塬上最好的酿酒师傅，他们的人马，驻进了有最好酒窖的村庄，就等着收获的日子、采撷的日子了。他们的人，侵略者，已经按捺不住兴奋，嘴里咿咿呜呜的，唱起他们家乡庆丰收的歌谣来了。

忽然，有一天，半夜里，刮起了大风。那一场大风啊，惊天动地，自古以来，这塬上，还从没有谁见过，秋天刮这样凶猛的风呢！只听见，满山满塬的树们，千棵万棵柿子树，在风中，呜呜地吼了一夜，喊了一夜，狂哭了一夜。到早晨，人们爬起来，只见峨嵋岭再没有一棵树上挂果了！这河东最大的旱塬之上，满山遍野的柿子树，万众一心地坠落了它们的果实，它们十月怀胎孕育的孩子。一夜间，坠落的红柿，让峨嵋岭变成了一片血海。事情还不算完呢，接下来，突如其来地起了大雾，蓝色的大雾，铺天盖地，一下子，把峨嵋岭给吞没了。这一下，白天变成了黑夜，黑夜比地狱还黑，人们伸出巴掌，连自己的五指都看不见了！十村八村的狗，惊得汪汪乱咬，还以为，天狗吞了月亮和日头，鸡也乱了方寸，大半夜打鸣报晓。这一场大雾，三天三夜不散，到第四天，天开了，出了太阳，太阳照见了一个最惨烈悲壮的旱塬，只见遍地坠落的红柿，无一例外，全部烂了柿蒂，它们无一例外地在大雾中开膛剖腹自戕而死，它们万众一心自戕而死。峨嵋岭上，方圆几百里，横尸遍野，密匝匝，睡了一地的英灵。

鬼子酿酒的计划，就这么，成为泡影。

这就是我们的河东，我们的宝地啊。你可知道她的来历？差不多，五千年前，有一天，一个人来到了这里，来到这旱塬深处，举目四望，只见四野一片浩瀚的黄土，两条大河，黄河与汾水，茫茫苍苍地在这黄土的怀抱中交汇。这里的地貌，有一种不可思议的诡谲、奇异和神

150

秘，就好像一个巨大的女人的私处。这旱塬，大地，厚土，在这里，毫不遮掩地向着天宇，袒露出了自己最隐秘最神圣最蓬勃的私处。这个人被震撼了，他为这袒露感动，为大地这母亲般的袒露感动。他不能自已，他知道这是天地的大恩、大美和大善，他还知道这是一个启示和寓言！他扫地为坛，撮土为香，敬畏地感激地跪下来，对着这一片后土长拜不起。从此，人们就把这里称作是汾阴，脽——大地的私处，也称作是轩辕氏轩辕黄帝扫地为坛处。

过了许多年，差不多两千多年后，又有一个人，来到了这里。这个人乘船而来，溯黄河，入汾河，来祭祀后土。那一天，汾河之上，万船竞发，箫歌齐鸣，秋风浩荡。船夫们齐声高唱着欢快的棹歌，雁阵则从他们头上飞过。这个人，他弃船登岸，来到了汾脽之上。当年，轩辕黄帝扫地祭坛处，如今已是一座壮观的祠堂。他登上后土祠，极目远望，两千年岁月，如风而过，忽然百感交集。禁不住，他放声吟唱起来：

　　秋风起兮白云飞，
　　草木黄落兮雁南归——

这个叫刘彻的人，汉武大帝，那一刻，不再是一个君临天下的天子，而成了一个感时伤怀，领会着生命悲情的诗人，你听他唱道：

　　泛楼船兮济汾河，
　　横中流兮扬素波。
　　箫鼓鸣兮发棹歌，
　　欢乐极兮哀情多，
　　少壮几时兮奈老何！

就这么，一首千古绝唱，《秋风辞》，在这广袤的旱塬之上，大地蓬勃的私处，诞生了。应运而生的，还有一座恢宏的建筑，秋风楼。

又过了许多年，差不多，又是两千年后，大先生来了。大先生登上了秋风楼。那一年，一九三九年，省城沦陷了，大先生在省城沦陷时携家小逃出了那座亡城，回到家乡峨嵋岭避难。谁想，没多久，家乡也沦入铁蹄。大先生的声名，不知怎么，连日本人也知道了，他们竟让大先生出任伪县长！他们搬来了一个又一个说客，说客们踏破了大先生家门槛。这一日，又有说客登门，大先生不等那说客开口，就说，正要趁霜晴去登秋风楼。大先生他们村庄，和那秋风楼，相距不算太远。说客不知大先生葫芦里卖的是什么药，只好嘴里说着"好兴致啊"，一边就随了大先生，和二三友人，朝那秋风楼出发。说来，这秋风楼早已不是那秋风楼，这后土祠也早已不是那后土祠，由于河水泛滥、冲刷、改道，它们几次落架迁建，最终，落脚在了这叫作"庙前村"的村庄。可这又有什么关系？那巍峨的秋风楼，仍然在我们的土地上屹立着呢。这一日，大先生焚三炷香，先拜了后土祠，又一级一级，攀了九九八十一级阶梯，登上了秋风楼。立刻，黄河来在了眼底，汾河来在了眼底，广袤的黄土旱塬，来在了眼底。秋风浩荡，千万棵柿子树，坠落了果实，只剩下霜打过的柿树叶，红如血海，也来在了眼底。大先生吁出一口长气，对那说客说道：

"这里是什么地方？想必你也知道，华夏大地之睢，轩辕黄帝祭祀后土的地方！这里，就连树，也知廉耻，不敢数典忘祖，你说，我莫非还不如一棵树？"

说客目瞪口呆。

大先生又说：

"这秋风楼有多高，你可知道？我告诉你，它楼高三十三米，十一丈，人若从这楼上跳下去，想来神仙也救不活他！——今天，大不了，我从这儿朝下一跳！也学学，咱峨嵋岭上那些有情有义的柿子——"

说罢，大先生纵身一跃，被同来的友人拦腰死死抱住了。

说客吓跑了。

第二天，说客带着日本人，冲进了大先生的村庄，包围了大先生的家，却扑了一个空。大先生一家，人去屋空，只剩下一条看门狗，冲着那侵略者，汪汪乱咬。日本人里里外外，搜了一个遍，捣了水缸，砸了面缸，摔了酒坛，毁了锅灶，最后，掏出枪来，一枪撂倒了狂吠不已的大黑狗。

大先生一家人，逃进了中条山里。那里是大先生妻子的娘家，当然，是现在的妻子。

五、大萍，还有山中岁月

起初，谁也不敢在大先生面前，提"续弦"这档子事。他明显地老了，仿佛一下子老了十岁，一头墨染似的乌发中有了星星点点的银针。夜里，常听到他咳嗽，吭吭的，声音很空，在寂静中传得很远，有一种让人不忍的哀痛。当然，在白天，他仍然是一个令人敬畏的"大先生"，重创和耻辱，最深刻的羞辱，没有改变他端正肃穆的夫子仪态。

四个儿女，最小的，只有两岁，还不懂事，时不时地会迸出一句："妈妈呢?"除了这个幼儿，再没有谁，在大先生面前提起过这个女人。那孩子出麻疹是半年后的事，不想，竟把他奶奶给染上了，原来那乡下女人没出过疹子。大先生只好从家乡接来了自己年迈的姑母帮忙照料。那时，大先生的母亲也已经过世三年多了，姑母想，若是等自己再一死，这世上，就再没有谁，能主大先生的事，这世上，也再没有

153

谁，心疼这个男人。姑母这样想着心如刀绞，她一不做，二不休，索性，从家乡，为大先生，接来了一个女人，大萍。

这大萍，一切，都和从前的那女人反着来。从前那女人，是女秀才、女先生，这大萍，没上过学，没念过书，斗大的字不识一筐；从前那女人，巴掌大的小脸，杨柳细腰，这大萍，却是脸若银盆，肥臀粗腰，敦敦厚厚，磨盘一样，撼她不动。大先生哭笑不得，可这大萍，二话不说，进门来，先抱起了大病中的孩子，把这没娘的幼儿裹在她肥厚温软的怀中，眼里流露的，全是怜惜的神情。这一下，把大先生要说的话堵了回去。

那句话，拒绝的话，从此，再没有说出口，一辈子。

起初，这女人，大先生视而不见，只当她是没有。她出来进去，清早，用铜盆端来洗脸水，晚上，则是端来洗脚水。大先生在书房里看书，不管逗留到多晚，回到卧房，那一盆洗脚水，就悉心悉意地等在那里了，并且总是冒着热气。炕上，早已铺好了被褥，黄铜的汤婆子埋在棉被里，鼓鼓的，像孕妇的肚子。而几上，则是一壶热茶，那茶壶，套着保温的棉套，像穿了棉袄一样。棉套是用那种家织土布做的，红红的小格子，很拙，很亮，看着就让人一暖，是大先生家乡的风格。

渐渐地，这女人的气息，就无处不在了。先是三岁的凌天，有一天，突然穿上了虎头鞋，戴上了虎头帽，兴奋地在院子里跑来跑去，把他写着"王"字、花红柳绿又拙又憨的老虎脚伸给每一个人看。这只活生生的小老虎，在院子里一晃，就晃了一个冬天。再后来，全家人，都换上了家做的棉窝或是俗名"踢倒山"的布鞋，千层底，刷了桐油；每一双鞋里，还都垫着花红柳绿的鞋垫，上面绣着富贵牡丹、喜鹊登梅、月宫折桂，还有万字不到头。餐桌上，常常会冒出一盘花馍，盘成各种花样，点着红绿的颜色，嵌着甜香的大红枣，这也是大先生家乡的面食。还有一碟红油辣椒，他们叫油酥辣子的，喷香红亮的一小碟，是三餐都少不了的，用来夹热馍吃，那也是大先生家乡最正宗的口味。这大萍，浑然不觉，却把这个家、这个宅院，用悉心悉意的日子填成了实心。

腊月里，雪一场接一场，屋檐下的冰凌，挂了有一尺多长。耳朵都快要冻掉了，可是屋子里，却是暖洋洋的。炉中的炭火，烧得哔剥响，上面坐着铜壶。酒枣开了封，"揽"好的柿子，也开了封。那酒枣，是她秋天里一颗一颗挑选出来的，每一颗，都端正漂亮。柿子则是她一层一层码在坛子里，码一层，中间放一个苹果。酒枣和柿子，都用白麻纸严严地封起来，如今开了封，满屋子酒香、枣香，还有那一股温软奇特的果香，扑面而来，氤氲着，是专用来填那些还没填满的空隙的。酒枣和柿子，盛在大盘子里，摆上了大先生书房窗下条案上，人一撩门帘，走进来，熏风扑面。大先生一阵怅然，一阵心痛：从前，这个节令，那条案上，供的是腊梅，或是水仙。他望着这些朴素的、红火的、实打实的果实，眼圈红了。

这一晚，她端来了洗脚水，转身离去时，大先生伸手拽住了她的胳膊。

"你不嫌我？"大先生开口说。

她鼻子一酸，石头终于说话了，铁树终于开花了。泪光慢慢蒙住了她的眼睛，她问道：

"嫌你啥？"

"老。"大先生哑着嗓子回答。

她摇头，眼泪流下来，她回身伸手抹了一把。这回身低头抹泪的动作，让大先生心头一恸。傻女人哪！他怜惜地想，他知道他一辈子会对这女人好。

那一晚，是腊月二十三，灶王爷上天的时辰。外面，鞭炮声响成了一片，噼噼啪啪，十分嚣张热闹，是个喜庆的日子。

现在，这一家人，都来在了大萍的娘家。那是个小山村，窝在中条山里，山根下面。那山，可是座宝山，埋藏着各种有色金属，铜、铝矾土，还有别的什么。那里，满山都生长着药材，黄芪、川穹、菖蒲。春天，惊蛰一过，采菖蒲的人就进了山。有经验有运气的采药人，甚至还能挖到冬虫夏草。核桃也是那里的一宝，还有柿了树。冬天，第一场雪后，山坳里，或是向阳的山坡上，柿子树的大叶子，竟然还未落尽，白雪一映，真是精神，就像最红的玛瑙，美不胜收，人看了，就觉得抖擞和感动。

这山中的岁月，在大先生，是避世，在大萍，则是如鱼得水。她扶起磨杠推磨，拿起梭子织布，抄起扁担挑水，进山挖药，下地开荒，没有她不会的。男工女佣，到这时，已星散而去，只剩下做饭的孙大两口子还忠心耿耿跟随着他们。山根下，几孔土窑，一个大院子，安置了这一家人。院子空荡荡的，来年开春，大萍就一镢一镢地开垦出来，撒下菜籽，捉来鸡娃，养了奶羊，是一户过日子的农家了。到夏天，南瓜开了花，茄子扁豆爬上架，也开了花，黄的黄，紫的紫，大朵小朵，竟也是姹紫嫣红、蜂飞蝶舞的气象。大先生挥毫写下了几个字"竹篱茅舍自甘心"，没有宣纸，就写在糊窗户的白棉纸上，算是明志，其实是满心的不甘，不甘心也没办法的事。

这一年，凌香十六岁了，高中还没有毕业。大弟凌寒也将满十五，两个人，都失学在家。夏天就快过去的时候，一天，有一个人，辗转从西安来到了这山村里，要把凌寒带出去读书。这个人，当然也是大先生的学生，冒了风险才来到这里。本来，说好了，是只带凌寒一个人出去的，可是，事到临头，谁也没想到，突然冒了个挡道的凌香。

"带上我。"凌香说。

156

凌香说话，从来不会疾言厉色，可是却说一不二，掷地有声。一家人，除了大先生，人人都很有点怕她，用人、弟弟们，包括大萍。其实，就连大先生，对这个长女，也是心存顾忌的，还有着难以言说的心疼。她孤僻，冷漠，不爱说话，独往独来，和这家里的人，似乎，谁也不亲。大先生其实是知道那原因的，正因为知道，所以，尤其没有办法。一来二去，弄得大先生独自和这孩子面对时，就总有些小心翼翼，总有些局促和不自然。

兵荒马乱，一个女孩子，出门在外总归是不放心的。何况，眼下家里的经济状况，十分拮据，一下子供两个人出去念书，哪里是件容易的事！大先生犯愁了，踌躇再三，说出两个字："再说。"凌香听了，久久不语，忽然扑通一声，跪下了。这一跪，让大先生悲从中来，万箭钻心一般。他从这孩子脸上、眼睛里，分明看到的，是另一个人的神情，是另一个人的复活。这一跪，是悬崖绝壁前的摊牌，是生死的摊牌，不容分说、决绝、大义凛然。

第二天，来人从山里带走的，就不只是凌寒一个人了，还有凌香。凌香走出去很远，一直不敢回头，她知道父亲就在村口那棵柿子树下站着，一头灰苍苍的头发，她怕他看见自己眼里的泪水。

六、告诉你一句话

但是，凌香是必然要走的。她一直、一直等待着这一天，从八岁的某一天起就一直等待着这一天，这是一个不能更改的命运，也是一个召唤。

她来到西安，很顺利地通过了考试，插进了高三年级，吃住自然都在学校，就这样，做了一名流亡的学生。读书在她，从来不算一件困难的事，许多隐秘的快乐是别人体会不到的。日子自然是苦的，流离失所怎么会不苦？可流亡学生千千万万，又不是她一个。她是很能吃苦的呢，这一点，连她自己原先也不知道！从家里带来的一点点钱，她花得十分十分仔细，花每一分钱都让她又心疼又愧疚。后来，一个偶然的机会，她开始给报纸投稿，再后来，竟在一家报纸开辟了一个小专栏"流亡学生日记"，写那些沦陷区的所见所闻。这一来，就有了一点小小的收入，虽然不多，可是积攒起来，也是能派大用场的。

父亲的学生，能托付子女的学生，自然不会是泛泛之交。她不喜欢拐弯抹角，有一天，当这学生来学校探望她时，她忽然单刀直入地发难了，她说：

"你有我妈的消息吗？"

"妈"这个字，这个字眼，已经许多年没有出口了。这个字，哽在喉头，堵在心口，吐不出，也咽不下。她从来没有管大萍叫过"妈"，尽管她知道，大萍其实是当得起"妈"这个称呼的。有一年，她得伤寒，高烧不退，大萍在她身边，衣不解带地守了她七天七夜！她弄脏的内衣裤都是大萍亲手帮她洗净的。病中，大萍那张铜盆大脸俯下来，热烘烘的，带着身体的善意，贴近她的时候，一股一股的热浪，在她身子里汹涌着，让她眼热鼻酸。可是，她还是叫不出那个字，那个要命的字。那个字，若一出口，她就彻底崩塌了。

父亲的学生，做梦也没有想到，这孩子，她会给他出这样一个大难题。他大惊失色，张口结舌，支吾着乱摇头。可是这十六岁的姑娘，脸上有一种让他害怕的表情，豁出去的烈士的表情，还有着黑洞似的绝望。他心里不禁一动，拿谎言搪塞这孩子是残忍的啊，他想，于是，他回答：

"很久没有她的消息了，有好几年了。"

"那，最后得到她的消息，她在哪里？"

"汉口。"

汉口，她想，咽了一下口水。并不算远，不在天边，也不在海角。她的神情，让父亲的学生深感不安。父亲的学生说：

"不过她现在肯定不在汉口了。席方平，哦，他最后一封信上说，他们——"他停顿了一下，"他们就要出国了。"

出国！凌香闭了下眼睛，浑身冰冷，就像周身的血脉都被冰封住了，凝结成了剔透的树挂。她攥着的拳头，也冻成了冰坨，两条腿则成了冰柱。父亲的学生，以为她会掉泪，会哭，可是没有。慢慢慢慢她缓过来，活过来，有了血色和人气，她说：

"谢谢你。"

父亲的学生，暗自松出一口长气，以为这事就算是过去了。不想，几天后，她忽然找上了家门。她单刀直入，劈头就问：

"你有没有张君的地址？"

他又是一惊，不知道她是从哪里得知了"张君"这至关重要的名字。不等他措词，她穷追不舍地又是一句：

"张君是在汉口吧？当年，他们去汉口，就是投奔张君，是不是？"

他一步步地被逼进了死角，没了退路。她虎视眈眈，横在前面，就仿佛猎人和猎物狭路相逢。他摇摇头，对她说：

"你让我想想。"

三天后，父亲的学生，给了她需要的东西：张君的地址。他想了三天三夜，才做出这样一个痛苦的决定、妥协的决定。父亲的学生这样想，假如不给她指一条明路，谁知道这孩子一个人还要怎样瞎闯瞎撞？这孩子，是那种一条道走到黑的人，是那种撞了南墙也不回头的人，是那种明知是火坑也要跳的人。他很透彻地看清了这点，也看清了那潜在的更大的危险。还有，还有，那就是，这孩子她太叫人不忍，她盲人骑瞎马似的奋不顾身，她从小小年纪起一天一天积攒起的思念与痛苦，让他不忍。他对这孩子说：

"你要记住，是你，让我做了背叛先生的事。"

一个月后，这孩子她上路了。得到张君回信的第二天，她就刻不容缓地出发。她给父亲的学生留了一张便条，上面写着：大恩大德，此生不忘。其时，距离考试和寒假只有一个月了。可这孩子一天都不能再等，她等了八年，等了三千天，耗尽了她的耐心，谁知道，这一月内，这三十个白昼和黑夜，会发生什么样的变故？这孩子她从小就是一个最没有安全感的人，她不信任时间。

现在，她的目的地是确凿的：四川、重庆、青木关，剩下的就一片茫然了。她怀揣着可怜的一点盘缠、一点干粮，踏上了一辆长途汽车。她只知道那车是朝南，开往石泉的。朝南，总归不会错，四川不就在陕西的南边吗？那车，拥挤不堪，走走停停；公路十分糟糕，又被日本人的炸弹炸出了许许多多的弹坑。她坐在后座，无数次，她整个人被抛起来，头碰住了车皮，浑身的骨头，颠散了架。可是这一晚，他们的车，并没有预期抵达石泉，而是停在了宁陕。一车旅客，下来打尖，人家都去了羊肉泡馍馆，她没有，她只在一家茶摊上，要了一大碗白开水，泡自家带的馍吃。

生平第一次，她一个人，独自坐在夜行的汽车上。四周黑如深渊，只车灯的光束移动着，像黑夜划开的伤口。车厢里，起着鼾声，可她睡不着。她没有丝毫睡意。她大睁着眼睛，望着漆黑的陌生的窗外。她心里一阵一阵地恐惧、害怕，不知道这么走下去，能不能真的到达她要去的地方。重庆，青木关，在这无边的深渊似的黑暗里，这名字给人无限虚幻和缥缈的感觉，极端不真实，仿佛那是天国的某个地方，天国的车站。她听到某种清脆的琳琅的响声，一阵又一阵，原来，那是她自己牙齿在打战。

汽车在黎明时分抵达石泉。小镇还昏睡着，空气清新而凛冽，那是田野、牛粪，还有河流的气味，人间的气味。小小一条镇街，由于这笨拙的汽车与一车人的到达，竟有了一点喧腾。勇气就是在这时又回到了凌香身上，她看着太阳一点点升起来，她想，条条大路通罗马，何况一个青木关？

再往前，朝西，应该就是汉中了。可据说公路被炸毁了，不再通汽车。凌香就是在这里等车子时遇到了几个东北流亡学生，那几个学生，也是要去重庆的。凌香从此就加入到了他们的行列。他们先是乘马车，后来又乘驴车，再后来，步行，一段段、一里里、一步步地接近着巴山蜀水。总算，汉中到了，很庆幸地，他们在汉中搭上了开往广元的大卡车。广元，那里已经是四川的地面了。在广元，他们乘上了船。

船，在嘉陵江上航行，顺流而下。是一条大木船，八个船夫扳桨，一个老大掌舵，还有个烧饭的船娘。船客除了他们这几个流亡学生，就只有两个商人、一个教书先生。船本是载货的，载人，算是夹带。这一路行来，他们风餐露宿，可说是吃尽了苦头，一天吃不上一餐饭的时候也是有的，在破庙里、在人家的牛圈里、在山洞中过夜更是家常便饭。如今，这船，在他们眼中，竟有了挪亚方舟的意味、救世的意味。竹篷子船舱，虽然矮，可是安全，就像窑洞的穹顶；两边长长的木板铺，平平坦坦，是世上最舒坦的炕；船娘烧出的糙米饭、辣子笋干，是人间最美的美味。甲板上，扳桨的船夫，哟——嗬，哟——嗬，齐声喊着的号子，那也是和平世界的声音。凌香舒展身板躺在舱里，在这和平的又痛苦又欢乐的号子声里，睡熟了。

醒来时，舱里很静，很暗，所有的声音，似乎都在极远的远处。有一会儿她忘了自己身在何处，很茫然，船身摇荡着，就像一个巨大的摇篮、一个久违的摇篮。摇它的那双手啊！她觉得一阵迷糊，像做梦。就在这时，她听到了舱外的人声，真切的人声，原来流亡学生们都在甲板上呢，大家都在甲板上。"我的家在东北松花江上——"一个男声颤巍巍地唱起来。"江"这个字，让她想起了自己身在何方：平生第一次，她来在了一条大江上，哟——嗬，哟——嗬的号子，那是川江上的号子，那是蜀天蜀地的声音！她静静地听，听，热泪涌出了眼睛，哭了。

傍晚，船泊剑阁，船老大望着天边的晚霞，说："好天气啊，顺风顺水！"

真的是顺风顺水。三天后，船就抵达了合川。刚好，一队敌人的飞机，从江面上飞过，是要去轰炸重庆的，顺便朝江心投下几枚炸弹。江面开了花，有一枚，炸中了他们的船尾。船被巨浪掀翻了，一船人，八个船工、船老大和船娘、商人、教书先生，还有历尽艰辛就要抵达目的地的流亡学生，全部葬身江底。

只救上来一个人，凌香。

合川过去，是北碚，北碚过去，就是重庆，在重庆与北碚之间，有一个小镇，叫青木关。青木关有一片竹林，在临近江边的坡上，竹林外有几间草屋，草屋里住着一户最普通的逃难的人家，男人教书，女人也教书。

这一天，黄昏时分，女先生在灶火旁，正料理着晚饭。从旁边屋子里，不停地传来男先生阵阵咳嗽的声音，"空空"的，是害着肺病的人的咳嗽。一群孩子，在竹林外一小片空场地上，抽着木陀螺。冬天的太阳，早早地沉进江里去了，江水变成了一条奔腾的血河。有人从江那边走来了，跛着腿，衣衫褴褛，沿着石头台阶，一级级地朝坡上爬，慢慢地露出了黑黑的头顶、脸、半个身子、腿和脚，来在了空场上，竹林外空场上。那一群玩耍的孩子，瞪大了眼睛，瞧着这不速之客。客人问了孩子们一句什么，只见一个五六岁的小姑娘，转身，

162

朝屋里跑，嘴里喊着：

"妈，妈！有个要饭的找你！"

女先生闻声出来了，从茅屋里钻出来，蓬着头，青菜叶沾在手上，一身的柴烟味。起初她没有认出来人，说："谁呀？"突然间，她的嘴张大了，人就像钉在了地上，她的脸和手，一下子变得雪白，浑身的血，仿佛被什么东西刹那间吸光了，她站在那里，就像一个苍白透明的惊叹号！只见来人，一步步地跛着，朝她走来，走在和她近在咫尺的对面，来人说：

"你说过，永远也不会丢下我，八年来我没有一天忘记过这话——我来，是要告诉你一句话：你——不值得我这么、这么样牵挂！"

说完，她掉头而去。

"凌香！宝——"女先生，梅巧，大喊一声，倒在地上。

七、传奇的结局

入冬以来，席方平就一直咳嗽不止。梅巧想为他生一个火盆，却没有钱买木炭——木炭的价钱比黄金还要贵！梅巧就把厚厚的草纸烤热了，一层层给他敷在脊背上，又把橘子在火上烤熟了，上面滴一滴麻油，让他每天空腹吃下去。她还用梨煮水，用白萝卜熬粥，总之，她把她知道的那些民间偏方验方——都试过了，可是那咳嗽的趋势仍旧是愈演愈烈。

夜晚，他咳嗽得最剧烈的时候，她就把他抱在怀里，就像抱一个孩子。

"好一点不？"她总是这样问。

"好多了。"他总是这样回答。

他在她温暖的怀里，那让他更加软弱。他们常常相拥着到天亮。

有时，他会说："要是能睡在一盘暖炕上，该多舒服啊。"她就把他抱的更紧一些，说："是啊，南方哪儿都好，就这一样不好。"她知道，他心里想说的，其实不是这些话，他也知道，她知道。

他们都躲避着一个字眼，一个事实，那就是，结核，或者说，肺痨。可他们心里比谁都清楚，他们遭遇了它，遭遇了这瘟神。他们彼此在对方面前掩藏着内心巨大的恐惧。失眠的夜晚，他们躺在南方阴冷潮湿的草房里谈论的，永远都是一些鸡毛蒜皮的小事，关于北方的小事，比如小米粥，比如冬天的烘柿子，比如一碗热腾腾的"头脑"，那是家乡冬季早晨最美的美食。他"空空"的剧烈的咳嗽像电流一样一波一波传导到她身上，让她害怕得发抖。她只有把他抱得更紧，她想，一遍一遍地想，上帝，这是我的，我唯一的，你不能把他夺去……

有一夜他突然讲起了他亡母的一件小事。他说，他们家乡河东有一个习俗，婚后的女人，要送丈夫一件信物，一件绣品，类似荷包的一只小口袋，可却并不是普通的荷包，不装钱，不装烟，而是——牙袋！知道那是做什么用的？人老了，掉牙了，满口的牙，一颗一颗地脱落，那口袋，就是装这落牙的。一颗一颗的落牙，装进这小荷包里，到最后的时刻，是要携带在身上，一颗也不能少，带到另一个世界里去的。这样的荷包，牙袋，女人要绣两只，绣一对，一只给丈夫，一只给自己，那意思就是，白头偕老，那是对"白头偕老"的郑重承诺。

"我娘身上，就贴身系着一只这牙荷包，牙袋，红绸子底，绣着鸳鸯。另一只，让我爹带走了，只不过，我爹的那只荷包，里面是空的——他没活到掉牙的年纪，就撒下我们撒手去了，他辜负了那只牙袋……"

他搂着梅巧，他的女人，这么说。她浆果一样成熟的、温暖的、经血旺盛的身体，让他无限依恋和难舍。多么好的身子啊！他把脸紧紧贴在她的脸上，突然地，哭了。

一周后，他的枕边，多了一样东西，一件绣品，小小的，红布做底，勾着牙边，上面绣了两只五彩的鸳鸯：最俗、最艳的图案，可却绣得风生水起、惊心动魄、针针见血。另一只，同样的两只让人惊心的鸳鸯，攥在梅巧的手里。梅巧俯下身来，黑森森的眼睛，对了他的脸，一字一顿地说道：

"席方平，你听好了，你，是不能辜负这只牙荷包的啊！"

梅巧说完这话，眼泪就滚了出来。

这就是他们的故事，以传奇开始，却没有一个传奇的结局。两个心高万丈、生死相随的有为青年，最终落在了生活艰辛的窘境之中，不是所有的浪漫出逃，最终都会在巴黎的塞纳河边、伦敦的老街区或是上野的樱花树下，戏剧性地落脚。而更多的时候则是，这世上，又多了一对贫贱夫妻而已。

其实，在凌香看到梅巧的最初一刹那，她就原谅她了。看到她从茅屋里烟熏火燎地钻出来，蓬着头发，穿打补丁的衣服，手上沾着菜叶的那一刹那，她就原谅她了。或者说，更早，在她乘坐的木船被炸沉，整整一船人葬身水底，那和她一路行来已情同手足的流亡学生们，那和她一样年轻一样茁壮健康的生命瞬间灰飞烟灭的那一时刻，她就原谅她了。可她还是说了那句话，那句话，哽在喉头，坠在心头，是必须要说的。说完了，她才能重新成为一个善良温情柔软的孩子、一个悲天悯人的孩子。

八、饥荒

又是许多年过去了。

这一年，是一个饥荒年，大饥荒。不仅是乡村，城里人也在挨饿。所有的城市，也许，除了北京和上海，都陷落在了饥馑之中。在凌香的城市，许多人都患上了浮肿病，皮肤肿得明晃晃，头脸都显得很大，像橡皮人。有许多年轻的女人闭了经。这些浮肿患者，有时，凭医院的证明，可以去购买一些"营养品"，比如，用麦麸和糠做的饼干。

人们都在为吃忙碌着，动着各种各样的脑筋。城郊的野菜，早就让人挖光了；豆腐渣，还有，喂牲口的豆饼，成了人们四处寻觅、最抢手最热门的食物。人们发明了一种饮品，叫小球藻，是一种藻类的东西，养在大池子里，绿莹莹的，据说营养价值很高，幼儿园和小学校的孩子们，排着队，去领一茶缸小球藻喝。当然，供应浮肿患者的糠饼干，也是发明之一。

这一年，凌香三十七岁，是两个孩子的母亲。这两个孩子，一个十二岁，一个十岁，正是长身体的时候，正是怎么吃也吃不饱的时候。配给供应的粮食，自然不够他们吃的，逢年过节凭证购买的肉、蛋，不够他们填牙缝的。这就需要大量购买高价的粮食和高价的食品。好在，凌香还有这力量。她丈夫是一家大型企业的高工，她自己则在一所高校任教，两个人的月收入，还有一些积蓄，一分不剩，全用来买吃的了。

每月，发薪水后的那个星期天，是凌香最忙碌的日子。一大早，她就携带着一些吃食，乘三十公里汽车，去看望父亲。她父亲大先生，解放后，就一直担任着一所高等专科学校的校长。那学校，不在省城，却设在这个交通并不十分便利的小城里。大先生不光担任校长，还教书，还著书，他喜欢小城这种避世的安静的气氛。

学校坐落在汾河岸边，校园十分辽阔，有一种跑马占地的豪气和奢侈。那里面的建筑，全都出自苏联专家的设计，笨拙、坚固、大，也是奢侈的。这样的建筑群里必定要有一座礼堂，上面耸立着克里姆林宫式的尖顶和红星。大先生的家，是一栋独立的建筑，西式的平房，红砖，石头台阶，带长长的有出檐的前廊。院子很大，种着石榴、香椿和枣树，而那些空地，则被大萍一块块开垦出来，种各种蔬菜，甚至还种玉米这样的粮食。

在一九六〇年代，这样的开垦和种植，就有了拯救的意思在了。

大先生四个儿女，如今，天南地北，全不在身边，只有凌香一人，离得最近。一个月，至少，有一个星期天，是大先生的节日。这一天之前，前好几天，大先生和大萍就开始为这节日做准备了。大萍挎着篮子去排各种各样的长队，买凭票证供给的宝贵的东西：粮，油，一点点肉、蛋之类。大先生则去排另外的队，去买更加宝贵的高价白糖、糕点，还有，好一些牌子的香烟等珍稀物品。像大先生这样的人士，偶尔，会有一些特殊的供给，不多，大先生都攒着，是要将这好钢用在刀刃上。到了这一天，一大早，大萍就拌好了饺子馅，猪肉白菜，或者是羊肉胡萝卜，香香的一大盆。大萍的饺子，是很拿得出手的，皮薄馅大，鼓着肚子，白白胖胖，排着队，整整齐齐几盖帘。一家子，三口人，食量再大，几盖帘饺子哪里吃得完？剩下的，也都煮出来，晾好了，一个个，码进饭盒里。大先生说："带走吧。"

凌香从来都是吃罢午饭就告辞，大先生和大萍，也从不多留她。那些糕点、白糖，一样样的，全让大萍塞进了她的提包里。永远是，她带来的少，带走的太多、太多。若她推辞，大先生就生气，说："又不是给你的，带回去，给明明、亮亮吃。"

带走的，不仅仅是糕点、白糖，煮好的饺子，常常还有晒干的各种蔬菜：茄子条、萝卜干、干豆角，等等，也是一包一包的。还有一条烟：大前门，或者凤凰。这烟，总是由大先生亲手拿出来，沉默不语地给她塞到提包里。

是啊，大前门或者凤凰，总不能再拿明明和亮亮做幌子了。凌香的丈夫，也是从不抽烟的，这烟，就显得很没头没脑和突兀。凌香心知肚明，却从不说破，她拎着大包小包出门去，走出好远，回头看，大萍挽着大先生，还在那门前站着，朝她这边望呢。

现在，现在，凌香该到她的第二站了，三十公里外的省城。

五十年代初叶，席方平和梅巧，带着他们唯一的女儿，回到了这里，这个悲情城市。

他们回到北方，当然是因为健康的原因，席方平再也不能承受南方阴冷潮湿的冬季。所以，当他终于接受了家乡省城一所中学的聘书时，他想，他这是向自己的青春缴械了。

他在那所中学里，教数学，梅巧也一样，仍旧是教小学，做孩子王。他们的家，就安在离那所中学不远的一处四合院里，租住了人家两间东屋。自己动手，搭建了小厨房。这一住，就是十年，他们的女儿，从这四合院里，考入了北京的一所大学，毕业后，一下子被分配到了甘肃，支边去了。

饥荒到来了，让人措手不及。前两年，还红红火火闹大食堂呢，吃饭不要钱，仿佛到了共产主义。可饥荒一下子就来了，说来就来了。要说，梅巧其实是很会过日子的，很会精打细算，可任凭她再会过日子，也没办法让一日三餐都吃饱肚子了，再精打细算，也调度不开那有限的、可怜的三五斤细粮，以及每人每月的二两棉籽油了。还在三年前，由于肺病的缘故，席方平就病休在家，吃了劳保，而一个小学教师的工资，又实在是有限，买高价粮的钱都捉襟见肘，何况营养品？梅巧就把所有的细粮省下来，给席方平吃，自己吃掺干菜、掺糠的窝窝，把油省下来，给席方平炒菜，自己吃腌制的酸菜、咸菜。逢年过节，那区区一斤肉，则是买来肥膘，炼成猪油，油渣做馅，配上萝卜白菜，给席方平蒸包子。

"你呢？你怎么不吃？"席方平端起饭碗，疑惑地问她。

她抽着一支劣质的香烟，最便宜的白皮烟，这是她从年轻时就染上的嗜好，也是从前的日子留在她身上的唯一遗迹。她深深地吸一口烟，回答说："你先吃，我还赶着判作业呢。"要不就是说："刚才包子出笼，我趁热先吃过了。"席方平不相信，审问地盯着她的脸，她面不改色，说："你看你这个人，就这点讨厌，婆婆妈妈，我现在饭量大，饿不到时候嘛。"她还说："这些日子我比从前能吃多了，都吃胖了。"

她的脸，真的是胖了，明光光的，晃人眼。席方平知道，那是浮肿。

他愤怒了，他说："梅巧，你当我是傻子呀！你当我瞎了眼呀！"

梅巧的脸，突然之间，变得十分严肃，她盯住了他，慢慢地开了口，她说："我身体好，吃什么都扛得住。你不行，你全靠营养来撑着，没有营养，你活不了几天！你听好了，我不让你把我扔到半路上，那样我也活不了——你要救你自己，救我！所以，你必须闭上眼，狠下心，吃！"

她恶狠狠地、一字千钧地说出那个"吃"字，眼圈红了。

有一天，凌香来省城参加一个会议。晚饭后，会议上没有安排什么事情，她就到梅巧家去了。说来，这些年来，凌香姐妹兄弟四人，只有她一个和梅巧保持着联络。凌寒、凌霜、凌天，对梅巧，就当世界上没她这个人。只有凌香，月月给梅巧写信，寄一些钱，知道他们的生活是不宽裕的。有时，去省城出差或开会，就到她那里去看一看。当然，从没有过夜留宿过，因为有席方平在，毕竟，是很不方便的。席方平一直让凌香感到局促和为难，不知道拿这人怎么办。这一生，

169

凌香只听到父亲提到过一次"席方平"这名字，那还是很多年前，除夕夜，全家人在一起吃团年饭，那一晚，大先生喝了酒，喝醉了，他忽然用筷子指点着大家，没头没脑冒出一句：

"你们要记住，记好了，席——方——平，这个人，是咱们全家人的仇敌！"

那时，凌寒、凌霜、凌天，全都回过头来，同仇敌忾地瞧着大姐，他们的眼睛在说，你听听，你听听，你居然认贼作父！他们都知道这些年来凌香和梅巧来往的事情，他们都知道凌香舍不下梅巧。这让他们不愉快，觉得这人背叛了全家，背叛了父亲。他们是将"梅巧"和"席方平"合而为一了。不过凌香这个人，谁又能拿她怎么样？不是就连日本鬼子的炸弹也没能把她"怎么样"吗？凌香没有生气，只是很意外，这么多年了呀！她以为那件事对父亲来说，已经"过去"了，可原来并没有过去。

她很惊讶。

这一天，凌香从会议上出来去看梅巧，进了那日益拥挤混乱的四合院，一看，梅巧家厨房里亮着一盏昏灯，就进去了。一推门，就看到，梅巧正坐在灶台边小板凳上，吃着一个糠窝窝。听到动静，梅巧一仰脸，凌香吓一跳，那张脸肿得就像戴了一张橡皮面具！凌香呆了半晌，走上去，从梅巧手里夺过那黑乎乎团不成团的东西，咬了一口，眼泪就下来了。

下一个星期天，凌香又来了，背了大包和小包，也不说话。大包里是粮食，都是高价粮：挂面、小米和玉茭面，小包里则是白糖、水果糖，还有鸡蛋。她一样一样往外掏，绷着脸，像是和谁生气。这些东西，救命的东西，则摊了半炕头。梅巧用手摸摸这样，摸摸那样，哭了。

一月一次的探望，就是始于这个时候。从前，凌香每月是必要去探望大先生的，现在，她延长了这路线，延长了三十多公里，大先生那里，就成了一个中转站。从前，她背包里带去的东西，是要卸空的，现在则是卸一半留一半；从前，在大先生家，她待得很从容，现在则是，撂下午饭的碗筷就要匆匆出发。起初，她不知道怎样跟大先生解释，她想了一些笨拙的理由作为提前告辞的借口，比如，明明不舒服，要不就是，亮亮不舒服，或者说，家里有点什么什么事。这样说的时候，她从不去看大先生的眼睛。忽然有一天，她发现自己不需要再找任何借口了：那一天，大先生把一条大前门香烟悄悄塞进了她提包里。她如雷贯顶，知道了，大先生，父亲，心里是明镜高悬的啊。

只不过，她不说，他也不说，都不说破，很默契。不同的是，她从父亲家里带走的东西，比从前，多了许多。这叫她不安，可是父亲不由分说，父亲指挥着大萍，装这个，带那个。凌香想拦，拦不住。拦紧了，父亲就叹息一声，说："又不是给你！"她知道，她当然知道这个，七十多岁的父亲，在饥荒的年代，饥饿的年代，从自己牙缝里，节省出、克扣出这一点一滴的食物，这恩义，是为了谁。所以，她才尤其地不安、难过。

她逼迫梅巧，当着她面，一个一个地吃下她带去的饺子。她像阎罗一样不留情面地逼迫着她吃下一饭盒，一个不许剩。这是她能为父亲做的唯一的事情，她能为白发苍苍的父亲做的唯一的事情。

九、心爱的树

三年的饥荒过去了。更大的灾难，还没有到来。一段和平的丰衣足食的日子来临了。那每月一次的探望，仍旧继续着，成了一种习惯。现在，到了那一天，梅巧也能张罗着为凌香包饺子弄吃的东西了。

梅巧的饺子，是另一种风格，很细巧、精致，像她这个人。凌香一边吃一边称赞，梅巧坐她对面，抽着香烟，说：

"你包的饺子，也很香啊，就是样子笨了点。"

"那是大萍包的。"凌香脱口说。

梅巧怔了一怔。香烟在她指间，缭绕着。许久，她笑了一声，说："你父亲，还那样吗？"

"哪样？"

"古板，霸道，不通情理，狭隘，脏，留那么长的黑指甲，吃饭吧唧嘴。"

凌香放下了筷子，狠狠地严厉地盯着梅巧，父亲从前的妻子，说道：

"我从来，几十年来，没从我父亲，我爸爸嘴里，听到说你一个'不'字，几十年来，他没说过你一个不好——"

"他嘴里不说，心里可是在诅咒我！"梅巧打断了凌香的话，"他在心里，一天要咒我八十遍！他亲口跟我说过，他说，梅巧，你这么背叛我，你这么走了，我一天咒你八十遍——"她哽了一下，眼圈红了，长长一截烟灰，噗地落下来，落在饭桌上，她背过了脸，"你爸爸，他还好吧？"她声音变得伤感，温存。

"好。"凌香回答。

他并不好。凌香却一点不知道。儿女们，他谁也没告诉。他怀里揣了一张前列腺癌的诊断书，医生让他住院、开刀，他不。他从不相信西医的刀和剪，不相信现代医学的神话。他确实是个古板的人。他在一个老中医也是他的老朋友那里接受治疗，老朋友给他开出一剂剂汤药、丸药，他勤勉地、恭敬地吃下去，老朋友说："大先生啊，这世上的药，从来都是只治能治好的病的。"

他笑了，哪能听不懂？他回答说："老弟，我知道你不是神仙，开不出一剂起死回生汤。"

他躲进书房里，清理一些东西，书稿、讲义、讲稿，他一生的心血，点点滴滴，全在这里了，他一生的时光，也在这里了。他抚摸它们，爱惜地一张一张掀动，和它们做着告别。他清理架上的书，线装的，简装的，一本一本，都是老朋友，知己知彼的，不离不弃，陪伴了他几十年，也是恩深义重的。他心怀感激地抽出一本，掀掀，翻翻，再抽出一本，掀掀，翻翻，又抽出一本，掀掀，翻翻，忽然，一张纸飘下来，大蝴蝶一样，翩翩地落在了地板上，落在他脚边。

是一张信笺，宣纸，上面有水印的字迹：不二斋，那是从前，他书斋的宅号。

他拾起来，只见上面，用毛笔写着这样几个字：

"梅：你这可恨的女人，你还好吧——"

是一封没有发出的信，永不会发出的信，不知什么时候，藏在了那里。他的手，抖起来，他站不住了。几十年岁月，像浩荡长风一样，扑面而来，思念，扑面而来。他的眼睛潮湿了。

下一次，凌香来探望他和大萍时，他告诉凌香，下周，他要去省城参加一个会议。他问道："你能不能陪我去？"

那是一个可开可不开的会，务虚的会议，平时，大先生是不喜欢开这样的会议的，可这一次，他很踊跃积极。这踊跃的态度让凌香生疑。当他们父女俩终于坐在了开往省城的火车上时，凌香发问了：

"爹，你到底有什么事？说吧。"

大先生沉吟了一下，把眼睛望向了车窗外，

"我，想见你妈一面，行吗？"

六十年代中叶，一九六五年，这个地处内陆的北方城市，没有咖啡馆，也没有茶座。他们两个人，大先生和梅巧，见面的地点，约在了火车站。

火车站候车室。

这个城市，交通不算发达，它不在那些重要的铁路干线上，每天，从这城市过往的车辆，不算很多。下午，二三点钟的辰光，几乎没有列车在这里停靠，是候车室里比较安静的时候。

梅巧来了。

凌香推了推大先生，把远远走来的梅巧指给他看。他看见了一个……老太婆。这老太婆径直朝他们走来，逆着时光，朝大先生走来，十六岁的梅巧，嘴唇像鲜花般红润，两只大大的清水眼，吃了惊吓，就像鹿的眼睛。这幅画，在大先生心里，不褪色地收藏了四十多年。一时间他很糊涂，不知道，这两鬓霜染的老太婆和梅巧，有什么相干？

他听到凌香叫"妈"，站起来，他也站起来。现在他们面对面站在了一个车站上。那永不再年轻的脸、衰老的脸，刹那间让他大恸。四十多年的时光，呼呼地，如同大风，刮得他站不住脚，睁不开眼。他们愣愣地，你望我，我望你，对视了半晌，身边是来来往往的旅人。凌香说："坐吧。"他们就都坐下了，左一个，右一个，中间隔着一个凌香。都不知道该说些什么，还是凌香先开了口，凌香说："热吧?"

梅巧摇摇头，说："不热。"

"我去买汽水。"凌香站起了身，走了。

头顶上，大大的几个电风扇，旋转着，发出嗡嗡的响声。一时间，有一种奇怪的安静，笼罩了午后的车站。所有的声音都远去了，人声、车声、广播声，一切，一切，如退潮的水一样渐行渐远。只有他们裸露着，像两块被岁月击打的礁石。大先生摸索了一阵，从衣兜里掏出烟来，是一盒大前门。他夹出一支，递到了梅巧面前，说：

"抽一支吧?"

梅巧接了过来，说："好。"

他自己，也夹出一支，然后摸出打火机，打，打，却打不着。梅巧就从他手里，把打火机接过来，一打，着了。蓝蓝的小火苗，悠悠的，那么美，那么伤感，楚楚动人。梅巧把它举到大先生脸前，他凑了上去，猛吸两口，竟呛出了泪似的。梅巧自己也点着了，他们就坐着，吸烟。

"你还好吧?"大先生开口了。

"还好。"梅巧回答道，"你也好吧?"

"好。"他说。

梅巧吐出一口烟雾，那烟，有一种辛辣的熟知的浓香，那是梅巧喜爱的味道。

"那些烟，都是你让凌香捎来的吧?"梅巧忽然问出这么一句话。

大先生愣了一下。

"还有那些东西?"

"不全是。"大先生忙纠正。

原来，梅巧心里也是明镜高悬的呀。知道得清清楚楚，那些救命的食物，那些粒粒赛珠玑的粮食，那些糕点、白糖，是出自哪里。她没有拒绝，心里是领了他这深恩厚义的。

"大恩不言谢，"梅巧眼睛望着别处，轻轻地却异常清晰地说，"大恩不言谢。"她声音哽了一下。

"梅巧，不要这么说。"

"大先生，我不说。"

他们都不知道，此时此境，再说些什么。两个人，默默望着。他们要说的话，都化作了袅袅香烟。他们跨过了三十四年的岁月，来在一个车站，好像就是为了在一起抽一棵烟。一根烟抽尽了，大先生捻灭了烟头，说道:

"昨天，我去了趟头道巷，转了转，十六号院子——"他顿了一顿，头道巷，十六号，那是他们从前的家，"十六号院子还在呢，做

175

了小学校，不过那棵树，大槐树，多好的一棵大树呀，不在了，让人家锯掉了。"

从前，很久以前，她总是把大槐树的叶子涂染成汹涌的澎湃的蓝色。那时她心里是多么不安分啊。梅巧笑了一笑。

"我知道，"她回答说，"锯掉好几年了，说来也巧，那天我刚好有事路过那里，成年八辈子也不路过一回，就那天，偏偏路过了——看见工人们正在那里伐它呢。两个人，扯着大钢锯，嗞啦，嗞啦，扯过来，锯口那儿，就留出一大串眼泪，嗞啦，嗞啦，扯过去，又是一串眼泪，我看得清清楚楚，老槐树哭呢……"

她不说了，别过了脸。

这脸，刻着时间的痕迹，岁月的痕迹，有了真实感。是梅巧，唯一的梅巧，老去的不能挽回的梅巧。午后的阳光，从阔大的玻璃窗里，照射进来，她整个人，沐在那光中，永逝不返的一切，沐在那光中。那光，就好像神光。远处，有一辆列车，轰鸣着，朝这里开来了，是大先生就要登上的列车，是所有人终将要登上的列车。他眼睛潮湿了。

他想说，梅巧，下辈子，若是碰上了，还能认出你吗？却没有说出口。

2005 年 10 月 20 日草成

2005 年 12 月 24 日二稿于太原

行走的年代

情不知所起，一往而深，生者可以死，死者可以生。

——汤显祖

第一章：行走的年代

一、陈香和诗人

有一天，一个叫莽河的诗人游历到了某个内陆小城，他认识了一个叫陈香的姑娘。陈香是一个文艺青年，在小城的大学里读书，读的是中文系，崇拜一切和文学有关的事物。莽河不是一个声名震天的名家，不是北岛、江河，也不是后来的海子、西川，只能算是小有诗名，不过这就够了，在那样一个浪漫的年代，一个小有名气的诗人的到来，就是小城的大事了。

上世纪 80 年代，是一个游历的年代，诗人们的足迹遍布大江南北，长城内外。在某个黄尘滚滚的乡村土路上，在某个破烂拥挤污浊不堪的长途客车上，在一列逢站必停的最慢的慢车车厢里，都有可能出现一个年轻的充满激情的诗人。他们风尘仆仆，眼睛如孩子般明亮。那些遥远纯净的边地、人迹罕至的角落，像诺日朗，像德令哈，像哈尔盖，随着他们的足迹和诗，一个一个地走进了喧嚷的尘世和人间。

陈香读大四，面临着即将到来的毕业考试和分配，可她还是参加了文学社的活动。那天，他们在汾河边聚会，和诗人座谈。诗人一下子就把陈香震住了。诗人说，我生在黄土高原，我要让黄土高原发出自己的声音。那时，陈香没有看过《苏菲的抉择》，不知道那是一种改头换面的模仿。

然后，他热血沸腾地为他们朗诵了他最新发表的长诗——《高原》中的一节：

> 也许，我是天地的弃儿
> 也许，黄河是我的父亲
> 也许，我母亲分娩时流出的血是黄的
> 它们流淌至今，这就是高原上所有河流的起源
> ……

太像一个诗人了。年轻的陈香激动地想。他披着长长的油黑的头发，脸色苍白，有一种晦暗的神经质的美，眉头总是悲天悯人地紧锁着。他们有了一夜情，就在他借住的朋友的小屋里。一群人，喝了太多的酒，酒使诗人情不自已。那是陈香的第一次。她怀了献身的热忱，抖得像发疟疾。他很温柔。他温柔地、怜悯地把这洁白无瑕的羔羊紧紧抱在自己怀里，说道："我的温暖，我的灵感啊……"

陈香落泪了。

两天后他离开了这城市，从此杳无踪迹。他汲取了这城市的精华：爱、温暖、永逝不返的少女的圣洁和一颗心。他带着这新鲜的一切重新上路，再没有回头。这城市是他生命长旅中的一个驿站，他在这驿

站中留下了一个故事，他却永远不会知道。

陈香在他离开后的那些日子里，常常一个人去看河。她就是从那时起爱上了河流。她站在坝堰上，眺望汾河，河水只有浑黄的一条，但河床是宽阔的。防风林带在她视线可及的远处，绿得又端庄又单调。蓝天、白云、黄水，偶尔飞过的水鸟，她小小的秘密，就藏匿在这地久天长的、永不会开口的天水之间，眼泪会忽然涌上她的眼睛，又疼又甜蜜。她以为这一切将是天长地久的，那时，她不知道，有一天，这永恒的河边景色会成为最幻灭、最伤痛的青春记忆。

两个多月后，陈香毕业留校了，她以闪电的速度结婚，嫁给了一个和她一起毕业留校的学长。学长比她大八岁，有过婚史，几年前离异。七个月后，儿子出生了，陈香的儿子，健康、结实、漂亮，哭声又响亮又理直气壮，一点儿没有"早产儿"的孱弱：没人会相信这是一个严重不足月的婴儿。陈香把他抱在怀中，来探望的人们尽管心存疑惑，嘴里却说："噢哟，小家伙好命大，真壮实！"

要不就打圆场："老话说得好，七活八不活嘛！"

陈香骄傲地、坦然地笑着，亲着儿子的小脸、小鼻子、小眼，亲着他娇嫩的小得不可思议的十个小手指头，多奇妙啊，她感动地想，现在，你再也不能和我分开了，你就是人在天涯，也不能和我分离。她柔情似水的亲吻大概使儿子感到了不耐烦，他突然一蹙眉头，晃着小脑袋，那神情，几乎就是某一瞬间的重现！她呆了一呆，忽然仰脸哈哈大笑，笑着，却泪如雨下。

丈夫走过来，抱住了她。丈夫说道："可怜的陈香……"

二、雕花拱窗

起初，人人都羡慕莽河的好运气，能够分配到那样一个堂皇的学术机关中去。莽河自己也是高兴的。

堂皇的学术机关，却设在一个陈旧的小楼里。那陈旧的程度令人惊诧。没人说得清它是一个什么样的建筑，灰砖，光秃秃的粗鄙丑陋的三层小楼，却又有着镶嵌了雕花石刻、拱形的、细长而精致的窗户，这使它的来历顿时变得可疑，就像一个身份复杂的女人。走廊幽暗，狭长，永远弥漫着厕所的臭味。终年走在这样的走廊里，感到生活就像一块湿答答的旧抹布，暧昧、不洁。

有雕花的拱形窗户，细长到不合比例，严重影响了室内的采光。冬天，一到下午四点钟就需要开灯照明。但这仍然是整座建筑中唯一让莽河喜欢的东西。他常常爱怜地、温柔地望着它，心里想，是因为什么缘故让它沦落到这里来的呢？这垃圾山中的百合？比想象中枯燥百倍的、日复一日没有尽头的办公室生涯，因为这样的追问和联想，变得似乎可以忍受。

并没有发生什么特别的惊天动地的大事，他经历的，是那个年代所有刚刚走出校门步入"社会"的年轻人都要经历的东西：学习融入。上班第一天，他来得很早，坐在拥挤的角落里他的办公桌前，却不知道应该拎着暖水瓶去锅炉房打回开水。那天，去打开水的人居然是多年来没有染指过办公室杂事的科长，科长拎着饱满的暖瓶走到他桌前，问他："喝水吗？"他居然一边把茶杯递上去一边心无城府地回答说："谢谢。"那一刻，一办公室的人都饶有兴味地旁观了这猫对老鼠的戏弄。

就这样，他在第一时间向大家展示了他的第一个缺点：没有眼力见儿，还有傲慢。

漫长的八小时办公时间，一屋子人，看报纸，喝茶，聊天，或是借机溜出去到附近的菜市场拎一网兜子蔬菜回来。办公室生涯就像沿着轨迹运行的列车一样周而复始，那一种平凡的单调是他不能忍受的。

他常常一个人躲进资料室里，看书，写一些诗行。那是一间设在地下室里的暗无天日的大房间，书架壁立，灯光昏暗，散发着故纸堆发霉的气味。那一段时间，他觉得自己写在纸上的每一个字都有一种可疑的苍白、贫血，像一种他不喜欢的孱弱的菌类。这让他心情晦暗，沮丧万分。就在这时，主任找他谈话了，主任语重心长地说："年轻人，我们这里，不是作协，要记住，写诗，不是我们的正业。"

主任是一个令人尊敬的学者，视学者的荣誉如同生命，他的话，有着不容置疑的正确。后来，在许多的场合，这个学者都给别人讲过那个著名的故事：抗战时期，那个刘什么教授，庄子专家，在日寇飞机横空肆虐的时刻，质问跑向防空洞躲轰炸的沈从文，"你跑那么快干什么？我为庄子跑，你为谁跑？"此刻，主任苦口婆心地想把这个文艺青年拉回正途。他从主任办公室走出来，回到自己的办公桌前，抬眼望着细长的优雅的拱窗，忽然一个声音在他心里响起来，是一个神秘的祈祷般的声音，一下一下，撞击着他，他整个身体像钟一样发出嗡嗡的震颤与共鸣，那声音说："走吧，走吧，走吧……"顿时，他眼睛潮湿了，他觉得是命运在和他说话。

那是一个节日的前夕，楼下院子里，在分葡萄和带鱼，热闹，喧哗，喜气洋洋。人人拎着带鱼和葡萄回到办公室，一边议论着各自手中带鱼的宽窄、葡萄的大小。忽然有人在下面吵起来："凭啥给我这么一堆破烂儿？这是叫人吃还是叫猫吃？——"是一个变了腔调的尖利的女声。恐惧就是在这时一下子攫住了他，他想，我不要这样的日子和人生。

然而，"不要"，不是一件容易的事。它折磨着他。他不能跟任何人吐露自己"不要"的决心，尤其是亲人们。只要他略露一下口风，他们就骂他发疯和作孽。"不要"这么好的前程，他要什么呢？他一天一天拖延着，犹豫着，挣扎着，就像一个被拷问的哈姆雷特。日子飞逝而过，一晃竟是数年。直到有一天，他去上班，听人说，他们的旧楼房要重新装修了，拱窗要被砸掉、扩宽，换上那种新式的塑钢窗。他一愣，然后，笑了。

当天，他做出了一个地动山摇的举动：递上了一份辞职申请。

在一个安静的晚上，他一个人来办公室收拾自己的东西。日光灯管嗡嗡地轻响着，是静的声音，不知为何让他想起正午时分阳光照耀下空无一人的公路。他默默打量着这间拥挤、杂乱、横七竖八挤了四张办公桌的斗室，心里柔软下来。一瞬间，他想，也许，不是没有和解的可能，和凡俗的生活、琐碎的日子和解；也许，这里有一些秘密是他不知道的，卑微却依然珍贵的秘密……他用手抚摸就要消失的拱窗，最后的拱窗，月亮悬挂在窗外，是一轮雾蒙蒙风尘中的圆月。"再见了，朋友！"他轻轻说，是对拱窗，或者，也是对这里的一切。

走吧，走吧。到天国去吧。

地上，一定有一处教堂，在唱着这样的颂歌。

三、陕北，你这大胆的女子

现在，陕北该出场了。这是莽河的故事开始的地方。

其实，陕北并不是他的目的地，他甚至说不清为什么第一站要到这个叫"米脂"的地方。他本来是要到更远的地方去的，比如草原，比如天山，但结果是，太阳快要落山时，他一个人站在了陕北米脂的街头。米脂很安静，很空旷，黄昏的忧伤和小城的寂寥一下子就穿透了他的身体。

他想起了那句人人都知道的民谣，"米脂的婆姨，绥德的汉"。他还想起了一句不那么为人知的诗，是黄河对岸一个叫吕新的人写的，"陕北，你这大胆的女子，还没有结婚，就生下了米脂……"他微笑了，他想，多情的地方啊。

他沿着空旷的大路走，看着太阳在前面一点一点坠入旱塬。太阳沉没的那一瞬间，他找到了一家小客栈，是那种窑洞式的屋子，青砖盖脸，深而长，却没有炕，里面前前后后支了四张铺板，房钱很便宜，被褥也干爽。他选了最角落里的一张，放下了背包。老板笑着对他说道："对着哩，在家靠娘，出门靠墙。"又说道："没别人，想咋睡都行。"

他也笑了，说："行，我前半宿睡这张，后半宿睡那张，换着睡。"

"就你一人睡？"老板笑着问，"不恓惶？"

他怔了一怔，听懂了那弦外之音："那可不，出门时我媳妇交代了，路边的野花你不要采。"

那不是他媳妇，那是邓丽君。他想。

旅馆不卖饭，他洗了把脸就出去寻找吃晚饭的地方。太阳落山了，街上几乎没有行人，但是空气中弥漫着饭香，这使寂寥的小城有了人间的气息。他走进了临街的一家小饭铺，里面支着三四张木桌，扑面一股奇异的酒香，有客人在喝酒。他想起听人说过，米脂这地方，出好米酒。

他在临窗的桌前坐下。米酒的浓香和这昏暗的小店不知为何让他想起《水浒》里好汉饮酒的那些酒家。他几乎想高声大喊："筛酒来——"显然，这是家私营小店，他刚落座，老板娘就笑吟吟麻利地站在了他面前，问道："客人吃啥？"

是一个矮矮胖胖的女人，很壮实，没有出众的姿色，但眉眼干净，皮肤白皙，有着家常的温暖和好看，米脂的婆姨。他笑了，说道："你有啥？"

她指了指身后的墙。

墙上，挂着一块小黑板，菜谱就一五一十地写在黑板上。

"我这里的驴板肠，米脂人都说好，"她补充了一句，"老汤卤煮，祖传秘方。"

驴板肠是米脂的名小吃，似乎也听人说起过。还听人说过这样的话："天上龙肉，地下驴肉。"在北方，很多人喜欢吃这一口。既然米脂人都说好，看来是来对了地方。他望着老板娘温暖干净的脸，愿意相信她的话是真的。

"好，切盘驴板肠，筛半斤米酒。"

酒菜上来了。酒果然是本地自酿的米酒，醇香清冽，盛在一只粗陶大碗中。他端起碗来就是一大口，呛得他咳嗽。驴板肠也是香脆的，卤出了绵长的滋味。他想，不错，这是一个美好的夜晚。他大口大口喝酒吃肉，一个声音忽然在耳边响起来："外乡人，这米酒可是有后劲的。"

他一抬眼，桌前立着一个人，女人，一个姑娘。牛仔夹克，马尾辫，鲜艳的嘴唇，在昏暗的灯光下有如暗夜中幽香浮动的花朵。他望着她笑了。原来，他在这样的一个黄昏走进这样的一家小店，不是没有缘故的。

"你也是外乡人吧？刚才你是不是一个人坐在角落里？我邀请你共进晚餐，可以吗？"他借着酒劲盖脸，这样说。

她刚要开口说话，他打断了她："别说你已经吃过了——吃过了，就坐下来，一块儿喝两盅米酒，这总行吧？看在我们都是外乡人的分儿上。"

她笑了，是那种非常安静的笑容，知识女性身上很难看到的那种天然的、宿命的安静。她坐下了，说道："好吧，不过，我没酒量——老板娘，给取个酒盅。"

酒盅取来了，斟满了，她端起来，对他说道："纠正你一下，我不是外乡人，米脂是我老家。"

他上上下下打量了她一番，点点头："明白了，你是来寻根的。"

她又安静地一笑："算是吧。"

"中文系大学生？"

"不，社会学系的，"她回答，"黄河对岸，南边师大的，听过你讲座，莽河老师。"

"你？认识我？"他差点被一口酒呛住，惊讶地瞪大了眼睛。

她没有马上回答，湿润而狡黠地笑着，忽然开口念道："也许，我是天地的弃儿／也许，黄河是我的父亲／也许，我母亲分娩时流出的血是黄的／它们流淌至今，这就是高原上所有河流的起源……这是你的名片，莽河老师。"

"哦——"莽河太得意了，"你可别对我说，'天下无人不识君'！"

"那是李白，不是您。"她笑着回答。

他突然哈哈大笑。是啊是啊，那是一千多年前的李白，不是他。不过已经够了，一个跨过黄河来寻根的米脂姑娘，在这地老天荒的小城，在黄土高原浑厚的腹地，认出了一个漫游的落拓诗人，他的诗是他们相互辨认的暗语。这样的奇遇，只能发生在那个浪漫的年代，天真的年代。

他收敛了笑容，郑重地起身，朝她伸出了右手，"请允许我介绍我自己：莽河，写诗的无业游民，这是我最新的身份——"

她握住了他的手，说道："叶柔。"

世界忽然沉入博大无边的宁静之中。

叶柔住在县招待所。

叶柔不是一个大学生，她是一个研究生，为了自己的论文在做一项田野调查，那是一个有关迁徙的题目——历史上的走西口。出发前，她特意绕道陕北，回到了自己从未回过的老家，不用说，这个"文艺青年"是受了方兴未艾的"寻根文学"的诱惑：米脂，历史上的银州，这从未谋面的家乡，突然之间向她呈现出了审美上的意义。

他送叶柔回住地。米脂城睡了，昏黄的几盏路灯穿不透整座小城和千山万壑间的漆黑。月亮是一牙细细的眉月，而星星则亮得像是要从天上滴落下来，几乎能听到那滴落的声音似的。路很短，不足二百米，叶柔说："谢谢你送我，还有你的酒。"他说："不用谢——"他看着她的身影被漆黑的院子吞没，心里一阵惆怅。

那一夜，他失眠了。

他想，原来，神差鬼使莫名其妙让他来到陕北，是为了让他遇到一个好姑娘。

第二天一早，叶柔就跑来邀他去县招待所吃早饭。她为他买好了饭票。叶柔站在小客栈的院子里，清新得像一株带着露水的仙草。叶柔说："请你喝小米粥。米脂的小米可是闻名天下的。"莽河笑了，说："好。"

那一顿早饭，是莽河此生吃过的最难忘的美味。小米糕、小米粥、简朴的点了一点儿香油的咸菜，粮食珍贵朴素的香味，被土地孕育滋养出的醇厚和芬芳，还有，太阳的暖香，使他在吞咽时第一次像个耕作者一样，感受到了大地的仁慈。粥面上，凝结着一层厚厚的油脂，据说那就是"米脂"的由来。多好，他想，这名字里有恩情。

饭后，叶柔说："你愿不愿意和我去个地方？"

他太愿意了，眉开眼笑，不过嘴里却这样说："我就知道这世界上没有白吃的午餐。"

出银州镇，沿无定河向南，在银州镇和十里铺之间，有个叫"叶家圪崂"的村庄。那是个只有几十户人家的小山村，家家都住窑洞，

187

村外是层层梯田。春耕的时节，阳光灿烂，村庄显得格外安静。

从前，村西头，土崖下，有户小小的庄户院。三眼一炷香土窑，一明两暗，那就是叶柔父亲出生的老窑。父亲十几岁离家，参加了八路军，十多年后进城，回来接走了叶柔的奶奶，从此再也没有返乡。起初，那窑洞还有个孤寡的亲戚住着，照看着，后来那亲戚过世了，庄户院就一天一天荒芜下来，长满没膝深的杂草，成了蛇鼠的天堂。但是土窑还在，没了门和窗，裂着大缝，缝里摇曳着去年的枯草，但是仍旧坚持地站在那里。窑顶崖头上，一棵枣树，在阳历四月的春风中刚刚苏醒，爆出米粒大的小芽。当这两个"寻根"的年轻人步行八里路赶到叶家圪崂时，看到的就是这样一幅情景。

太阳真好。

陕北的天空，瓦蓝瓦蓝，那是他们从没见过的纯粹而高远的蓝天，辽阔无边的善良，静谧、安详、尊严，这样的天空是对最卑微、艰辛的生存的一种补偿吧？莽河望着蓝天下摇摇欲坠的土窑这样想。

叶柔久久默不作声。

她抬起了脸，眼睛里有泪光，她仰脸向着万里无云的天空突然叫了一声："奶——，我回到你说的老家了……"

唰啦啦啦啦，从塬上吹过一阵风，满院的荒草一阵乱响。

陪他们来的是一门远亲，出了五服的一个哥哥，成锁哥。说是哥，年纪却比叶柔大许多，是五十几岁的人了，还记得叶柔的奶奶，叫她"六奶"。

"六奶埋在啥地方？"成锁哥问叶柔。

叶柔摇摇头。奶奶的骨灰，至今存放在殡仪馆骨灰堂里，存放在她最终也没有视为家乡的那所客居之城，还没有入土。

"入土为安哪。"成锁哥说。

他们在成锁哥的带领下离开了荒窑，朝村里走去。刚刚走出十几米远，只听身后"轰隆"一声巨响，他们吃惊地猛回头，只见鸟雀狂飞，烟尘冲天而起，荒窑坍塌了。叶柔惊讶地望着轰然倒塌的祖居——原来这么多年它一直支撑着、坚挺着、等待着，坚挺着等着她的到来，等着和一个亲人，一个血亲最后告别。

她泪流满面，朝着坍塌的荒窑，打断骨头连着筋的老家，扑通一声跪倒在地。

四、窑洞之夜

那天他们就留在了叶家圪崂。

太阳落山前，他和她就一直坐在一面土崖上，俯瞰着她的村庄。鲜黄的塬，鲜黄的土崖，瓦蓝的天，世界纯净到就只有这两种颜色，世界之初的颜色。他们安静地坐着，听那些自然的声音，风声、虫声、鸟鸣、草叶的细语、牛哞和远近的狗吠，他觉得心很静。

叶柔的声音也是静的："你老家在哪儿？莽河老师？"

"叫我名字，"他回答，"我不习惯人家叫我老师。"

"你老家在哪儿？莽河？"

"我出生的城市就是我的老家，"他回答，"我父亲、爷爷，三代人都出生在那儿。我老爷爷、爷爷都是商人，到了我父亲，解放了，公私合营了，就成了商业局下属公司的一名职工，"他笑起来，"有时候，我想，我怎么可能成为一个诗人呢？我从头到脚，流的都是商人的血。"

"你已经是诗人了。"叶柔说。

"可我怀疑自己，我是不是真有一个诗人的灵魂？会写几行诗未必就是一个真诗人，"他凝望着鲜黄的塬、安静的小村落，缓缓说道，"也许就是因为我怀疑，所以，我才要迫不及待地去证明什么，我才要

189

逃跑，从平庸的日常生活中出逃，那是因为我害怕真相——是不是这样？"

"从平庸的日常生活中出逃，那是诗人的本质。"叶柔这样回答。

"你给了我一个好理由，"他笑了，"你是个善良的好女孩儿，可是你知道吗叶柔，这代价也太大了，我把我爸都气病了，高血压，住了医院……我爸说，我要是不回去上班，他就和我断绝父子关系，不认我这个儿子了。"

"真的？"

"他出院那天，我给他磕了一个头，就这么走了……其实我心里挺不是滋味的。"

叶柔不知道该怎样安慰他，她为他难过。

"你，后悔吗？"她犹豫地问他。

"至少现在，此刻，我不后悔。"他叹息似的望着远山近郭，"它们多美！"他由衷地、真心地说。

太阳就要落山了，此刻，天空出现了晚霞，晚霞把鲜黄的土崖涂染成血红。壮阔无边的寂静，瑰丽的寂静，笼罩了小山村，笼罩了千沟万壑。一缕缕炊烟，像灵魂一样袅袅升腾：这一刻，莽河觉得自己看见了神。

成锁哥打发孩子来喊他们去吃晚饭了。

成锁家五孔窑，最西边那一孔，平时不住人，堆些农具、杂物，做仓房，今夜主人临时收拾了出来，拢起火炕驱赶潮气，做了莽河的客房。叶柔则住在了成锁哥女子们的窑里。

晚饭，成锁嫂熬了一大锅"钱钱饭"，炸了黄米糕，杀了鸡，摊了鸡蛋，去供销社打来了米酒。他们左一盅，右一盅，边喝边听成锁哥给他们讲些家族里的陈年旧事。

成锁哥喝高了，用筷子指着莽河对叶柔说道："柔啊，你这个对

190

象人不赖，喝酒一点儿不偷奸把滑。"

叶柔脸红了，说道："哥，你喝醉了，人家不是我对象。"

成锁嘿嘿笑出了声："你就日哄我吧，不是你对象，和你跑到咱这山沟里做啥？"

叶柔急了，说："哥，你别瞎说，人家是我老师——"

莽河举起酒盅打断了她的话，莽河说："成锁哥，你这妹子眼太高，人家看不上我。"

成锁哥左看看，右看看，打着酒嗝，用筷头点着叶柔的脑门说道："柔啊，我看你是挑花眼了，听哥一句劝，人无千日好，花无百日红，不敢自己耽误自己……"

话音未落，窑顶吊着的十五烛光灯泡，忽地灭了。黑暗一下子灌进了窑洞，就像在为成锁哥的话做着注脚。停电了，叶柔想。停电了，莽河也这样想。却原来不是，只听成锁哥笃定地说："九点了。"原来一到九点，这里的电厂就拉电闸。隔间灶洞里的火光，忽然变得前所未有的珍贵，像点亮人类文明的那一堆火。成锁嫂去点灯了，他们就在伸手不见五指的黑暗中坐着。叶柔的手忽然被一只手悄悄握住了，那手很大，却很柔软，是一只孤独渴望的手。叶柔的手没有挣扎，叶柔的手宽容地、温柔地、像传说中的解语花一样默默说道："你这个迷途的小弟弟……"

煤油灯点亮了。莽河依依不舍放开了叶柔的手。他探身执壶，给自己和成锁哥都重新斟满了，说道："哥，喝酒，这米酒可真香啊！"

酒阑人散时，叶家圪崂早已是漆黑一片。村庄睡沉了，片刻工夫，待客的主人也睡了，熄了灯。莽河静静地躺在炕上，朦胧的月光把糊在窗棂上的麻纸映得很亮。他了无睡意，米酒、一天的奔劳都不能使他入睡。大概是这世界太静太纯粹了，而他是个有"杂念"的人。他披衣下炕，开门，走出了窑外。

月光淡淡地涂染了窑院。不是十五十六的大月亮，没有那种如水的坦白和清澈，却更柔和、更具善意和禁忌。山风一吹，他有些头晕，酒劲上来了，他靠着磨盘坐下，背风点燃一支香烟。红红一点烟头，像萤火虫一样，在千山万壑的内心，在黑夜的内心，一闪一闪飞动。一支烟没有抽完，"吱呀"一声，东边的一扇窑门，轻轻开了，一个人影无声地走出来，掩上门，走下台阶，站住了。

他扔掉烟头，起身，朝她走去，朝那朵鲜花。他们面对面站在了一起，他抓住了她的手，冰凉的手，他牵着她走回他的窑，别人家的窑。她发着抖，他一把把她搂在怀中，她的脸紧贴着他的心口，她的脸烫得像一块燃烧的火炭，灼着他的肉。他不住口地叫着她的名字："叶柔，叶柔，叶柔，宝……"她眼泪夺眶而出，那眼泪也是滚烫的，滋滋冒着热气，像熔化的铁水。她耳语一般地、宿命地说："我疯了，我疯了——"

窑外，狗不明缘由地突然吠了起来。

阳光灿烂的早晨。

他醒了，来到窑外。喳喳喳一片鸟鸣。他洗脸、漱口，成锁嫂喊他去吃早饭。成锁哥一早下地去了，娃们去上学，饭桌上，除了他没有别人，他奇怪地问成锁嫂："叶柔呢？还没起来呀？"成锁嫂回答说："哦，她叫说给你，她一早起来，先回城去了，说是有啥事情，是公家的事。她叫说给你，她在县城等你。"

他蒙了，忽然有了不好的预感。他放下了筷子，对成锁嫂说："嫂子，我不吃了，我得回城去。"

他几乎是一路跑着赶往县城，赶出一身又一身热汗，中途搭了一截拉砖的小四轮农用车，弄得灰眉土脸。他灰眉土脸跑进她住的县招待所，服务员说，客人已经退房了。

他不相信自己的耳朵，"啥?"他问。

"退房了，一早就退了。"

他耳朵嗡嗡嗡响着，像钻进了一窝蜜蜂。

"你……你弄错了吧? 怎么可能? 你知不知道她去了哪里?"他结结巴巴地问。

"看见她搭顺车走了。河对岸山西家的车，走了一阵阵了。"服务员认真地、同情地回答。那是一个团团脸和气的姑娘，唇红齿白，两只小酒窝若隐若现。

热汗变成了冷汗，冰冷地贴着他的后背前心，他一阵恐惧。这样好的太阳，这样好的早晨，一觉醒来，他把叶柔弄丢了。她就像草叶上一滴露水，在太阳下蒸发了。

来无踪去无影，就像一个聊斋故事。

第二章：父与子

一、陈香和老周

老周是陈香的丈夫，也是她同班的师兄，叫周敬言。只不过，周敬言这名字，平日里很少有人叫，大家都叫他"老周"。还在做学生的时候，他就是"老周"了，全班男女，无论大小，大家都"老周、老周"地叫，听起来朗朗上口，老少咸宜，好像他生来就该是个老周似的。

说来，一个班里，比他大的，也不是没有。像贾爱斌，比他大一岁，却很少有人叫他"老贾"。和他同岁的，有好几个，也不是随时随地都被人以"老什么"冠名，唯独老周，是毫无歧义的。你站在他面前，面对着他的脸，不叫他"老周"还能叫什么呢? 在某种意义上，那是一个尊称——"七七·一"全班的老大哥。

老周是个善良的人，有一颗金子般的心。

老周结过婚，有过一个孩子，一个漂亮的小男孩儿，孩子不满周岁时，因为一场中毒性痢疾死了。这件惨痛的事最终导致了他们夫妻的离异。老周的前妻，是一个"北插"，孩子的去世使她锥心泣血地痛恨这个客居之地，她对老周说，我就是回北京要饭也不在这鬼地方待了。于是，她抛下老周走了，当然她没有回去要饭，家里给她托门子找了一个不错的接收单位。但是北京不接收老周，北京有什么理由接收一个毫无名堂的外乡人呢？北京最终使他们东南雀飞。

可是你在老周身上，几乎看不到这些伤痛的痕迹，他一点儿也不愤世嫉俗，对世界抱着几近天真的善意。他生来是个天真的人，这使他的笑容纯净而温暖。他像孩子一样欢笑，像哲人一样思考，只不过，年青的陈香不知道这一切有多么珍贵。

老周不算英俊，远远不算，他有一张扁圆的大脸，中等个头，偏胖，还有一点儿微微的驼背，总之，他只能是一个兄长似的"老周"，而决非陈香心里的白马王子。陈香甚至都不知道他其实一直在喜欢着自己，四年的时间，朝夕相处，陈香过得轰轰烈烈又浑浑噩噩，直到她遇上了那个大麻烦。

她几乎没有什么妊娠反应，她唯一的反应就是变得格外贪吃。她的饭量几乎是以几何倍数增长着。一顿饭，她可以吃下四个馒头、三碗小米粥、两碗大烩菜。他们出去打牙祭，吃灌汤小笼包，她一个人足足吃下去八屉！吃得所有人目瞪口呆。她的好朋友明翠看出了事情的古怪和蹊跷，当天下午，把她约到了河边，对她说道："陈香，出什么事了？"

陈香微笑，眯起眼睛看河，不说话。明翠清晰地看到了她鼻翼两侧的蝴蝶斑。陈香的脸，从来是洁净无瑕的，像玉一样纤尘不染，但现在它看上去像张画稿一样纷乱。明翠觉得自己的心揪成了一团。

"几个月了？"她只好摊牌。

"嗯，怎么算呢？我想想，"陈香回答，"两个月零十三天。"

"谢天谢地！还来得及，"明翠长出一口气，"陈香，今天太晚了，明天早晨，我陪你去医院。"

陈香不笑了，她转过脸来，犀利地、凌厉地逼视着明翠，说道："明翠，我知道你是什么意思，你要我放弃这个孩子，杀死这个孩子，对不对？这话，我只说一遍，我要把他生下来。不管谁说什么，千难万难，我也要把他生下来！我想好了，大不了，我不留校，大不了，没有任何单位接受一个单亲妈妈，那我就去海子边摆地摊卖大碗茶，卖糖葫芦，卖烤红薯，要不就开家小饭铺卖油条丸子汤，总行吧？所以，那些残忍的话你最好让它烂到你的肚子里，不要让我的孩子听见！你是我最好的朋友，明翠，我不希望我们从此成为仇人——"

她是认真的、壮烈的，那壮烈的神情吓住了明翠，那是一个崭新的、她不认识的陈香。明翠想，完了，这没心没肺的傻孩子鬼迷心窍了。当晚她找到了老周，老周是他们的班长，他们班，老周、明翠、陈香是留校的候选人，老周还是他们那个文学小社团的负责人。明翠说：

"老周，陈香闯祸了，你不能见死不救。"

明翠的意思，是让老周去做陈香的工作，打掉那个孩子。她觉得老周说话要比她有分量，其实也是病急乱投医而已。老周听完明翠的话，沉吟许久，说道：

"晚了，明翠，说什么都没用了。"

"你还没说，怎么知道就没用？"

老周望着明翠，有句话却没有说出口。老周想说的是，明翠，陈香和你不一样，陈香和大多数人都不一样。陈香身上，有一种圣徒的品质，她生来是要牺牲的。老周把这句悲壮的话咽了下去，说道："行，我试试吧。"

20世纪80年代初叶，这个内陆城市，还没有任何一家茶楼和咖啡馆，像样的饭店也屈指可数，像雨后春笋般破土而出的那些"上岛咖啡""第二客厅"之类的场所，还要再等十多年后才会应运而生。老周只能把陈香约到他们共同的河边。他们并排坐在坝堰上，看着脚下无声流淌的河水。水鸟嘎嘎地叫着，老周忽然开口说道：

"陈香，咱们结婚吧。"

陈香吓一大跳："你说什么？"

"我说，咱们结婚吧。"老周搓着肥厚的、像婴儿一样红润的手掌回答。

"为什么？"陈香知道老周是明翠搬来的说客、救兵，却怎么也没有想到他会石破天惊地向她求婚。

"不为什么，"老周说，"就是不想让你去海子边摆地摊卖冰糖葫芦，就你这脑子，还做生意？会赔光的。"

"这不算结婚的理由，还有呢？"

"还有，还有就是，你这个傻子，你没有看出来吗？我……我喜欢你。"

"可是，可是——"陈香结结巴巴不知该怎么说才好，"可是，我……"

"可是你并不喜欢我，这我知道，"老周断然打断了她，"就算我乘人之危吧！陈香，我们来给这孩子一个家，你做妈妈，我做爸爸，你看怎么样？我不要你现在回答我，你回去好好想想，想想这是不是一个比较好的提议。"

眼泪慢慢涌上了陈香的眼睛。"你做妈妈，我做爸爸"，这句如同儿戏的话，不知为什么比所有的承诺、所有的誓言都让她感动和心酸。

她低头揪下了身边一根狗尾巴草，把它绕成了小小的一个环状，她把它托在掌心伸到了老周面前：

"周敬言，你这样求婚，是不是太简单了？总要有一枚戒指吧？"

老周用粗大的手指，拈起那枚小小的草环，把它小心翼翼地、珍惜地套在了陈香手指上。然后，他轻轻地、温存地搂住了那个怀有大秘密的小身体。他搂着她，嘴里不停地叫着她的名字："陈香啊，陈香啊……"陈香泪流满面地回答说："周敬言，你这个傻子啊！"

二、奇迹

她给肚子里的孩子起名叫小船，周小船。

她问老周："这名字好吗？"

他说："好。"

其实不好，他想。船是属于河的，而他的父亲，是河。

老周不知道，原本，她想起一个更夸张的名字：不悔。

起初，他们的家，就安在学校集体宿舍的筒子楼里。十六平方米的一间屋子，安了一张大床、一张小床。小床是松木原色的，四周有精致的栏杆，上面吊了蚊帐。这松木小床是老周亲手做的，从前，插队的时候，老周干过木匠。

大腹便便的陈香，坐在阳光灿烂的南窗下，看着老周用砂纸细致入微地、不厌其烦地打磨着那一个个漂亮的小栏杆，松香的气味儿在阳光里像魂灵一样飘散。那是他们俩跑遍了这个物质匮乏的北方城市，怎么也找不到一张合适的婴儿床之后，老周说："算了，自己动手，丰衣足食。"他模仿着瓦西里的语气安慰陈香说："面包会有的，牛奶会有的。"果然，两天后，一堆木板堆在了他们窗下，然后，他锯、刨、凿，洁白的刨花飞舞着，于是，陈香目睹了一张婴儿小床在亲人

197

的手下横空出世。

那是迷人的，陈香想，一个父亲在为儿子挥汗如雨。刨子所到之处，薄如蝉翼的刨花怕疼似的蜷曲，蜷曲成某种旋律的形状。它们蝴蝶般飞舞，无声而美。陈香找来许多只敞口的罐头玻璃瓶，透明的花瓶，洗净了，然后把那些形状最好的木头刨花小心地装进去，高高低低地摆在窗台上。阳光照耀在上面，有一种强烈的装饰效果。陈香觉得自己把那个迷人的时刻贮存下来了。

老周说："只见过把刨花当柴烧的，还真没见过把它当花儿养的，你是第一个。"

她笑了。忽然有一种悲伤突如其来，涌上她的心头，雪崩似的。美都是瞬间即逝的，她挽留不住。

孩子是顺产，但有一点小磨难，侧切了一刀，缝了七针。

第一眼看到孩子，红红的，皱皱的，闭着眼，像蜡烛似的插在襁褓之中，看不出像人还是像动物。护士托着他的小脑袋，对老周说："看，长得像妈妈。"他一下子幸福地笑了。他轻轻地、怜惜地在心里叫了一声："你好啊，周小船。"

他愿意周小船像妈妈，他祈祷上帝、佛祖、所有的神明，让周小船长得像妈妈。

陈香把周小船抱在怀里，久久、久久凝视着他的脸，陈香望着他皱巴巴的小脸柔声说道："周小船，我是妈妈。"她让周小船吮吸她的乳房，周小船的嘴，像花骨朵一般噙着，一抽一抽，魂灵就这样被这张小嘴抽空了。突然他松开了她的乳头，"哇——"的一声悲伤地哭了。

她没有奶水。

三天了，她下不来奶。七天了，出院了，她还是没有奶水。

老周给周小船订了牛奶，托人从东北买来了最好的"完达山"牌奶粉。那时，订牛奶需要医院的出生证明，而且，关于牛奶，这城市当时有许多的流言和传说。说牛奶出场时，要兑一次水，分送到了奶站，再兑一次，到了送牛奶的工人手里，还要兑一次水。这城市有条河，叫沙河，沙河里流淌着的，是这城市的生活污水和山上冲刷下来的山水，传说送牛奶的自行车就停在沙河边，把沙河水掺进了牛奶里。总之，那牛奶是稀薄的，靠不住的。

陈香不甘心。

陈香不相信自己的身体是自私的。

按摩、热敷、吸奶器，所有这些作用于外部的方法，一一败下阵来，陈香还是一个不甘心。陈香想，这世界上，没有不分泌奶水的母亲，无论是动物，还是人。这是一个最简单的道理，是一个真理，这是"信"。那些最终没有奶水的母亲，是放弃，而她不，她信，她不放弃。

她四处寻找来那些下奶的民间偏方，一张一张地虔诚地抄下来，贴在墙上。这些偏方看得老周心惊肉跳，老周问她道："这些东西，你不会真的吃吧？"陈香很惊讶，说："不吃，莫非把它们贴在这里当画看呀？"

它们让老周恶心。

有一个偏方，是猪蹄。做法是，将一只七星猪蹄洗净，去沫，白水煮，不加任何调味品，不加盐，加一味中药：通草，煮成奶白汤，连汤带蹄，服食。

另一个偏方，是鲫鱼汤，做法是，鲫鱼一条，去内脏，不能刮鳞，洗净、去沫，清水煮，不加任何调味品，不加盐，煮成糊状，连肉渣带汤服食。

还有一个是米酒豆腐，相比之下，这个偏方要仁慈一些，但也最麻烦。首先，是要先酿出米酒，然后，用自酿的米酒，加红糖，加豆腐，煮成豆渣般的糊状，每天服食两次……

于是，这些没有盐，没有调味的荤腥，这些难以下咽的汤汤水水，就成了陈香每日餐桌上的主菜。好在生活在变，他们匮乏的城市里有了集贸市场，这些东西还不难买到。还在月子里，她就东寻西问向南方人讨来了酒曲，学会了制作米酒的方法。她差老周去买回了一只小缸和白江米，让老周将小缸一遍遍清洗干净，然后自己动手，把江米浸泡一天后上笼蒸成半熟，入缸，再倒入事先备好的凉开水及一块一寸大小的酒曲，细细搅拌均匀，中间挖出一只深坑，一周后，就有清澈的米酒沁出来了，满屋飘散出米酒香。她惊喜地收获着这劳作的果实，把它们仔细装入玻璃瓶中，用宣纸封好。从此，米酒豆腐就成了她每日必不可少的早点和夜宵。此时，孩子出满月了，于是，给自己买煮汤的食材就成了她首要的工作。她天天跑集贸市场、菜市场、副食商场，极其认真严肃地给自己挑选着那些多孔而肥硕的猪蹄、鳞片鲜亮的鲫鱼，还有，至少六年以上的老母鸡这一类东西，当这些东西散发着古怪的气味端上餐桌时，陈香的眼睛里就会闪过一种母兽的神情。她迅疾地端起来，吃得又凶狠又回肠荡气，常常，鳞片沾在她的嘴角，她抬起脸，冲着老周粲然一笑。这种时候，老周心里觉得又恐怖又怜悯。

又一个月过去了，孩子满两月了，她的乳房沉寂着，没有动静，没有响应。

她母亲从另一个城市来看她，对她说，"香啊，认了吧，别再遭罪了，这么长时间不下奶，那就是没奶了。有的女人生来就是石奶，你大概就是长石奶了。"

明翠也劝她，"我说陈香，你再吃这些没盐的汤汤水水，恐怕就成白毛女了。"

她不听，继续吃，吃不放盐的猪蹄，吃不刮鳞的鱼，吃煮成糊状的米酒豆腐。

三个月过去了，仍旧没有消息，她的身体如同一片冻土。三个月的孩子，应该会翻身了，可是周小船不会。稀薄的牛奶使周小船看上去有了缺钙的征兆，他们抱他去医院，打了一针 D3。打针使周小船哭得声嘶力竭，陈香也掉泪了。于是，她继续不放弃地吃下去。

老周终于说话了，老周说："陈香，尽人事，听天命吧。"

陈香回答："哥，你说，天命是什么？天命就是，这世界上的每一个妈妈，都应该有奶水啊！"

老周不说话了，他还能说什么呢？他早就知道，陈香身上，有一种别人所没有的圣徒的品质，她理所当然地把奇迹看作是世间平常的事。老周想，让她折腾吧，豁出去，就让她折腾一年，莫非等孩子满周岁了，该断奶了，她还不死心吗？

就让她折腾。

折腾着，一百天到了。一百天头上，他们为小船操办了一个小小的"百日宴"，在外地的爷爷奶奶姥姥姥爷都没惊动，只请了楼下的明翠夫妻。明翠也是刚刚出满月不久，她生下了一个八斤的男孩儿，十分壮硕，但奶水不足，明翠的奶水只够肥壮的儿子吃个半饱，于是，陈香每日为自己炖猪蹄煮鱼汤时，顺便也给明翠送一份下去。只不过，明翠可咽不下去这些令人作呕的东西，不是把猪蹄重新用盐和酱油加工一番，让她丈夫下饭，就是把带鳞的鱼汤偷偷倒进了垃圾桶。

这天，明翠把自己的儿子小壮用奶粉喂饱了。灌进奶瓶的奶粉，让小壮吃得很不愉快。他用小舌头使劲朝外面顶那只让他讨厌的橡皮奶头：四十多天的人生经验告诉他，现在不是他吸这代用品玩意儿的时间。明翠充满歉意地哄着他，对他说道："噢——好宝贝，好乖，你帮妈妈一个忙，就今天一次，你帮妈妈一个忙，求你了……"

就这样，明翠从自己儿子嘴里，掠夺来了一顿午餐——这就是她

201

送小船的礼物。于是，来到人间一百天的小船，第一次尝到了人乳的滋味。他吃得很香甜，他只是在最开始时有过一点点疑惑和惊讶，但第一口吞咽之后，他就被那香味、那原始的香味唤醒了。他忘情地、欢畅地、贪婪地吞咽着香甜的粮食，他伸出小手爱恋地捧着人家妈妈的乳房……一屋子人，安静地目睹了这场景。陈香眼睛湿润了，陈香轻声说道：

"明翠，等我下来奶，我一定帮你喂小壮……"

明翠笑笑，没有回答。让她说什么好？人说不撞南墙不回头，而这个人，是撞了南墙头破血流也不回头的呀。

晚饭时，陈香照例吞下了一大碗七星猪蹄汤，她刚刚放下碗，突然之间，两肋之下一阵过电一般的麻热，那麻簇簇热乎乎的感觉，如小蛇一样奔窜着，烧酒一般奔窜着，窜进她的胸膛。两股暖流喷涌而出，一下子，濡湿了她的衣裳。这感觉惊住了她，她低头看着自己湿漉漉的前胸，突然之间醒悟过来。她一把扯开了自己的衣襟，然后，她就看见了那奇观：她的奶水，她等待了这样久这样久的奶水，如同春潮一般，汹涌着，泛滥着，她的乳房，如同两个喷泉，滋滋有声地向天空喷射着奶液。那些不计其数的汤汤水水，那些辛苦和坚持，连同她的血脉，此时，都化作了汩汩奔流的、芳香四溢的奶河，涌向她的双乳，就如同千条解冻的小溪，涌向大海。她大叫一声："哥，你看！"然后望着喷泉般的奶水，哈哈哈哈大笑。

老周闻声赶来，惊呆了。老周想，苍天哪，这世上，真的有奇迹。

三、写给小船

现在，我可以踏实地坐下来写信了。小船，我的孩子，这是妈妈写给你的第一封信。你吃饱了我的奶，睡熟了，我用相机拍下了你心满意足的睡相，你睡着了的时候，沉静得像个女孩子。有时我真希望你是个女孩儿，这样，将来就不会有另一个女人来和我"争夺"你了。想到有一天你会恋爱、结婚，我就妒忌那个将站在你身边、穿婚纱的女孩子——儿子，我得跟你说实话，我不会是一个无私的、宽容的、慈祥的婆婆，我永远不会像爱你一样，去爱你的爱人。

现在，你已经六个月了，体重某某斤，身高多少厘米，说来妈妈很骄傲，妈妈的奶水，丰沛得就像一头奶牛！一只奶，足足可以让你吸一百六十口！这是妈妈一口一口数过的，两只奶，就是三百二十口。儿子，有充足奶水的妈妈多么幸福！任你敞开吃、挥霍着吃也吃不了！楼下有个小弟弟，四个月了，他妈妈奶水不足，后来干脆就没奶了，他只好吃稀薄的牛奶，常常生病。现在，妈妈的奶，就请小弟弟来一起分享了。他名字叫小壮，我希望你们将来能成为好朋友、好兄弟，相亲相爱，就像妈妈和小壮的妈妈明翠阿姨一样。

这封信，有可能，你要在很久的将来才可能看到，要等到妈妈不在人世之后。但是，谁知道呢？生命的秘密，不在人的掌握之中，也许，会有一个意外发生——写到"意外"这两个字，妈妈真是害怕。自从有了你，宝贝，妈妈变得胆小，对所有未知的事物心存绝对虔诚的敬畏，因为有了你，妈妈害怕死去。但是，我是说万一，万一有一天"意外"突然降临，妈妈离开了你，离开了这个世界，到那时，假如妈妈没有准备，没有给你留下这些话，那么，妈妈会死不瞑目。

所以，为了这个"意外"和"万一"，妈妈必须现在写这封非常难写的信。

就从你的名字说起吧，"小船"这名字，是妈妈为你起的，那是一个纪念，纪念你的父亲，生身父亲。他是一个诗人，叫莽河。等你读这封信的时候，也许，他已经名动天下，也许，早已销声匿迹，默默无闻。无论他将来怎样，我想告诉你的是，当年，我们相识时，他就如同神迹一样美好，如同阳光一样光明。他留给了妈妈一首最杰出最壮硕的诗——你。为此，妈妈永远永远感谢他，在妈妈心中，他是一个当之无愧的诗人，他惊世骇俗地使妈妈成为诗的一部分，我们共同完成了一个美丽的创造。

小船，我的儿子，你身上流着诗人的血。诗人，他们是一群被神选中的人，你不能用俗世的标准来衡量他，也不能用俗世的价值观来判断他、评价他、约束他。我希望你懂这个，我更希望你拥有一颗诗人的心，用诗人的心来体会这个世界。这是我一生所羡慕的事，我永远不可能知道世界在诗人心中是什么奇妙的样子，而你能。你有可能听见妈妈所听不见的声音，看见妈妈所看不见的颜色，发现妈妈所不能理解的神迹和光亮，儿子，这是你的幸运，也是你的宿命。

也许，你的父亲，他永远不知道这世界上有你这样一个儿子，也许，你也永远不想和一个从未谋面的父亲相认，但是，尽管如此，你要了解他，尊敬他。是他把你带到了这个世界，他创造了你，他给了你的妈妈巨大的秘密的幸福，他让我今生今世拥有了你。假如，在你读了这封信，或任何别的时刻，发现了你的身世真相之后，怨恨你父亲的话，儿子，那我会深深失望。因为，我相信你会有一颗父亲的心、诗人的心，浪漫、天真、善良。你们父子，会惺惺相惜。尽管你们有可能对面相逢不相识，也不知道谁在天涯谁在海角，但是你们仍旧会互相怜惜，就像当年李白最倒霉的时候，只有杜甫，才能写出那样振聋发聩、悲天悯人的诗句："世人皆欲杀，吾意独怜才。"这是一个诗人对另一个诗人的深深爱恋，它超越一切。

现在，该说说你的另一个父亲了，儿子，你要记住，你有两个父亲。这个你一生下来就看见你的父亲，这个先于妈妈，第一个把你抱在怀里的男人，永远、永远都是你的爸爸。他爱你，这一点，妈妈比任何人都看得清楚。他肥厚的大手抚摸你的时候，你半夜里哭闹，他抱着你在屋子里转悠，嘴里乱七八糟为你唱各种歌谣当催眠曲的时候，当妈妈还没有下奶的那些日子里，他半夜里爬起来为你热牛奶，小心翼翼把奶水滴到自己手腕上试凉热的时候，泪水常常在妈妈身体里汹涌：他毫无障碍地、发自内心地视你如己出。在你之前，他曾经有过一个儿子，叫陶陶，乐陶陶的那个陶陶，但是这个陶陶在不满周岁的时候不幸得了中毒性痢疾，由于医生的误诊，耽误了治疗，走了……这是爸爸最伤心的事，也是他极力要隐藏的最大的隐痛，但是就在昨天，我上课回来，看见他站在窗前，抱着你，凝视着你的小脸，我看见眼泪在他眼睛里打转。我悄悄走到了他身边，他听到我的声音，说了一句："陈香，我觉得陶陶又回来了……"说完，眼泪就滴在了你的脸上。

他珍爱你，儿子。

中毒性痢疾，在他，是埋伏在人生道路上最大的一个凶险，最大的一个阴谋和邪恶，它似乎无处不在，这让他变得有些神经质，你的奶瓶、小碗、衣物、毛巾、尿布，他一定要自己洗，要自己煮，要亲手消毒。假如他不在的时候，我动手洗了，他回来之后一定要把我洗过的、烫过的东西再重新洗一遍，煮一遍，好像我会敷衍自己的孩子，好像我手上沾满了病菌，是一个疾病的传染源。你吃的水果、鸡蛋、橘子汁，他一定要自己去买，千挑万选。你喝的橘子汁，不是商店里卖的那种，都是他用鲜橘子亲手榨出来的。他不知从哪个药店里买来一只厚厚的玻璃盏，一只玻璃臼，洗净、烫过之后，就变成了一只榨汁机，每天，把橘瓣剥出来放进盏中，用玻璃臼小心地碾出汁液，再用煮过的纱布过滤出来，鲜黄浓郁、芳香四溢的一盏，就是你喝的橘汁。这个工作，爸爸一定要自己动手，他总是怕别人弄得不卫生……有时，他的坚持让我不高兴，我对他说："难道我是《芦花记》里的后妈？还是白雪公主的后妈？"其实，话一出口我就后悔了，我知道那是他的心病，也知道那是他一生的惧怕，惧怕瞬间的分崩离析和失去。

　　儿子，其实，这一切，用不着我多说，你会一天天长大，你会自己去感知一个父亲深厚无边的爱，我写下的，是你没有记忆的时候发生的事，就算我替你完成一个记忆吧。我想，你应该已明了我要说的话，那就是，将来，无论发生什么事，哪怕天塌地陷的大事，也无论你将来长成什么样的"大人物"，周小船，你要记住，周敬言永远是你的爸爸，你的父亲，你最亲的血亲！

　　亲爱的宝贝，妈妈写这封信的时候，内心一片静谧，就像这夜晚。你睡了，爸爸也睡了，你微微的鼻息，还有爸爸的鼾声，此起彼落，让妈妈踏实。九月了，我们的城市已有了秋意，这是它一年中最美的时光。杨树叶子黄了，银杏树的叶子也快黄了，当它们黄透的时候，假如，你走在一条乡野间的大路上，如洗的蓝天下，金黄的杨树，或者，银杏树与你突然遭遇，那时，你会被这种纯粹的、辉煌的美所深深感动，并且，你会理解，为什么有的人终其一生要走在这样的路上，就像你的生身父亲。

妈妈

一九八三年九月

　　这封信，陈香封在了一只没有标记的牛皮纸信封里，上面这样写了：给我的儿子，小船。第二天，她把这封信交给了楼下的明翠。她对明翠说：

　　"明翠，你就是我的保险箱——你一定要好好替我保管这封信，假如我遇到什么意外，不在了，你要选个合适的时候，比如，小船考上大学或者是他十八岁生日的时候，你亲手把这信交给他。"

　　明翠回答说："呸呸呸，一大清早的，说些什么丧话？晦气不晦气？"但她还是把信接了过来，打量了一番，又递给了陈香，"这我可

206

不能接，看上去像遗书似的，你怎么就能保证我不会死在你前面？我比你还大几个月呢！"

陈香不接，望着她，说道："除了你，我没人可托，还有，我知道你不会那么无情无义，死在我前面的，你要答应我。"

明翠笑了，她猜想得出来这封信大约是什么内容，她不能推辞，"好吧，没见过你这么霸道的人，就算我答应了你，阎王老子也得答应啊，赶明天我也写封遗书，交给你替我保管，咱俩就算扯平了。"

明翠笑着，但她的眼圈儿红了。她觉得有些心酸。

第三章：春风号破琉璃瓦

一、风景

出雁门关，朝西，有个县叫朔县，再朝北，有个县叫平鲁，美国人哈默和中国合资开采的大型露天煤矿，就在这两县之间，叫平朔露天煤矿。由于这中国最大的露天煤矿的开采，一些村庄搬迁了，也是由于它的开采，一个庞大的汉墓群出土了。原来，在这肥厚辽阔的煤田上面，一直安睡着这片土地上的祖先。

汉墓群的发现，因为它的庞大，震惊了考古界。

一九八五年春天，当叶柔抵达这里时，汉墓群的发掘工作，方兴未艾，而露天煤矿的建设，也正热火朝天。机器终日轰鸣，路上尘土飞扬，而出土的部分文物，则陈列在一个叫"崇福寺"的寺庙里。陶器修复室，也设在那个从前荒草丛生的庙院。由于县里有人带领，叶柔被允许参观了陶器的修复。她站在一堆堆残缺不全的器皿中间，一堆堆碎陶片中间，感到了一种不可思议的神秘。这些两千多岁的器物碎片，比那些摆在博物馆里的完好的文物，似乎更具某种震撼力。它们阴气逼人，就好像，它们不再是任何一种具象的东西，而是摆脱了具象之身的灵魂，历史的阴魂，美而幽怨。

崇福寺内，没有一个游人，寺内最著名的大殿佛陀殿，是金代原构建筑，没有历朝历代的重修、复建，古老的人字结构，屋脊上少见的彩色"跑脊人"，沉淀了几世纪的风霜。此刻，二十世纪八十年代的阳光清澈地照耀着它，它看上去似乎要倾塌了，但依然有一种荒凉的静穆与宏大，不动声色的尊严。檐下栖息了许多的野鸽子，宽阔的石台基上落了厚厚的鸟粪。殿内有几百年前的壁画，佛的背光奇异而精致，美妙绝伦。

时光仿佛在这里凝固了，叶柔想。

短短一周时间，她看上去消瘦了，脸上多了一种严峻和苛刻的神情，是对自己的严苛。正是黄昏时分，她不声不响忙完了手里的工作，一个人悄悄走进了空无一人的大殿，在佛陀面前跪下了。夕阳从背后笼罩住了她，就像神的抚摸。她双手合十，抬头仰望着那张安详静谧慈悲的脸，刹那间，泪水静静地流了下来。

她跪了许久，静静地流泪，感受着那一双洞穿一切的美目的凝视。此刻，她没有任何世俗的诉求，没有任何期许与愿望，连日来折磨着她的一切：幸福又羞耻的那个夜晚、疯狂又幻灭的激情与缠绵、对一个人无望却又无边无涯的想念，在这一刹那，像野鸽子一样从她体内飞走了。她奇妙地体会到了一种仿佛置身在时光之外的神秘的静谧。这珍贵的静谧虽然短暂，却是年轻的叶柔离神最近的时刻。

她可以一个人上路了。

二、叶柔的田野调查笔记

早晨，县里派了一辆吉普车把我送到了平鲁县一个叫安太堡的村庄。沿着这条路线，我将一直朝北，在右玉县出杀虎口，而不是朝西，在河曲过黄河。

安太堡也是一个即将消逝的村落，村里安排我住的地方，紧邻着公路，汽车一辆接一辆轰鸣而过，公路那边就是正在建设中的平朔露天煤矿的工业广场。再远处，便是黑驼山了。透过尘烟滚滚的阳光，看得见山上残破的烽火台，在时光中挺立着，像边塞诗。

不知为什么，鼻子一酸，烽火台让人惆怅。

村干部似乎很忙，却又一上午蹲在太阳地里，晒太阳说话。午饭时，县里下来几个农机局的人，村长请他们喝酒，他们开了十几瓶啤酒，而不是高粱白酒，边喝边划拳，五魁首啊，四季财啊。这让我意外。不久的从前，在我居住的那个内陆省会城市，好多城里人还把啤酒叫作"马尿"，而现在，它已经如此地"深入"和普及了。这大概是"合资"给此地带来的变化吧！

外边，太阳地里，一个小闺女，跪坐在一张青石桌旁，在玩"抓拐"。她玩得很投入，很认真，很娴熟，沙包抛起来，接住，抛起来，再接住。四只羊拐骨，瞬间在她手下，翻出不同的花样。我隔着窑门看她玩，一阵一阵眼热。这古老的游戏，从前，我小时候也玩过的游戏，如今，在城里，早已失传多年了。它是什么时候消失不见的？

下午我走访了一户人家，这人家姓黄，当家的有个学名，叫黄存厚，小名留根，年轻时走过口外。他家窑院很大，几个小伙子在窑院里修一辆小四轮，院子显得嘈杂而凌乱，整个村庄，整个安太堡，都是这样嘈杂而凌乱的。窑里倒还整齐，也干净，炕上的油布擦得明晃晃的，绿地红花，画的是怒放的大牡丹，还有彩蝶翩跹。主人邀我上炕，我盛情难却地脱了鞋，盘腿坐在炕桌前，可我知道，我盘腿的姿势，生硬，不受看。

村长三言两语说明了来意，忙别的事情去了。我开始问话。活了这么大，平生第一次做田野，心里没底，也不知道铺垫，上来就开门见山。

我问道："大爷，你是多大时候走口外的？"

大爷想了想，说："二十三上。"

我说："大爷，你就像讲古一样，给我讲讲你走口外的故事，行不行？你随便讲。"

大爷说："就是个受苦揽工，没个甚讲头。"

通往别人命运的路，隐藏在荒草丛中，莽撞地践踏是一种轻佻的举止，也是对历史的不尊重。越接近此行的终点，我越明白这个。但当我面对第一个走访对象时，我急于想得到的，是有"价值"的线索和故事。

于是我说："大爷，歌儿里唱走西口，都是唱一个女人，给出口外的男人送行，千叮咛，万嘱咐，你二十三岁上走口外，成家娶女人了吧？"

大爷半天不说话，吧嗒吧嗒抽了阵旱烟袋，是我熟悉的烟叶的香味，叫"小兰花"。大爷在"小兰花"的香味中开口说起了女人。大爷说他二十三上走口外，是带着新娶的婆姨上路的，婆姨叫个"二女"，十九岁。十九岁的二女来在口外，生下了他们的儿，他们的大小子。谁知道，大小子刚刚生下十天光景，一路奔劳的二女就生急病死了。他埋了二女，把儿子奶给一户人家，自己揽工挣麦子。不想有人竟要用一头大犍牛换他的儿，他死活不应。"娶女人为啥？还不就为个栽根立后？"他用烟袋锅敲着鞋底这么对我说。

"后来呢？"我问。

"后来就带上我儿，一路问人讨奶吃，回来了。"

"再后来呢？"我努力地做着最后的试探。

真的还有后来。二十五年以后，长大成人的那个儿，又去口外用

210

一只红布袋"度带"回了二女的尸骨。只是，二女的骨骸并不能进祖坟，她还需要再耐心等着，等她的男人死后再与她入土合葬。当然，她的男人如今早已又娶妻生子，续娶的女人是个寡妇，叫王粉香。

现在，王粉香就站在当屋地下，为客人们添茶续水。

不到五分钟时间，这个叫黄存厚、叫留根的男人，就如此平淡地讲完了他的大半生。我不能再问"后来"了，可我很震撼。我知道这平淡的叙述中埋藏了怎样的惊涛骇浪和刻骨铭心的伤痛。假如我是个小说家，我想，就他怀抱吃奶的儿子跋山涉水一路还家的经历，就可以写成一部《奥德修纪》……还有男人朴素的深情，绵长却坚韧的牵挂，二十五年后，让儿子去口外寻找母亲的遗骨并带回故乡，想想，二十五年的时光，去寻找一个孤坟野冢是多么不易。还有那个挺着大肚子和男人在口外千辛万苦挣生活的"二女"，她一定也有一双让她的男人终生不能忘怀的美丽的"毛眼眼"……

王粉香走上前，为我的茶碗里续水，她笑得很温暖。

门帘一掀，走进一个老汉，小个子，背微驼，进门就上炕，抽水烟。水烟袋咕噜咕噜响，伴随着另类的烟香。我以为这是黄家的老人，原来却不是。老汉是邻家，来串门的。他的光脚板上沾满灰黑的泥，像是刚刚干完什么活计。说话间，就二连三地又进来几个后生、闺女，围在炕下，找我们说话。刚才在窑院里修小四轮的后生们也进来了，其中有两个，是黄存厚和王粉香的儿子。

我请教老人贵姓，老汉没听清。黄存厚替他回答说："姓李。"这下他听清了，冲我伸过手，用树枝般的食指比画了一个钩子——那是一个"九"。

"九辈子了，"老汉开口对我说道，"李姓人在这安太堡村，住了九辈子了。这下要连根拔起走了，死死活活都得走，神、人都得走了。"

我明白了，老人是在跟我说"搬迁"的事。如今，这才是所有安太堡人心中最大的大事，事关生存，事关每一个人、每一个家族乃至整个村庄的命运、兴衰。我忽然觉得我的到来，我的打搅是那样不合时宜。这村中，不光有人，还有坟，还有庙，五道庙和龙王庙，庙中的神灵，坟里的先人，这才是一村的老人们最挂心的大事。

这李老汉的儿媳，前不久淘沙砸死了。砸死的女人算是屈死鬼，此地风俗，屈死鬼不能进祖坟。就算能进祖坟，祖坟也要挪动了。

李老汉很愁烦。

祖坟显然不太在年轻人心上，地上的一个小后生忽然问我说：

"记者，你去过香港没有？"

我摇摇头。我告诉他们我不是记者。

"和尚呢？你见过和尚没有？"

我点点头。心里奇怪这话题怎么一下子就从香港跑到了和尚身上。我说："和尚我见过，还见过尼姑，我去过五台山。"

"五台山"这话题，一下子让地上的后生和闺女们兴奋起来。不仅仅是后生、闺女，炕上的李老汉、黄存厚，还有王粉香也都兴奋了，"五台山、五台山"地问个不停，原来，村委会近日要组织村民旅游——游五台山。对我，这又是一个意外。

搬迁、旅游，这两件事，哪一件，都比回忆往事重要。

一夜，工地上灯火通明，公路上的汽车，轰隆轰隆，朝着那一片热火朝天却又孤独的灯火奔驰。这是我所经历过的最不安静的山村的夜晚。

今夜无人入睡。

三、北固山、凤凰城还有洪景天

从前，人们把平鲁城称作是"凤凰城"。登上北固山，低头俯瞰，本地人就会极热情地给你画出这"凤凰"的全貌：南门是凤头，左右两眼甜井是凤眼，两边两座小山峦则是凤翅，凤尾便是这北固山了。山后，还修出一节石城墙，颇像翘起的尾尖。

东、西、南三座城门，城墙隐约可见，再远处，沿山势蜿蜒着的，是明代古长城残破的遗迹。

八十年代中叶，人们还习惯把镇政府称作"公社"。洪景天就是"公社"中的一名宣传干事。洪景天原本不叫洪景天，那是他给自己取的笔名。洪景天写诗，他的诗歌，近年来除了在地区杂志上发表外，有一些，还发在了本省和邻省的省一级刊物上。于是，洪景天成了小镇的名人。

说来，"洪景天"原本是一味中药，这笔名的由来，源自洪景天爷爷的一张药方。他爷爷是一位乡村郎中，下世多年了。从小，他是在爷爷身边长大的，和爷爷很亲。有一天，洪景天收拾旧物，从一本残破的《汤头歌诀》中掉出一张陈年旧纸，是一张药方。他一眼就认出了爷爷敦厚、温和、小心翼翼的笔迹。这药方开给谁？它为什么藏在这里，永远不会有答案了……他久久望着那药方，一个陌生的名字，像一张陌生的脸，从熟悉的连翘、金银花、广藿香、板蓝根这些熟面孔中蹦跳出来：洪景天。于是，他有了一个笔名，那是对爷爷的纪念。

这一天黄昏，诗人洪景天端着一只粗瓷大碗准备到食堂去打饭，空旷的"公社"大院里，迎面走来一个人，一个旅人，背着一只挎包，拎着一只帆布旅行袋——这个时间，是从省城方向开来的长途汽车到站的时刻。来人径直走到了他面前，说道："请问，洪景天在吗？我找洪景天。"

洪景天回答说："在，我就是。"

"哦，"来人说道，"我猜你也应该是。我是莽河。"

"谁？莽河？"洪景天惊喜地叫起来，"我没听错吧？莽河老师！真没想到啊——太高兴了！怪不得今天喜鹊在我窗外叫了一天！走走走，先把东西放窑里，咱们去吃饭——"

这就是那个游历的年代常见的风景。在任何一个城市、小镇，任何一处边地，都有可能迎面走来一个远方的诗人，以诗的名义，和另一个从未谋面的诗人会师，带来意外和惊喜。这就是那个时代的浪漫和珍贵之处，也是它的天真之处：诗人在路上。

那一晚，莽河就住在公社大院洪景天的窑洞里。那是一间刷了白灰的干净的砖窑，一盘大炕占据了窑洞的二分之一的面积。炕是火炕，烧煤，亮晶晶的一小堆煤炭堆在墙角，洪景天不断把炭块夹起来填进哔哔剥剥燃烧的炕洞里。炕很温暖。他们围着一张炕桌喝酒，谈诗，谈各自喜欢或不喜欢的诗与诗人。傍黑时起了风，风越刮越大，此时，已经是在狂啸和怒吼。吼破了嗓子的狂风有一种说不出的凄厉与哀伤，像一大群身处绝境的动物。他俩出去小解，风吹得他们跟跟跄跄，几乎站不住脚。莽河喘息着说道："我靠，好厉害的风！"

洪景天在风中大声回答说："春风号破琉璃瓦——"

这是此地的一句民谚，春风号破琉璃瓦，但是今年的风格外的肆虐，因为天旱的缘故。一冬无雪，开春后不见一滴天水。老年人骂年轻人说："看你们这些灰孙子，连白面吃着都不香了，不遭天年等甚？"

人们都说，该唱台戏了，一动响器，天就要下雨。

一夜，莽河似睡非睡，狂风在木格扇的窗外号叫着，哭喊着。是成千上万个古代的亡灵在哭喊吧？莽河想。古城墙外，应该就是当年金戈铁马、白骨成堆的征战的沙场，关山阻隔，世世代代的亡灵，在这塞外的荒野上游荡着，有家归不得。

"可怜无定河边骨，犹是春闺梦里人"啊。莽河想。

突然，炕的另一头，一直静静躺着的洪景天说话了，洪景天说道："莽河老师，我猜，你来这里，还有其他的事情吧？"

莽河没有回答。

窗外，哗啦啦啦，传来了什么东西倒塌的声音。远远地，狂风裹挟着某种凄厉的悲鸣，听上去像是一声狼的哀嚎。

"听，是狼在嚎吧？"莽河开口问道。

"我没有听见，"洪景天回答，"是风吼，不是狼，如今狼很少了。"

"是啊，狼都转世成人了，"莽河无声地笑笑，"我觉得我前生前世大概就是匹狼。"

洪景天没有说话。

"你呢？要是有前世，洪景天，你前世是什么？"

"我？"洪景天想了想，"大概就是棵草药吧，一棵洪景天……你这匹狼受了伤，我给你疗伤。"

刚才，莽河已经听洪景天讲了自己笔名的来历，现在，听他这样说，心里一热。几句话开始在他心里翻腾，他在黑暗中把它们慢慢地念了出来：

"洪景天在陈年旧纸上／左边是金银花那荡妇凉爽的身影／右边是绵马贯众，他如同侠客般来去无踪／爷爷，你藏匿了铁石心肠的时光／向我讲述，温暖的疗救……"

洪景天静静地听，不知不觉，泪水流了一脸。这个狂风呼啸的干旱的春夜，给了他如此珍贵的一个纪念。他一生都会珍藏这一个春夜了，他想，因为，平生第一次，他有了一个为他写诗的朋友。

"莽河老师——"他不知道该说什么。

莽河沉默了。许久，他开了口，他的声音不知为什么突然变得有些沙哑。

"你说对了，洪景天，我来这里，是想等一个人，我想试试我的运气。"

他不知道她会走哪条路。是从河曲保德过黄河，还是从右玉出杀虎口？这两条路，都是当年"走西口"的重要路线。

冥冥中，他似乎听到一个声音，这声音忽远忽近，告诉他："杀虎口，杀虎口，杀虎口……"于是，他选择了平鲁老城，这是出杀虎口的必经之路。而且，当年这个小城，是西口路上一个重镇，假如她走杀虎口，她应该不会放弃这里。现在，他扼守着这从前的重镇，像等待一个离散的亲人一样等待着一个令人心疼的重逢。

幸运的是，这里有一个洪景天，一个写诗的朋友。

早晨，洪景天带他去食堂吃早饭，发现公社院子里一只砖砌的烟囱被昨夜的大风刮倒了。食堂里，吃早饭的人除了他俩，就只有一位戴眼镜、还是学生模样的副镇长。做饭的大师傅一边给他们往碗里盛金黄的小米粥，一边对副镇长絮叨："该动响器了，不动响器，下不来雨，动响器哇……"

副镇长回答说："愚昧。"

早饭后，洪景天带着莽河登上了北固山。

风停了。灰色的、颓败的一座小城，如画一样线条清晰地展现在了山下。莽河心里暗暗惊讶，他从来没有见过如此破败如此荒颓又如此骄傲尊严的城池。到处是断壁残垣，所有的建筑都破败而灰暗，却有一种凛然的时光的尊严，笼盖了这不容人轻薄的衰城。生活在这里的人，脸上有一种落寞的骄傲，现在，这骄傲就闪烁在洪景天的眼睛里，他向莽河描绘着这小城的"从前"——这是一座回忆的城，到处是"从前"的光荣与繁华：

从前，这北固山上，寺庙如林，玉皇庙、五道庙、奶奶庙、老爷庙，等等等等，是众神的山。最有名的"天福洞"，其实叫"千佛洞"，老百姓叫讹了音。这千佛洞，依天然岩洞而凿，供释迦牟尼，里面壁画七彩辉煌。晚上，洞口点燃七星长明灯，一夜高悬。站在城中十字街上往山上看，这七星灯就像是永不熄灭的小城的福星。夜风中，飘荡着一阵一阵清脆的钟磬、悠扬的箫管……据说，从前大同府和乌兰花的说书人，说这北固山的繁华盛景，半个月才从山顶说到山腰处……

从前，平鲁城内商号林立，数不清的买卖字号，遍布大街小巷，什么"永聚金""三义隆"，什么"丰恒泰""复源长"，做山货生意的"天庆园"，收羊毛的"协成店"，卖布匹绸缎的"万成厚"……走高脚的驼队，日日走在平鲁城的大路小路上，这城中的大客栈，都有宽敞的院子拴得下几十匹高脚牲口，人有歇处，骆驼、骡马也有歇处，人有热汤热酒，马有好草好料。到天明，精精神神一支高脚队，穿城而去，清脆饱满的驼铃，是这城中不断头的音乐。揽工的穷汉，住不起大客栈，就住"留人小店"，这样的留人小店，也有热汤热水热火炕，给人消困解乏。平鲁城心胸宽厚，不势利，是座仁慈的城。

从前，这里的日子，充满仪式感。一年两次大庙会，搭台唱戏，秋季还有骡马大会。三月二十八，要到"天齐庙"烧香、坐会；四月初八佛诞日，一城人，五更天去庙里"跪香"，香头红如繁星，一跪一炷香，跌一次香灰，磕一次头。四月十八，是去娘娘庙送"满堂鞋"，用彩纸糊十二双小鞋子，给神神们穿。元宵、端午、八月半，不用多说了，二月二龙抬头，要在五道庙请盲乐人吹打，为什么？从前这里狼太多，糟害人，五道爷是管狼的神，二月里狼围窝，生小狼，请五道爷出山降狼；七月十五是鬼节，家家捏面人、点桃红、上坟烧纸；

冬至节要"闹冬",一家老小围炉而坐,啃羊头,吃羊蹄;腊月二十三,祭灶送神,大年初一五更天,男人们接神回宅,不光接灶神,还有各路家神、床公床母,一年到头,神人同在……

现在,他们就站在这传说中的北固山上,一切荡然无存。娘娘庙、五道庙、天齐庙都没有了,就像从来没有存在过。而千佛洞,里面的洞口被严严地封死了,但洞口处插了根小小的枯树枝,树枝上绑了根红布条,摇曳着,想来是有人在此求拜过什么……有一个时期,山上,最高处,曾竖起过一座高高的领袖像,他高高地、孤独地站在那个制高点上,人们悄悄摇头说:"不好,让主席给咱瞭哨了。"于是,又请了下来。终于,如今的北固山上,再没有一个神,也没有一个人了。

莽河在山上坐下来,静静俯瞰着脚下的小城,灰色的、颓败的小城,在身旁这个人嘴里、心里却如此五光十色和温暖。他掏出烟盒,递过去,洪景天抽出一根,他自己也抽出一根,背过身用打火机点燃了,他们静静地坐在荒芜的空山上抽烟。许久,他开口说道:"洪景天,你比我热爱生活。"

这话,让洪景天意外,他想了想,回答说:"可能,是因为我没有野心——你热爱更宏大的东西,更抽象的东西。三岛由纪夫自杀前写了一张纸条,他说,'人的生命是有限的,可我想永远活下去。'我没有这样的野心。"

是吗?莽河不知道,也许他只是没有"热爱生活"的能力,那种朴实而真诚地生活的深刻的能力。那里面的美和魅力,他体会不到。他从来没有像身旁的这个人一样,用这样柔情似水的眼睛,凝视他日日生活在其中的故乡。

四、跟我来

汽车在黄昏时分风尘仆仆到达了小城，人和鸡、猪崽，以及货物一起挤下了车门。叶柔最后一个下车，她中途从安太堡上车，始终没有座位，先是站着，后来就挤坐在人家的行李包上，一路颠簸。此刻，在清新的春风中，她觉得自己灰头土脸的，就像一个女鬼。

一个人无声地站在了她面前。

刹那间，她以为是在做梦。

他沐浴着夕阳，就像一个金人。小麦色的皮肤，散发着太阳的气味。他比她记忆中似乎还要高大一些，她不敢眨眼睛，这是她生命中少有的一个神性又虚幻的时刻。但是他走上前来了，从她手里，接过了脏兮兮的旅行袋，也不说话，掉头就走。

她傻傻地站着，望着他的背影发呆。

他止住了脚步，回头对她说道："走啊！"

"去哪儿？"她终于脱口问。真实感渐渐回到了她身上。

"你住的地方啊。"

"我住的地方？我住哪儿？"

"Follow me（跟我走）。"他散淡地回答，好像他们分别不过才几个小时。

说完，他大步流星朝前走，手里拎着她的旅行袋，不再回头。她只得跟上来，如同被劫持了一样，跟在他身后，走过陌生的黄昏的街巷。她看着他在前边走路的样子，魂牵梦绕的样子，眼睛渐渐湿润。但是她告诉自己，不能哭啊，叶柔，不能哭。

到了。原来是"公社"的大院，门口，挂着镇政府的牌子。

在最后一排窑洞前，一个年轻人迎了出来，看到他们，惊讶地喊了一声："哎呀，真接到了！"他一边喊，一边转身撩起了窑洞上挂着的棉门帘。

"这是洪景天，诗人，我的朋友，"莽河给叶柔介绍着，"这房子，就是他给安排的。"

"我们这里条件差，没有招待所，来客人，都是住在这公社大院，"洪景天解释着，一边把叶柔让进屋，"不过被褥还干净，一号下房莽河老师就晒被褥，晒了三天了。就是不知道叶柔老师睡惯睡不惯暖炕？"

"谢谢，"叶柔回答，"我喜欢暖炕。"

洪景天看着叶柔，看着这个从天而降的奇迹，第一眼，他甚至有些失望。他以为，配得上这奇迹的，应该是一个非凡的、妖孽般的女人。可她是平凡的，人间烟火的，好看也是那种大地上长出来的好看。可他抬头看见了莽河那双就像被突然照亮的眼睛，于是，他笑笑说道："我先去食堂报饭，暖瓶里有热水，叶柔老师先洗把脸吧。"

说完，他出去了。

又在一个窑洞里了，另一个窑洞，砖窑，刷了雪白的白灰，但仍然是陌生的，有着禁忌和诱惑的气味。她默默望着他，此刻，他脸上的散淡不见了，她看见了一双让她害怕的眼睛，那里，有深渊般黑暗的柔情和爱意。

她感到了危险。

"脸盆在哪儿？我想洗把脸，你先出去一下行吗？"她语气尽量平静地下了逐客令。

他不动。

"你住哪里？我一会儿过去找你。"她说。

他狠狠地盯住了她，她受不了他的眼睛，背过身去，假装寻找脸盆。只听他在她身后叹息似的说道："你这个女人，怎么竟是铁石心肠？算你狠！"

他一撩门帘愤愤地出去了。她无力地垂下双手，在窑洞中央茫然地站了一会儿。后来她走到炕边，在炕沿上坐下了，她发现自己像打摆子一样在发着抖。

再见面时，已到吃晚饭的时间，他和洪景天一起出现在窑洞外，喊她去吃饭。他们都变得平静，克制，甚至是客气。灶房里，吃饭的仍然只有他们几个和戴眼镜的副镇长，现在，莽河和这位副镇长也已经熟了，知道他姓田，是个七七级大学生。他把叶柔介绍给副镇长认识，说："我朋友，来采风的。"叶柔马上从随身携带的挎包里掏出了学校的介绍信，说："镇长，我来做课题。"

副镇长接过介绍信看了半晌，笑了，说："来得正好，明天，地区二人台剧团要来唱戏，少不了要唱《走西口》。"

莽河也笑了："真要动响器了？"

"可不，"副镇长回答，"就算为了老百姓的心理需要，也得动——不过也怪，好多事，科学是解释不通的，就算是巧合吧。大研究生别笑话我们愚昧。"

叶柔回答说："我哪敢？"

又是一个纯粹的黑夜，小城一片黑暗，稀少的几点灯光似乎是为了衬托那黑夜的浓密和强大。仍旧没有月亮，只有一弯月牙和满天的大星星。他们三人，在叶柔的窑洞里围桌而坐。洪景天准备了酒、罐头午餐肉和罐头水果。酒是本地产的白酒，很烈。叶柔吃罐头水果，喝一种苦苦的大叶茶。莽河和洪景天，则把烧酒咕咚咕咚倒在搪瓷茶缸里，你一口，我一口，莽河喝得很沉默。

只有洪景天一个人，吃力地寻找话题。

"叶柔老师——"

叶柔打断了他："千万别叫我老师，我只不过是个学生，你叫我老师，我以为你在叫别人。"

"那好吧，叶柔，我没上过大学，也不知道'社会学'是讲什么

221

的，我只是奇怪你为啥要选走西口这么一个题目做论文？歌里唱，戏里演的，这老题目，还能做出什么新意来吗？"

"那要看你怎么做了。"于是，叶柔认真地、过分认真地讲解起来，关于社会学，关于这一段历史中可能被遮蔽和过滤掉的内容，等等，她还说这一路采访过来，她几乎都想写小说了。

"好啊，那你写，写小说一定比写论文有意思。"洪景天回答。

叶柔热情、认真的描绘，似乎只是对着洪景天这一个听众，她始终没看旁边沉默不语只是埋头喝酒的莽河。昏灯下，白酒浓郁的香气，像某种凛冽的、有毒的、正在绽放的花，泼辣、强烈的香气让人心神不宁。半茶缸酒，不知不觉见了底，莽河伸手去抓酒瓶，几乎是同时，另一只手也伸了过去，按在了瓶子上。

"你不能再喝了，"叶柔说，"这酒太烈。"

两只手，抓着同一只酒瓶，四只眼睛，终于，在一晚上的挣扎之后，碰撞在了一起。叶柔看见了他眼睛里的痛苦，她握酒瓶的手又在发抖了，可她仍旧死死地抓着，不放松，就像在无望的黑暗的大海中抓着一块不堪一击的浮木。

"不能再喝了。"她说。

他望着她。她真实的脸，罂粟花一般鲜艳湿润的红唇，还有，深不可测难以捉摸的眼睛，像在雾气中飘浮着一般，一会儿清晰，一会儿虚幻。他笑了，摇摇头，

"你是谁？叶柔，你是妖还是人？是魔鬼还是天使？你为什么要这样折磨我？"

她咬紧了牙关。

"叶柔，你这个坏狐狸，你为什么要折磨我？"他的声音，突然像个又无辜又委屈的孩子似的，软弱得如同带着露水的仙草，她的鼻子一下子酸了。

"是你在折磨我，莽河，你不讲理，"她悄声回答，"你不该在这儿。"

"为什么？为什么我不该在这儿？"

"求你，放了我吧，"她终于说出了这句话，"别再来打扰我——"

他一下子攥住了她握酒瓶的手腕，死死地，像铁钳一样把那只细瘦的手腕攥牢了，似乎他一松手，她就会像烟一样袅袅而散，"说，给我个理由！"他眼睛血红，低声咆哮，怒视着她，不像人，像受伤的野兽。

不知什么时候，洪景天悄悄出去了。窑洞里，只剩下了他和她。有毒的酒香，危险的酒香，早已让她溃不成军，她只是在做最后的挣扎。

"说！你说，叶柔，你给我个理由——"

"我害怕！"她突然冲着他大吼一声。

"害怕？"他愣了一下，"你怕什么？"

"我怕什么？"她凄伤地反问一句，突然像决堤的河水一样崩溃了，"你问我怕什么？莽河，我怕我自己，我怕我会不顾死活地去爱你，迷失本性地爱你！我不是个随便的、水性杨花的女人，我也不是疯狂的、浪漫的女人，可我为什么做了这么疯狂的事？……我怕你，莽河，因为你是诗人——诗人总是不断需要新鲜的情感，新鲜的爱，新鲜的刺激，没有这些永远的新鲜，大概就没有诗人永恒的灵感——可我说到底只是个普通的女人，我需要的是普通的爱，执子之手、与子偕老的那种！你给不了我，莽河，你不可能和我平淡无奇地终老一生，那只会让你厌倦——我怕你厌倦，我怕你有一天弃我而去，我怕我只不过是你生命中的一段轶事、一个插曲，我怕这样的结局——"

他突然用一个热吻堵住了她的嘴，心疼的、怜惜的长吻，心疼她的透彻和无助。他抱住了她，她想抗拒，但那抗拒不堪一击。她的身体，她的心，刹那间就被这令人窒息的缠绵亲吻瓦解了，她的灵魂好像被他吸吮出了体外，成了一缕游魂，在这窑洞的上方含着眼泪凝望着地上的那个无可救药的自己，沦入死亡般黑暗却狂喜的深渊。

终于，他松开了她，说话了。他说："叶柔，我不想欺骗你，海誓山盟其实很廉价，一生很长，我不敢说'终老一生'这样的话……我奶奶说过，人都是摸黑走夜路的，你愿意跟我一起冒个险吗？"

叶柔抬起了脸，和他对视着，那是一双绝对绝对诚实的眼睛，深渊般黑暗的柔情和泪光足以让任何一个善良的女人灭顶。良久，她伸出一只手，抚摸他的脸，为他揩去眼角的泪痕。她知道她完了。她知道前边就是地狱她也要朝地狱里跳了。跳吧叶柔，她对自己说，这世上，所有绝美的东西都是短暂的、刹那的呀，比如晶莹的朝露，比如绽放的春华，比如珍贵的少女之美和转瞬即逝的青春……那么，又有什么理由要求爱情永恒？

他用双手扳住了她的脸，"人都是走夜路的，这就是人生的魅力。叶柔，冒个险吧，也许，我明天早晨就会死呢——"

叶柔一下子捂住了他的嘴，"别瞎说，头上有灯！"他微笑了，这阳光般无邪的微笑让她感到了一阵揪心的疼。她把他紧紧抱住了，突然想到一个词：挽歌，此刻她拥抱的好像是一段终将到来的挽歌，那是尘世的爱不能抗拒的宿命。

一颗流星划过了塞外庄严肃穆的夜空。

第四章：半个月亮爬上来

一、小城之夜

后来，叶柔总是这样问他："莽河，你怎么知道我要走杀虎口？"

莽河回答说："我就是知道。"

"你怎么知道我不会走河曲，从那里过黄河？"

"你不会。"

"为什么？"

"你过了吗？"

叶柔笑了，说："我差点儿就过了呢。"

莽河回答："可你还是没过。"

叶柔转身望着他："我做梦也没想到，你会追上来，在平鲁老城等我。"

"你想到了，我知道你想到了，要不，你怎么会放弃过黄河呢？"莽河认真地说。

他们在平鲁城停留了五天。

莽河以向导的身份，带领叶柔爬北固山，就像当初洪景天那样，告诉她哪里是凤头，哪里是凤眼，指给她看千佛洞的遗迹还有石碑，看烽火台，看远处山峦上外长城残破的蜿蜒。

晴好的春天，很难得，有风，但不凛冽，也不大，阳光很澄澈，长城、烽火台、山峦，在肃静的蓝天下，有种格外清晰的苍凉。叶柔眯起了眼睛，出神地眺望着它们。

"这一路上，看了多少烽火台，"她对莽河说，"清晨、黄昏、太阳当头的正午，不管什么时候，只要看见它，心里就觉得特别伤感。"

"我也是，"莽河回答，"看见它，想起的就是战争、苦难、离散，还有死。"

"好像，还不仅仅是触景生情，我也说不好。"

"那是什么？"

"你说，"叶柔转过来眼睛，望着莽河，"前生前世，我会不会是

225

一个戍边将士的妻子？丈夫战死在沙场，我来这里，寻找死去丈夫的遗骨，想把他带回故乡，可是我没能找到……所以，生生世世，我都要来这里找他？"

"怎么像是孟姜女的故事？"莽河微笑了，"叶柔，也许你真该写小说。"

"我不是开玩笑，"叶柔摇摇头，"也许，真有前世的记忆，我们只是不知道罢了，但是它会让你做出一些奇怪的决定，比如我，我一直觉得，雁门关、嘉峪关、边塞、大漠戈壁，这些是我此生必将到达的地方，这也是我为什么要做这个关于迁徙的论文。当我第一次看到烽火台，心里一阵疼，不是形容，是真的心疼，物质的那颗心在疼，我恍惚觉得，那是一个旧景，我和它终于又重逢……"

莽河伸出胳膊，搂住了她清瘦的肩头，"也许，我就是你要找的那个战死沙场的将士。"

叶柔抬起头，默默凝望他的脸，望了许久，"是吗？"她摇摇头，"我不知道，要是的话，我应该心安了，可我为什么还觉得不安呢？"

"看来你是个贪心的女人，你想要的太多。"莽河半开玩笑半认真地这么说。

叶柔笑了，笑得有些忧伤，"好吧，我努力要得少一点。"

在这安静、凋敝的小城中，叶柔收获颇丰，洪景天带领她走访了一些十分有趣的人物，有出过口的，也有没出过口的。眼镜副镇长也给她安排了很好的采访对象。那是个识文断字的老人，做过地方上的小学校长。他为叶柔一五一十地梳理了平鲁老城五百多年的历史，以及那些商家的兴衰，还有他们与口外和内陆的渊源。老人语气平和，像讲古，但是叶柔还是听出了其中深藏不露的隐痛和伤怀。

这里的人家，爱在躺柜上、米缸上、门楣上贴一些红纸条，上面写些吉庆话。躺柜上贴"用之不竭"，小柜上贴"取之不尽"，米缸上贴"米面如山"，而门楣上则是"出门通顺"，墙上贴的是花红柳绿的杨柳青年画，"燕青卖线""三打陶三春""梁山伯与祝英台"。叶柔坐在人家的炕上，这些红纸条，这些年画，会让她突然涌上来一阵说不出的眷恋和感动，为这种安静、平和、朴素的希望和有几分狡狯的生活姿态。

晚上，是最愉快的时刻，他们三人盘腿坐在火炕上，围着一张小炕桌，开一瓶白酒，沏一大茶缸大叶茶，没有下酒菜，佐酒的是带壳的炒花生、醉枣、炒南瓜子和绵绵无尽的话题。酒香、醉枣的醇香，缭绕着，加上大叶茶的苦香，使夜晚变得亢奋。有时，小城的文艺青年也会加入进来。有一晚，莽河讲起了高更的故事，高更怎样独自在塔西提岛上游历并寻找到了他的毛利新娘。高更和凡高，那是八十年代文艺青年们的神，文艺青年们向往并集体诗化了那样的人生：自由，浪漫，富有献身的勇气和激情。这故事让在场所有的人都慨叹着自己人生的苍白，可是只有叶柔想到了这故事的结局：那个鬓边永远插一朵红花的姑娘，两年后，忧伤地坐在岸边，目送着一艘轮船远去。那船开往欧洲，船上，有离她而去的男人。

莽河说得不错，她是个贪心的女人。她问这世界要得太多。

这一晚，等人群散尽，在满地花生皮瓜子壳的窑洞里，叶柔叫住了莽河。

"莽河，你愿意跟我走一程吗？"

"当然愿意，"莽河回答，心里有些奇怪，"咱们不是已经说好一起走了吗？"

"我是说，真的走，步行，一步一步，走到四子王旗，愿意吗？"叶柔望着他说。

两个男人同时叫起来，天哪叶柔！于是，他们迎来了一个巅峰，夜晚的巅峰。叶柔笑了。可是她知道，再长的旅程也有终点……洪景天吃惊地发现，这一瞬间叶柔美得不可思议，她像被某种神光照亮了一样，美，却不祥。

莽河立刻在炕桌上摊开地图，寻找着，四子王旗，当年的乌兰花，无论过去和现在，这名字都很动听，有一种传奇性。他们在地图上计算着距离，讨论着路线，计划着每天可以走多少公里。讨论到最热烈的时候，莽河突然抬起了头，望着叶柔不相信地问道："宝，你真行吗？"叶柔脸红了，还没等她回答，莽河自己抢着回答了："没关系，你要真不行，我背你。"

洪景天隐藏起了他的不安，他愿意相信那是一种错觉，他笑着叫起来："我说行了，我都要羡慕死你们了——可惜我请不了假，我也不能像莽河一样说辞职就辞职，我更学不了高更，我不是你们——我要能做你们多好！我要能跟你们一路走多好！"

莽河猛地给了洪景天一拳，"兄弟，别，别说这种话！我们到一处地方，只要有电话，我一定给你打电话。"

"我会给你寄明信片，"叶柔也这样说，"我保证。"

洪景天望着他们，忽然之间有一种做梦的感觉，多年之后，他回忆起这些夜晚，仍然感到那里面有一种奇怪的虚幻感。可它们多美！某一天，一个陌生的诗人，背着简单的行囊，突然来到你生活中，和你谈论诗和爱情，激起你内心的波澜，然后消失。这样的时光，梦境般的时光，如同白云，飘浮在生活之上，供人仰望，所以，它又格外残酷。

那一晚，他们忽然都有了一种不舍之情，为即将到来的分别。洪景天和莽河，不住地碰杯，两个人都醉了。后来连叶柔也加入进来，三个人喝干了两瓶烧酒，叶柔只记得自己呵呵呵笑得很响亮，然后，就什么都不知道了。

二、叶柔的田野调查笔记

清早，洪景天送我们出东门，上路。太阳出来了，但天色黄蒙蒙的，洪景天说："看样子下午要起大风。"

我们说："没事儿。"

莽河说："我们朝东北方向走，顺风顺水。"

洪景天他一直送我们走出很远。

莽河说："兄弟，送君千里，终须一别，回去吧……"

我没敢看洪景天的眼睛，我怕自己忍不住掉泪。我只是回头留恋地看了看平鲁城，凤凰城，我不知道这一辈子还会再来这遥远的小城吗？

莽河突然动情地拥抱了一下洪景天，说了一声："后会有期！"然后，他猛地转身，拉起我的手，没有再回头。就这样，我们上路了。

走出很远，很远，突然，身后传来了"二人台"的歌声，高亢，嘹亮，说不出的悲伤：

> 哥哥你走西口，
> 小妹妹实在难留，
> 手拉住哥哥的手，
> 送哥送到大路口——

我惊住了，是洪景天，我猛地回头，远远地看见他背朝着我们，边唱边往回走。"二人台"特殊的发声方法，使这歌声嘹亮到近乎凄厉，他用这种凄厉的歌唱为我们，不，为莽河送行，这里面，应该有我不能完全了解的东西：男人间的情义，古典的情义，士为知己者死的那种恩义……

我看到了莽河眼里闪过的泪光。

太阳钻到云里去了，我们沉默地走，公路像河流一样，在山峦间跌宕着。爬上一个高高的陡坡之后，莽河站住了，回过身来，朝来路的方向望了很久。其实，从这里，已经看不到平鲁老城了，山遮挡住了它。但我知道他是在看它，在心里看。我也和他一起看，这小城呵，把莽河还给了我的珍贵的小城，还能再见到它吗？

终于，他搂了一下我的肩，说："走吧，宝，我们上路！"

我心里一暖，上路了。这是前人的路，也是我们两个人的。现在，天地之间，山水之间，只有我们，我和他，千沟万壑之中，初起的呼呼的风中，只有我和他。我的手被他攥在手里，叶柔，可以了，这一刻长于百年。

中午，我们来到了一个叫"花家寺"的村庄，风已经很大了。找到了这村中的村长，村长将中饭派到了一户赵姓人家。这家里男人学名叫赵有成，七十一岁了，瘦瘦小小，脑子还很清楚，身体也很健康，刚刚犁地回来。他早年出过口，和村中一个后生做伴，出七墩，到过和林、呼市、武川，给人叼工。最后，在武川县拔麦子时，被傅作义的部队给抓了兵，当时是半夜，他正睡觉，村里人欺生，指认着叫兵们一绳子捆了他。他在傅作义的部队里当骑兵，南征北战，到过河北、甘肃、宁夏，解放军围城时，他正在北京，驻防在西南门一带，傅作义率部起义，于是，他又参加了解放军。三年后，从西北转业回乡，娶了一个寡妇女人。那年，他已经三十八岁了，寡妇给他带来两个孩子，又和他一口气生下五个，如今，老人儿孙满堂。

初来乍到，萍水相逢，有很多事情是没办法深问的，谈起往事、经历，都不过是短短三言两语。艰辛的一生，就如一股淡淡的水，远远流走了，无风、无浪、无声、无息。一路走来，我越来越怀疑，如果没有足够的尊重和敬畏，我有权利闯进人家命运的深处吗？比如眼前这个女人，知道她是再嫁的寡妇，一问，她和头一个男人成亲那年，才虚岁十四！就生儿育女，给人家当起了女人。再问，原来她是被自己的亲姑父领到"人市"上，以"卷席筒"的方式，卖给自家的男人的。

据说，这"卷席筒"买卖人口，是口外一带的旧俗，就是将人用一领席子卷起来，买家可从席筒两头伸手进去，捏捏脚，捏捏腿，摸摸人脸的轮廓，讨价还价……真是骇人听闻！听上去就像是在买卖牲口。我望着已经快六十岁的老人，不知道当初虚岁十四的那个孩子，被一领席子裹卷进黑暗之中的那种恐惧，当无数陌生的、强暴的男人的手伸进席筒摸她、捏她的时候，一个洁白无瑕的身体会感到怎样的羞辱和无助。如今，她脸上带着平静的微笑，三言两语，说着"卷席筒"，就像在说一件遥远的别人的故事。

午饭端上来了，是莜面窝窝和莜面鱼鱼，看来她是个精干的女人，饭做得很细致，蘸窝窝和鱼鱼的调和很香。莜面是雁北一带最主要的农作物，学名叫"裸燕麦"，耐寒。莜面窝窝是一种蒸食，各地叫法不同，在晋中等地，被叫作"栲栳栳"。民歌里这样唱：交城那个大山里，莫啦好茶饭，只有那个莜面栲栳栳还有那山药蛋……说的就是它。饭后给人家饭钱，死活都不收，赵老汉说："笑话，笑话，一顿粗茶饭，哪能要钱！"心里很感动，知道再坚持就是矫情了。莽河说道："大爷，我给你们一家人照几张相吧。"

这提议让大爷高兴。

这家女儿，打扮得像个城里姑娘，很时尚，烫过的头发高高挽起，别在脑后，穿水洗布牛仔裤，是个初中毕业生。吃饭前，一个人趴在炕上练毛笔字，用小楷抄着什么东西。我看了看，原来她抄的竟是一篇小说。我问她："是小说吗？"她点点头，告诉我，作者是她的同学。现在，听说要照相，她转身进了对面的窑里，再出来时，脖子上多了一条漂亮的红纱巾。

莽河给大爷一家拍了许多张。

告辞时，大爷挽留我们，说："住下吧，晚上看戏。"原来村里搭起了戏台，请来了剧团要唱两天大戏，连本《刘公案》。我们当然不能住下，于是，大爷送我们出村上汽路，这时，天已是昏黄一片了。

狂风大作，风卷着飞沙走石，扑打在脸上，生疼，真是塞外的大风，名不虚传，能吹破琉璃瓦。莽河戴上了墨镜，我则用一块纱巾整个包住了头和脸。来到一面草坡前，莽河要给我拍照，大声喊："留个见证！到此一游——"我脸裹纱巾，在风中踉跄着站也站不住，身上的灯芯绒风衣鼓得像风帆一般，而他则根本端不稳手中的相机，那一定是一张对不准焦距的照片，影像模糊，却清晰地摄出了欢乐：它为我们的欢乐立此存照。

那是一条汽路，却不见一辆汽车，一路行来，也几乎没见一个路人。飞沙走石的大风中，只有我们这两个旅人。路盘着山，绕来绕去，一会儿顶风，一会儿顺风。他拉着我的手，顶风时他低头走在我前面，试图用身体为我挡风，顺风时我们则脚不点地似的并肩飞跑……他在风中一边跑一边扯着嗓子号叫似的唱：

"哥哥妹妹走西口——"

傍晚，风终于小了下来。天就要黑了，一个小水库突然出现在眼前，小小的一湾，碧绿安静，湾在干旱枯黄的沟壑间，又温柔，又孤寂。水库后面，是一个小村庄，牛家堡，那就是我们今晚准备投宿的地方。

三、西口，西口

多年后，莽河仍旧能回忆起那些名字：梁家油坊、高墙框、右玉老城、杀虎口……这些貌不惊人的北方边地的普通地名，在后来的时光中，将像文身一样文进他心里，和他如影随形。

那是他们永恒的蜜月。

走进右玉县境，天气似乎一下子转暖了，他们和黄土高原迟来的春天猝不及防地相遇在了这个省份的最北端。公路一直沿着一条叫苍头河的河流北上，河谷里，意想不到的秀丽甚至是妩媚，一丛一丛水柳，这儿一蓬，那儿一蓬，远远看去，一蓬紫，一蓬绿，一蓬鹅黄，竟是江南的颜色；一片一片返青的树林，小叶杨，北方最常见的乔木，却长得异常干净、挺拔，嫩绿的叶片，树干洁白如同白桦。树丛里，"倏——"地一下，闪过了野兔的身影，又一下，则飞过了漂亮的野鸡。喜鹊跳跳蹦蹦在沙洲边饮水，而远处绿茸茸的草滩上，则有人在放牧牛羊。

许久以来，看惯了漫天风沙和寸草不生的荒山秃岭，看惯了孤独的烽火台、残破的外长城这些粗粝荒寒的塞外景色的眼睛，一下子，如同看见了一个梦境。他们禁不住走下了草滩，阳光下，青草生涩、新鲜的腥气如同某种爱抚一般，让他们脚步变得柔软。他们温柔地、小心翼翼地踩着久违的青草，突然间，莽河"嘿——"地大喊一声，一回身，紧紧抱住了身边的叶柔。

"你怎么了？"叶柔吓一跳，慌忙问道。

"没怎么，"莽河小声地回答，"就是想抱抱你——我还没在春天里抱过你……"

叶柔不说话了，她把脸默默地贴在了他暖暖的胸前，一阵鼻酸。

这个花言巧语的家伙啊，叶柔想，一边伸出双臂抱紧了他。他们就这样抱着，在草滩上站了许久，汹涌的草香如同河浪一般使他们晕眩。莽河低下头去，望着叶柔的脸，突然轻声说道：

"叶柔，为什么你总是让人这么心疼呢？"

咩咩的羊叫声，打着战，突如其来地惊扰了他们，一群羊驯顺地从他们身边拥挤着走过。两个小羊倌，一个十四五，一个十二三，手持羊铲，小的那个，用树枝架着行李卷，挑在身后，正好奇地瞪大眼睛，打量着这两个拥抱在一起的男女。

"你们是照相的？"大的那个指着莽河身上的照相机这么问。

他们两人对视一眼，笑了。

被人当作走乡串村照相的手艺人，这已经不是第一次了。就在两天前，他们在公路上碰上了一队驮水的牲畜，十几头毛驴、骡子，浩浩荡荡晃晃荡荡驮着木桶，缓缓从坡上下来，莽河举起相机拍下了这镜头。忽听公路下面的沟底有人大声喊："照相的！照相的——"

那是一户庄户小院，土窑，木窗，紧邻着土崖。干干净净的院子里，晒着粮食。一个年轻的农妇正在向他们招手。

"叫我们？"两人你看我，我看你，居高临下，一时没听明白。

"照相的！下来！给照张相——"

他们一下子笑了，急忙回答说："好嘞——"

于是，他们下到了沟底，来在了人家的院子里。一条极凶的大黑狗，汪汪叫着，被一个小女孩用手蒙了眼。女人抱着一个小孩子，精明地打量着他们，说道："先看看你们的相片，好才照呢！"

莽河冲着女人笑了："大姐，我们照相不要钱，我们用相片换你一个故事。"

女人瞪大了眼，没有听明白，是啊，谁能听明白他在说什么？他望着女人怀里的孩子，问道："是要给这孩子照相吧？我看看，让孩子坐在哪儿？……"他四面望望，然后用手一指摊在地上的粮食，金灿灿芳香的一摊，"这儿不错，大姐，你把孩子放这儿——"

后来，这位年轻冒失的农妇，这位大姐，总算弄明白了他们不是流浪四方的"手艺人"，可他们究竟是干什么的，却始终懵懵懂懂。不过，结局是温暖的，他们给孩子和粮食、女孩儿和大黑狗，女人和窑洞、和石磨碾盘、和窑顶上的枣树、和一碧如洗的蓝天，都拍了照，他们留下了女人的地址，知道了这小村的名字叫"交界"，女人的名字叫"石桂花"。然后，他们就在交界村石桂花家的炕头上，吃了一顿很香很可口的午饭——莜面搓鱼鱼，炒酸菜，羊肉口蘑调和。

还听了一个故事，是关于石桂花的公公，一个赌徒，早年间走口外的故事。

此刻，在这阳光灿烂的草滩上，两个小羊倌见多识广地、好奇地站在了他们面前，说道："你们是照相的？是照相的吧？"

"对，"莽河笑着放开了叶柔，"小兄弟，想照相是不是？"

"照一张，多少钱？"羊倌警惕地、审慎地望着莽河的眼睛。

"不要钱！"莽河爽快地回答。

两个孩子吃惊地瞪大了眼睛。

"不要钱，小兄弟，本来我们是用相片换故事的，你们俩，优惠，故事也免了！"

兄弟俩，你看我，我看你，终于，大的那个想起了什么，问道："你们是记者？"

"算是吧。"莽河信口回答，"来来，站好！——"

于是，照相机镜头对准了这小哥俩，他们身后，是羊，是波光粼粼温暖的苍头河。弟弟蹙着眉头，一言不发，挑着他的行李卷，哥哥则露出一点儿憨笑。叶柔望着他们笑了。

"照片给你们寄哪里呀？"叶柔问那个哥哥。

"中旗，察右中旗，广昌隆公社，黄羊沟村。"这次，抢着回答的竟然是弟弟。

"察右中旗？"叶柔愣了一下，"那是在内蒙古啊！"

"是，是在内蒙古，中旗是我们家。我俩在这里徐村，给人家放羊……"哥哥说道。

哦，叶柔不笑了，她望着这两个小小年纪背井离乡出外打工谋生的小羊倌，这勇敢的让人动容的小哥俩，不知道该说些什么。她想伸手摸摸弟弟的脑袋，又觉得这是个轻浮的动作。许久，她冲着弟弟点点头，

"我们只要碰到能洗照片的地方，就马上把你们的照片洗出来，寄回那个——察右中旗，黄羊沟村。是黄羊沟村，对不对？让你妈妈看看你们现在的样子。对了，小弟弟，你刚才一直没有笑，你是不是应该笑一笑？让你妈妈看了高兴和放心？来，我们来重拍一张，拍一张快活点儿的，怎么样？"

这一次，面对着镜头，弟弟笑了。黑黑的小脸，风吹日晒粗糙的小脸，一笑，犹如万物花开。笑容在他动物样洁白的牙齿上闪烁着，流光溢彩，一个妈妈看到出门在外的小儿子这样的笑容，一定又骄傲又伤心。

如今，他们竟然真的站在了这个叫"察右中旗"的地方。

时间是在半月之后，天气已是晚春的天气，河套平原上的太阳在正午时分已经让人感到了几分灼热。从杀虎口出来，他们最终还是选择了乘汽车直奔呼和浩特。因为在杀虎口，莽河生病耽搁了一周的时间。抵达杀虎口的当晚，莽河半夜里发起高烧，止不住地泻肚子，腹痛如割，急性肠炎也许是痢疾改变了他们预计的行程。这是此行中最让莽河感到沮丧的地方，从平鲁老城到杀虎口，两百多公里的跋涉居

然就放倒了他这样一条一米七八的汉子！他躺在小镇的卫生院里输液，叶柔安静地、片刻不离地守在他的病床前，为他擦汗，扶他上厕所，操心着液体的滴速，做着一个看护该做的一切。他躺在那里，一遍一遍地重复着同样的话：

"真该死，我要是不喝那瓶啤酒就好了，一定是那瓶啤酒有问题！"

"可能。"叶柔回答。

"我当时就觉得不对劲，那么浑浊。"

"是，你是说了。"

"那你为什么不拦着我？"

"对不起。"

他一遍一遍地问："你为什么不拦着我？"她则耐心地、抱歉地一遍又一遍地回答："对不起，对不起……"好像一切都是她的错，都是因为她没有阻拦。其实，他和她都明白，他要说的，不是这个。

几天后，他病愈了，但严重的腹泻使他消瘦脱形。这期间，叶柔借用镇政府的电话和导师联系了一次，导师要她在某日之前返校，也就是说，这个日子，比原计划提前了一些。这样一来，他们不得不改变那个在河套平原漫游的计划了，只得改乘长途汽车登程上路。

离开杀虎口的前一天，黄昏时分，他和她爬上了山坡上明长城的遗迹，默默眺望着脚下的城池、远处的群山。从前，这是古长城上最重要的关隘之一，唐时称它白狼关，宋时叫它牙狼关，是兵家扼守的要塞。清代以后，这里遂成为通往口外，通往河套平原、蒙古高原乃至更远的地方——大库仑（乌兰巴托）和俄罗斯西伯利亚的重要通道。现在，从山西开往呼和浩特的长途汽车，仍然要从此口经过。

古长城早已残破不堪，坍塌了，但有些地方仍然能够看得出它顽强的不屈不挠的孤独的蜿蜒，最后的蜿蜒。残阳如血，是一天中最忧伤的时分，那一点依着山势残存的痕迹，就像长城的遗骨、遗骸，像它的幽魂。叶柔抚摸着土质的残墙，突然有一种强烈的悲怆与不舍。莽河伸手搂住了她，他们就默默地站在长城的遗骸之上，看着夕阳一点一点坠入群山。平生第一次，他们看到了一个壮美的长城落日。

"真美!"叶柔叹息似的轻轻说道，"杀虎口，再见了，——"

天色就要黑下来了，这时，莽河突然没头没脑地说了一句："对不起——"

叶柔回头看他。

"对不起，"莽河不看她，他眼睛望着渐渐沉入黑暗的山峦，"这些天，你跟我说了那么多对不起，其实，该说对不起的，是我……叶柔，谢谢你——"

叶柔无声地笑了，没有回答。

"你怎么不抱怨呢，叶柔? 我那么不讲理，像小孩儿似的胡搅蛮缠，任性。"

叶柔望着他轻轻摇摇头，"莽河，告诉你一句话，男人不会成熟，只会变老。"

他猛地回头，瞪起了眼睛。

她笑了，"这不是我说的，是一个叫保尔·艾吕雅的人说的，是你们诗人自己说的。"

他也笑了，更紧地搂住了她纤弱的小肩膀，那纤弱总是给他一种错觉，以为稍用些力气就能使它散架。可其实它是坚韧的，有担当的，宽厚的。病中，有许多昏昏沉沉朦朦胧胧的时刻，在异乡昏暗的灯下，他以为是母亲的手在抚摸他，为他做着那些琐碎而吃力的、亲昵又温暖的事。

"你烧得迷迷糊糊的时候，一直叫'妈——'"叶柔温暖地说，"像个孩子。"

月亮升起来了，是轮大月亮，清澈，皎洁，无限明净。起了山风，月光下的山风，浩荡而缠绵。这是属于"口内"的最后一夜，长城、关隘，明天一早，就要和这一切告别。他们在风中拥抱着站了一会儿，叶柔说道：

"一千年前，我肯定来过这儿……莽河，你信吗？"

"我不知道，"莽河老实地回答，"叶柔，我不知道。"

她宽容地、宽厚地笑笑。

"一千年前／一个今天的姑娘站在唐朝的山巅／他们合谋掩埋了一个秘密——叶柔，这是一首诗的开始。"莽河说。

叶柔心里一暖，是啊，那是一个什么秘密呢？为什么她对这样一个荒凉的、非亲非故的异乡，一个从没到过的地方，这么依恋，这么动情？为什么对于"迁徙"这样一个受人冷落的题目这么热情和痴迷？她不知道，也许，永远不会知道，但她的脚曾一尺一尺地亲近过、穿越过这片土地，在二十世纪八十年代中叶，在交通工具已经很发达的时代，她选择了最古老的方式向这土地表达了她的敬意，这如同一个生命的仪式。

第二天上午，从右玉县城开来的长途汽车，将他们载到了呼市。在那里，他们搭乘一辆顺路的卡车，来到了乌兰察布盟盟府所在地集宁市。叶柔的导师有个学生，在这里的师专教书，他负责接待了他们，并建议他们去察右中旗。因为那里从口内出来的山西人很多，而且，开发后大滩的时间要早于他们原来的目的地——四子王旗。

就这样，他们来到了两个小羊倌的故乡。

中旗，过去叫陶林，这是一个他们从沿途乡亲们嘴里早已听熟的名字，它几乎挂在每一个出过口外的老乡嘴上，有太多和他们命运相关的故事发生在这个地方。导师的学生为他们介绍了几个本地的朋友，在文化馆或学校一类的地方供职。朋友告诉他们，从前，更早一些的时候，陶林不叫陶林，叫科布尔。科布尔是蒙语，什么意思？一个姓王的朋友说，科布尔就是"蓝色的湖泊"，而另一个余姓朋友则说，科布尔意即"软绵绵"，因为这里到处是沼泽，还有一层意思，在放牧的时代，这里的羊从来不剪羊毛，由它自己脱落，脱落的羊毛使这里变成一个绵软的世界。

总之，这是一个丰美的地方，草肥水美，牛羊肥壮。

起初，他们是从姓王的朋友那里，听说了"义兴全"这样一个名字，他们一边喝酒一边听老王讲家史，老王的祖父，早年间，从山西定襄出口谋生，从推车挑担做起，终于在离科布尔镇十几里的地方，开了一个商号"义兴全"，经营布匹、马群。后来，跑马圈地，雇人耕种，渐渐地，就有了一个叫"义兴全"的村庄。

这让叶柔心里一动。

"王老师，"叶柔开口问道，"有个'广昌隆'乡，也是一个商号的名字吗?"

"对，不错，"老王回答，"科布尔有很多村子，都是叫商号的名字，像广昌隆啊，广益隆啊，义兴全啊，都是。"

"为什么?"叶柔忙问。

"当年，这些村子，都是商号的地庄子呀。那时候科布尔还是牧区，无人耕种，传说它有九十九个海子，草鲜水好，到夏天，草长得没住人腰。咱山西商人，以商号的名头，在这里跑马圈地，买下地庄子，再雇口内的老乡，来这里开荒、耕种，种麦子，种谷子，当然也种洋烟，也就是罂粟。有人春天来，秋天走，有人就落住了脚，在这里栽根立后，这里，就有了一个一个农耕的村庄，有了一代一代种田的农民，有了鸡鸣狗吠，有了口内所有的一切，后大滩就这样被开发了出来。"

哦! 原来是这样，叶柔突然激动起来。那是叶柔第一次探寻到了"山西商人"或曰"晋商"这样一个特殊的群体，探寻到了这样一段在正史中从来未着一字的历史。她很兴奋，在中旗的街头四处游荡，想寻找到这些商号的痕迹，寻找到一个可以触摸的历史的入口。当然，她什么也没找到。

太阳沉落了，一天就要结束了，在一条小巷口，她和莽河碰到了一班乡下来的"鼓匠"，远远地，他们就听到了鼓匠的吹打。原来，巷里有人家殁了人，请来了广昌隆乡小东滩的鼓匠班子守灵发送。他们站在看热闹的人群里，唢呐嘹亮高亢，又快活又哀伤。看热闹的人评点着说："比街上的班子好！"叶柔和莽河这两个外乡人，也不知道这"街上的班子"是指哪一家。

鼓匠们吹打的，是晋地的民歌小调《想亲亲》《割洋烟》，还不断地有人在一旁点曲子，说："吹段《走西口》——"果然，唢呐一顿，转了调，凄厉得如同一个女子的叫板，《走西口》来了。

"哥哥你走西口，小妹妹实在难留……"

唢呐哭着，喊着，是晋地那些名叫翠莲、桂花、翠英、桂梅的女人们几百年来的哭诉，一代一代的翠莲、桂花们，一茬一茬的翠英、桂梅们，站在她们家乡的崖头、村口，朝着黄尘大路，朝着苍天喊叫。晋地女人们哭破了嗓子，眼泪流成了血河，于是，长草的地方有了庄稼，有了村庄，有了商号，有了几个男人的功业。

唢呐真是个好唢呐，它朝人心里钻。叶柔流泪了。

第二天，他们乘车来到了广昌隆乡。

四、墓志铭

车停在黄羊城时已是傍晚七点钟。从呼市开来的长途汽车，一路风尘卸下了他们，这里，就是广昌隆乡了。暮霭中，四野显得苍茫辽阔，远远一脉平缓柔和的山坡，围着大片青青的麦田。只有银弓山，

241

苍青峻伟，在平缓的山背上忽然划出极奇特突兀的曲线，幽幽的，黑黑的，神秘安静。据说银弓山里蕴藏着墨金。

太阳一点一点地从银弓山上栽下去。

黄羊城没有旅馆，他们找到了"公社"也就是广昌隆乡政府，准备投宿一晚。不巧，这天，乡里来了一群大人物，盟里的副盟长，旗长、以及一大批随从，到这乡里视察。乡里的上上下下，忙得谁也没有工夫看这两个年轻人一眼。他们只好走了出来，重新站在了公路边，两人你看我，我看你，笑了。

"他妈的，我要是省长就好了。"莽河耸耸肩膀。

"多可惜呀，你不是，"叶柔学他的样子也耸耸肩，"诗人，这里离黄羊沟村有多远？"叶柔问道。

"从地图上看，怎么也有十多里。"莽河回答，"你想赶夜路？"

"你不想？"叶柔反问。

"有狼。"莽河吓唬她说。

"反正露宿旷野也是喂狼。"叶柔嫣然一笑。

莽河也笑了。奔波了一天，又累又饿，再赶十几里夜路，他真是怕叶柔吃不消。"我说，你行吗？"他问叶柔。

"有你呀，"叶柔回答，"走不动，你背我！"

多年之后，莽河常常想起这句话，这是叶柔跟他说过的唯一一句撒娇的话，小女人的话。这一路，千辛万苦，住过最破的破窑，盖过黑乎乎最脏的破棉被，受过各种冷眼，经历过酷烈的风吹日晒，可是，她从没有跟他撒过娇，她也从来没有跟他说过累、饿，或者哪儿哪儿疼、痒，难过……好像她纤细好看的身体不是一具肉身，不是一具血肉之躯。这让他讶然，那时，他以为这具身体是远比常人坚韧的，柔韧的，受着神格外的庇佑，是一具金刚不坏之身。

他们回去和乡政府的看门人打听清楚了方向，就上路了。路是一条大路，坦途，洒满月光。月不是满月，是半轮月亮。抬起头，满天的星星，有种慑人的绵密和静。夜风吹来麦苗新鲜的香气，麦田里，远远地，这儿一盏，那儿一盏，亮着灭虫的黑光灯。

"半个月亮爬上来，咿啦啦，爬上来——"莽河突然放声唱起了这支关于月亮的歌。

"照着我的姑娘梳妆台，咿啦啦，梳妆台……"叶柔也小声地合唱。

"月亮出来亮汪汪，亮汪汪，想起我的阿哥，在深山——"莽河又唱起了另一曲月亮的歌。

"哥像月亮天上走，天上走，山下小河淌水，清悠悠……"叶柔又小声地跟上了下半段。

他们就这样走着，唱着，一支接一支，唱着天上的这轮月亮，千年万年的这一轮月亮，原来世上有这么多关于月亮的歌，中国的，外国的，从前的，今天的。唱着唱着，莽河忽然住了口，他跨到了叶柔的前面，弯下了身子，说道：

"来，上来！"

叶柔莫名其妙，"干什么？"

"上来呀，"莽河回答，"你不是说，走不动了，让我背你吗？"

"我没走不动啊！"

"你就是走不动了！"

"我没有！"

"就算你走不动了，行吗？"莽河回头，望着月光下她的眼睛，那眼睛深、黑、安静。他们对视了片刻，叶柔有些羞涩地笑了，"就背一小段。"她说。

他真的背起了她。

他背着她，走在洒满月光的公路，清香的公路。夜很壮阔，他们很小，很亲。她伏在他背上，像在方舟上摇晃。他们走得又沉默又温暖。

"莽河——"她轻轻叫了他一声。

"嗯?"

"跟你说实话，我是走不动了。"

"那你为什么不早说?"

"好多时候，我都走不动了……走不动的时候我就想，不怕，有莽河呢，我倒下了，他会背我……"

"可你一次也没跟我说过，你一次也没让我背过。"

"你这不是在背我吗? ……你真有力气，哥。"

这平常的一句话，不知为什么，差点让莽河掉泪。一句话从他嘴里脱口而出:

"叶柔，你愿意一辈子这么走下去吗? 和我?"

终于，他说出了那个词，那个禁忌:一辈子，或者，永远。他许诺了，海誓山盟了。他自己似乎也被这许诺惊了一下。

良久，叶柔叹息似的说了一句: "哥，别说这样的话，我会当真的。我不要你的一辈子——"

"那就三生三世。"他说。

她搂紧了他，把她的脸紧贴在他的脖子上，慢慢地，有热乎乎的东西濡湿了他的脖子。这无声的流泪让他说不出的心疼和感动，他不知道她身上为什么会有一种不明就里的原始的哀伤，对了，是原始的哀伤，那是她身上最打动他的地方，那里有一种神秘的力量。

那晚，他们在近九点的时候终于敲开了小羊倌家的大门。差不多一村的狗都叫了，第二天一早，一村人都知道张七十一家昨晚留宿了客人。

张七十一是两个小羊倌的爷爷，六十出头，关节炎让他走路一瘸一跛。他爷爷七十一岁那年他来到人世，于是"七十一"就做了他的名字。两年前，他自己的儿子，也就是小羊倌的爸爸，在口内背窑被砸死，老伴儿生病拉下了饥荒，不得已，才让自己的两个小孙子去口内给人家放羊。

小羊倌们的娘，胡冬姐，捧着儿子的相片，两手直哆嗦，眼泪扑簌簌落个不住。

因为这几张照片，他们两人，就像传说中传书的柳毅一样，被张家一家人奉作了贵客。胡冬姐给他们捅火做饭，擀面条，摊鸡蛋，炝葱花，吃了，喝了，又从邻家新结婚的新娘子那里，借来了两床新被褥，那被褥又松软又沉实，散发着新棉花的香味，太阳的香味。莽河睡在羊倌兄弟住过的小屋，叶柔则和胡冬姐睡在一条炕上，他们睡得十分安稳、安心、香甜。这是一路行来，他们盖过的最干净清香的棉被，最温馨有情义的棉被。

第二天，早饭后，他们就听张七十一给他们讲村史和张门一族的故事。当年，这里还是牧区，张七十一的老老爷爷，一个名叫张善的后生，从晋地老家忻州东红院来到了这里，先是给人家地庄子上垦荒，后来，慢慢地，从东家手里买下了荒地，于是，黄羊沟村就有了张家自己的土地。

那时，说不好是哪年哪月，官家放地，买家骑在马上，纵马飞奔，马跑不动了就是自家地庄子的边界，可以想象那辽阔。种不过来，再转手卖出去。张善和兄弟张良一咬牙，打下饥荒，从广昌隆手里毅然买下了荒地，拿绳子一牵，从此，地姓了张。那地，蒿子长得有一房高，像麻秆，黄羊成群，在白茅草中奔跑时自由而矫健。弟兄俩搭起茅庵，在地上深深挖一个坑，上面盖上蒿秆，这就是他们最初的家。

夜晚，他们在狼嗥声中入睡。草原上的星空，美不胜收，那是和他们无关的美景。

地一锹一镐地开垦出来，依照时令，种下了小麦、大麦、莜麦，种下了菜籽、胡麻和山药，当然，还有洋烟。洋烟开花的时候，这里就成了花海。

一年又一年，这里成了一座村庄，盖起了房屋，养起了牲畜，娶来了女人。于是，洋烟成熟的时候，男人在前头割，女人家在后头抿。女人生下了儿女，儿女长大了，又迁来了别姓的人家，姓李的，姓杨的，姓于的……于是，盖起了更多的房屋，养起了更多的牲畜，娶来了更多的女人。鸡鸣狗吠，炊烟升腾，村名却还是原先的地名——黄羊沟村。只是，这里再没有了黄羊的影子。

有人烟的地方，自然就有兴衰的故事，说来，这小小的村庄，也有过"张塌李发"的典故。和所有败家的原因差不多，张家某位家主，抽洋烟抽败了家，李家本是张家的长工，长工和东家，闹了个结拜，东家卖地，长工买，于是，张家塌，李家发，三十年河东，三十年河西，李家成了黄羊沟村的首富。最兴旺的时候，李家有大牲口百多头，十六七犋牛，土地连成了片，套上牛一气就犁到东山上。柴火垛垛得像座山，居然掏了个洞，安了碾盘做磨坊，有一年着了火，大火整整烧了两个月！发了家，自然要起屋盖院，房子上筑起了炮台，养起了家兵，为的是防土匪。

然而，尽管张家败了家，可远近人说起黄羊沟村，还是说，那是张家的原占。

从张善、张良到张七十一，张家在黄羊沟村，已经是第六辈人。

有一年，那已经是解放后，张门族中，一家出一块钱，尺半布票，请人画了张氏家谱。这家谱后来让人烧了。如今，毁灭的家谱上那些拓荒的先人们，没有回到故乡晋地，而是长眠在了这里。

正午的太阳，明晃晃地照耀着这片叫"西坡"的地方，连天接地的空旷之中，五个坟包簇拥着，联手比肩，肃立在万里无云的青天之下。远处缓缓的一面山坡，耕过却没有播种的土地像金子一样静静流泻下来，四周，都是这样没有播种的寂静无声的土地，金子般的土地。五个坟包，被这一大片明晃晃的空旷拥抱着，挤压着，小小的一簇，说不出的孤独。五个坟包，除了摇曳的荒草，没有任何标记，无碑，无字——这就是张家老坟。

阳光下，莽河和叶柔这两个外乡人，被这深不可测的无字的坟深深震撼了。他们不知道，这坟里，哪一座掩埋着创业的张善张良，哪一座掩埋着败家的那位先人。死是如此孤独的事，即使所有的亲人都聚集在一起，相濡以沫，也无法抵御这巨大到无边无际的虚无。无遮无拦的阳光下，它是如此的触目惊心。刹那间，悲情和正午的阳光一起，涌进了他们的心里。

他们在这萍水相逢的拓荒人坟前盘桓了许久，后来他们就坐在了坟的对面，坐在明亮的、已经有些灼人的阳光里。那是莽河一生中最明亮的一个中午，极目望去，四周的世界没有一点儿阴影，没有树、庄稼、房屋。静极了，似乎天地之间，只有他和她，和这些坟。甚至没有鸟鸣，也听不到远处村庄中的任何声响。天是那种澄明到让人伤心的碧蓝，偶尔飘过的云朵，就像是天空的灵魂。

"叶柔，"莽河伸出臂膀搂住了叶柔的肩头，"假如，我死在你前面——我当然要死在你前面——你在我的墓碑上，就写：一个天真的人，长眠于此，生活过，爱过，诉说过……"

"好的。"叶柔点点头。

"咦？你怎么不抗议？说要死在我前面？"莽河扭头望着她说。

她笑了，"我不，我要死你后面，你这么多情，我不放心你。"

"好啊！我还不放心你呢！我可不愿意你'再醮'——不行，我要死你后头了，我要给你写墓志铭，你说，你墓碑上写什么？"

"不知道，"她回答，眼睛望着面前的坟包，不笑了，"莽河，躺在坟墓里，能听见亲人说话吗？"

莽河愣了一下，不知道怎么回答这样一个浅显、幼稚的问题。

叶柔转过了眼睛，望着莽河，"要是有一个墓碑，有一个我的墓碑，就写：生者可以死，死者可以生——"

这是汤显祖的话，莽河知道，那是对《牡丹亭》的注解："情不知所起，一往而深，生者可以死，死者可以生。"此时，不知为什么，这句话听来让他有些心惊。

叶柔抬眼望着辽远的、如洗的碧空，自语似的说道："在这样的天空下，人是相信有灵魂这件事的，真美。"

那一天，由于没有顺车，他们就在黄羊沟村多停留了一晚。

张七十一打发儿媳去邻村割来了新鲜羊肉，给他们包羊肉胡萝卜饺子。黄昏时分，莽河从村里唯一的小卖部里买来了白酒、啤酒、午餐肉、五香带鱼等罐头，给小羊倌两个小妹妹买了糖果糕点。晚上，他和七十一老汉就着羊肉饺子，开怀畅饮，喝了白的喝啤的。叶柔坐在一旁，和冬姐拉家常，两个小姑娘围在她身边，她用剥开的糖纸给她们折小人儿，那小人儿花红柳绿，个个都穿着十八世纪欧洲的大裙子，排成一排，却各有姿态。

那是愉快的夜晚，酒香、羊肉的膻香、山西陈醋的浓香，还有女孩儿们的欢笑，在这经历过创伤的贫困的家里飘荡着，绕梁三匝。胡冬姐不时地背转身去悄悄拭泪，昏暗到暧昧的灯光下，她望着有了醉意的公公、笑靥如花的女儿，觉得这是一个梦中的夜晚。

深夜，叶柔突然被剧烈的腹痛疼醒了。一切来得如此突兀，毫无征兆和预料。那是一种陌生的、黑暗冰冷的剧痛，她在炕上缩成一团，死死咬住嘴唇，不让自己呻吟出声。她不想惊动人，想忍到天亮，但是突然之间，一股腥热的热流，呼地一下，从她的体内奔涌出来，随着那不祥的热流，她喊叫了。

他们找来了一辆拖拉机，送她去乡里的卫生院。他们把她裹在那床借来的棉被里，被子已经成了一床血被，莽河紧紧抱着她，她在他怀里发着抖，拖拉机突突突颠簸着，他不停地、不停地叫着她，他说："叶柔，叶柔，叶柔——"她闭着眼睛，意识随着汩汩的热血渐渐流出了体内。拖拉机快到目的地的时候，她突然清醒了，睁开了眼，望着莽河，安静地、温柔地、无力地说了一声："哥，别怕……"然后就温暖地笑了。

那一夜，卫生院没有人值班，锁着门，黑如深渊，拖拉机继续突突突朝着旗里赶，莽河抱着几近透明的叶柔，仍旧不停地、杜鹃泣血一般叫着那个名字，唯一的名字。他不知道自己的声带已经真的叫破了，满嘴都是血沫。他说："叶柔，叶柔，叶柔，我不怕，我不怕，你也别怕……"他重复着这一句话，他始终觉得她在微笑，尽管她的身体已经越来越冷，越来越冷。等到他们赶到医院急诊室的时候，她不再流血，她的血流光了。

宫外孕。

宫外孕引发的大出血。

他一点儿不知道她怀孕，她自己也不知道。

他们用一床白被单盖住了她，盖住了她血迹斑斑的挣扎过的身体，盖住了她透明的、微笑的、好看的脸，他们试图用白被单藏匿起她，像变魔术一样让她从这人间消失。他愤怒了，疯狂了，他怒不可遏地扑上去，一拳打倒了护士，阻挡着要把她带往太平间的那个白色的推车；他扑在她身上，一把扯掉那个诡谲的、罪恶的白被单，嘴里仍旧不停地叫着那个名字，唯一的永远的名字："叶柔，叶柔，叶柔，我不怕，我不怕，你也别怕……"然后，他跪下了，一口血从他嘴里喷涌而出，他面目狰狞地倒在了车前。

叶柔死了。

大地上，一定有一处教堂，在这个时间唱着一首颂歌，"走吧，走吧，到天国去吧……"

第五章：真相

一、死于青春

小船三岁那年，一九八六年，某一天，陈香在新华书店看到一本新诗集——《死于青春》，作者是莽河。这本诗集还有一个副标题："献给我的爱人。"她把这本薄薄的、散发着油墨香味的小书打开了，扉页上有一张照片，一张作者像，背景是边地的烽火台，一个陌生的男人坐在残墙上，凝视前方。

一个陌生的、从没有见过的男人。

陈香脑子里"嗡——"的一声，她想，我看错了。她合上书再去看封面上作者的名字：莽河，没错，刀刻斧凿的两个字，一笔一画，触目惊心。愣了片刻，她想起去看作者简介，也许是一个同名同姓的什么人。但，简介告诉她，这就是那个莽河，写《高原》的莽河，说"你是天地的弃儿"的那个莽河。

唯一的莽河。

她蒙了。

四月的春风中，浑浑噩噩的春风中，她走出了书店。半小时前，也许，十几分钟前，她走进这家书店的时候，世界是明媚的，生活是明媚的。此刻，当她走出书店的时候，生活在顷刻间变成了噩梦。

250

她茫然地、如同一个空心人一样走在街上，没有方向，不辨东西，不知道自己要往哪里去。她走、走、走，无数的行人与她擦肩而过，无数的罪恶、伤害、欺骗与她擦肩而过，城市巨大而邪恶，她被一种邪恶的气味熏得摇摇欲坠，站不稳脚跟。在一个公共汽车站旁她终于倒下了，倒下的那一瞬间，她看见了丁香树。

四月，一城的丁香花都开了，那是她的花，她生在丁香开花的季节，所以她叫陈香。

人们叫来了救护车，把她送进了附近的一家医院。医生从她身上发现了工作证，给学校打去了电话。老周那些日子刚巧在外地开会，不在家，于是，匆匆赶到医院的人是明翠。那时，陈香已经苏醒过来，初步检查的结果，没有发现什么器质性的问题。明翠冲着她夸张地大叫道：

"陈香，你吓死我了！你怎么昏倒了？"

她拒绝了医生留院观察的建议，和明翠一起走出了医院。明翠用自行车驮着她走在春天的大街上。她沉默着，不回答明翠的任何问话。后来，明翠也沉默了，明翠隐约意识到陈香遇上了一个大问题，一个她们都不知道怎样面对的残酷问题。在暧昧的丁香的香气中，她把陈香送回了家，安顿她躺下，对她说道：

"你好好休息，一会儿，我去幼儿园接小船，我先把他接我家里。"

陈香一震。

小船，这名字，让她战栗。这是她此时此刻最最恐惧的一个名字，她想逃离的一个名字。她缩在被子里，发着抖，感到了一种彻骨的寒冷，就像赤身裸体浸在了冰窟之中。昏昏沉沉的，她睡着了。那是一种她从没沉入过的深睡，很深，很黑，如同死。她不知道自己这样如死般睡了多久，当明翠叫醒她的时候，灯光晃着她的眼睛，天黑了。

明翠说："我熬了点粥，你起来吃点儿。"

"几点了？"她问。

有一刹那，她不记得发生了什么，不记得这个晚上和平常的夜晚有什么不一样。但这仁慈的混沌仅仅只是片刻，一分钟，只听明翠回答道："十点多了，小船已经睡了。"

小船！她闭了下眼睛。

"你走吧，我困了。"她对明翠说。

明翠张了张嘴，她想说，你刚睡了那么久。可她还是把这句话咽了回去。陈香脸上，有一种她从没看到过的冷漠和充满恶意的、敌意的疏远，让她觉得她们之间就像是两个陌路人。

明翠忧心忡忡地走了。

陈香坐在床上，望着对面的那张小床，松木的，曾经散发着松脂香，那么清新，那是他们亲手缔造的幸福的象征。一只只精巧的、只刷了清漆的栏杆，裸露着美丽的木纹，如同生活一般恣意和性感……现在，四周的栏杆被卸了下来，看上去加长了，变成了一张普通的小床。小船——就睡在那上面，长大的儿子睡在那上面，可是，他是谁的儿子？

冷汗呼地一下爬上了她的脊背。她盯着那床，抑制不住的寒战使她的牙齿得得得撞击出冷酷的声响。你毁了一切，她想。多么龌龊，她想。你是谁？是谁？是谁？可是，不管你是谁，我已经像没有办法拒绝我的生命那样拒绝你了，拒绝羞耻、欺骗、伤害，你将和我一起永在，好，她冷笑了，那就让我们同归于尽。

她站起身，抄起一只枕头，木棉的大枕头，散发着南方和太阳的气味，明媚的气味，她喜欢让枕头在太阳下晒得如同白云般松软，她抄着松软的枕头来到小床前，现在，它是一件凶器了。她赤着脚站在床边，他沉沉地睡着，额前一缕头发妩媚地搭在他的眼角，这妩媚、

252

这肉体的气息让她憎恶，她盯着他，紧紧紧紧盯着，呼吸急促到像是要窒息。就在这时，非常奇异地，他突然睁开了眼睛，安静地、成熟地望着她，那眼神一点儿也不像一个孩子。他说："妈妈——你干什么？"然后就毫无痕迹地合上眼睛、像从来也没有睁开过似的又睡着了。

也许命运的眼睛真的睁开过，也许，那只是她的幻觉。

她像被电光一击，猛醒了，天！陈香你在干什么？她突然瘫软了，身子出溜下来，枕头落在了脚下，苍天，上帝，神，你在干什么？那是你的儿子，你仙草般的儿子……她扑在了她儿子身上，小船的身上，把脸埋在了孩子熟睡的芳香的身体里。上帝，你干了什么？她像发热病一样打着寒战，剧烈地哆嗦，泪如雨下，可怜的孩子啊，对不起，对不起，对不起，她在心里对他说了无数个对不起，可她知道，她永远永远对不起这不幸的孩子了。

她将永远不敢再去看这孩子的眼睛。

她跳起来，冲进厨房，那是她刚刚拥有的一个厨房。年初，他们才搬进了这个旧旧的小单元里，两居，没有厅，可历史性地结束了在筒子楼黑魆魆的走廊里做饭烧菜的那份草率和局促。她爱厨房，在这个城市的人还都没有"装修"这概念时，她就尽最大可能布置了这个六平方米的小小空间，使它看上去朴素、洁净而温暖。此刻，它在黑暗中熟睡着，墙壁上有幽幽的冷光在闪，铁腥气的冷光，那是挂在那里的刀具。她冲进来，轻车熟路地直奔它们而去，那都是她用顺手的、服帖的、亲爱的利刃。

她摘下一把西式的餐刀，平日，她用它来杀鱼，尖而锋利，她毫不犹豫地用它切开了自己的手腕，噗的一声，血肉分崩原来是有声响的。她把刀一丢，月光下，划过一道华丽的银光，随后她闻到了血的热腥气。她笑了。去死吧陈香，我杀了你。

253

二、折磨

大约在半年前，明翠去北京某大学参加一个研讨会，一天傍晚，她在海报上看到一则消息，诗人莽河要在这天晚上来校园里举行讲座，主办单位是中文系学生诗社。

久违了，她想。

她去听那个讲座了。她想听听他说什么，她不知道他是否还记得那个内陆小城，那个校园的河边，那个……姑娘，他大概做梦也不会想到，那个初夏，他在别人的城市别人的生活中留下了什么。

可是她傻了。她看到阶梯教室的讲台上完全是一个不认识的人，一个陌生人。她问身边的同学，说："不是莽河的讲座吗？还请了别人？莽河呢？"同学有些奇怪地望着她，说道："那不就是莽河吗?!"

原来有一个他们生活之外的莽河。

真正的莽河。

那是让她崩溃的一晚。她逃出了会场，一个人在黑夜的校园里坐了很久很久。她哭了。生活为什么要这样伤害陈香呢？伤害一个对世界充满善意的女人？她是那样壮烈地、义无反顾地要用一生来践行一个浪漫而严肃的悲剧，结果，却落进了一个最荒唐且充满恶意的闹剧之中。

她不知道该怎样面对这一切，面对陈香。

回到他们的城市，犹豫再三，她还是把这件事告诉了老周。她不是一个能独自承担这样一个大秘密的人。她对老周说："怎么办呢？老周，我们该怎么办？这件事，要不要让陈香知道？"

老周摇摇头："她迟早有一天会自己发现的，还是让她自己发现吧，要是从我们嘴里告诉她，她会更受不了，那会摧毁她。"

"是啊，"明翠回答，"可就算是她自己发现，她还是会崩溃。"忽然，她奇怪地望向老周，"咦？奇怪呀，我告诉了你这样一个惊天大秘密，你怎么一点儿也不吃惊？我哭了整整一夜，觉得天都塌了！"

老周淡淡一笑："其实，我早知道了。有一次翻一本杂志，偶然看到了莽河的照片……后来我为了证实这个，去省图书馆翻阅了所有的期刊、所有和他有关的书，还有资料，前几年，杂志刊登照片的不多，近来才多起来了，不过莽河的照片还是不多见——但愿永远不要让陈香看到，上帝保佑吧。"

明翠惊奇地瞪大了眼睛，"天哪，你的心可真深，能装下这样的秘密！"

老周回答："装不下又能怎么办？我能告诉谁，小船的爸爸是个冒名者，是个赝品？"悲哀涌上了他的眼睛，"那个混蛋，他不知道自己都干了什么——"

他们沉默了，那是一个他们谁也无能为力的难题，那是一个耸立在前路上的险关，一个终将伤害到他们的陷阱。只不过，他们都存了一点点、一点点侥幸：或许有一条岔路可以让他们绕过那个凶险，或许，神会怜悯他们，怜悯那个孩子，赐给他们奇迹。

阳光没有表情地照耀着他们。

听到陈香昏倒的消息，起初，明翠并没有往那个她最害怕的地方去想，大学四年，有一次体育课上，陈香也曾经在做俯卧撑的时候突然昏厥了过去。但是接她回家的路上，明翠开始觉得不对劲，越来越不对劲：她的沉默里有一种可怕的东西。明翠想，天哪，该来的还是来了。

从幼儿园接回两个孩子，小船和壮壮，做晚饭，给他们讲故事，给陈香煮粥，然后带着粥和小船一起回家。做这一切的时候，她心神不宁。老周去外地开会了，不在家，没有一个人可以和她分担不安。

她哄睡了小船，叫醒了熟睡的陈香，陈香莫名的敌意证实了让她恐惧的那个猜想。再次从那里出来的时候，夜已经深了，她惴惴地回到家，惴惴地坐在灯下。书桌上，杂乱地摊开着她的教案、丈夫没写完的文章，还有他的"三五牌"香烟。破天荒地，她从那烟盒中抽出一支，点燃了，深吸一口，居然从鼻子里幽幽地吐出了一缕烟雾。那是她此生第一支烟，慌乱中抓住的一点支撑。第二口，她就没有那样的运气了，烟呛出了她的眼泪，她一阵咳嗽。

这将是一个不眠之夜。

睡梦中的儿子，突然喃喃地喊了一声："妈妈——"这喊声不知为何让她觉得心惊。不行，她想，这样不行。她腾地站起身，重新走出家门走出楼门来到陈香的家门口。她站在房门前聆听着，里面很静，太静了，这寂静让她扑通扑通心跳。她摸出了钥匙，她和陈香为了接送孩子的缘故，互相拥有对方家的钥匙——谢天谢地她有钥匙，她毫不犹豫地用钥匙打开了房门，推门的一瞬间，她就闻见了那不吉祥的气味，强烈邪恶的气味，事后，她明白了那是扑面的血腥气。

陈香倒在厨房的地上，倒在一片血泊中。

血还在流，流得缓慢而温柔。

在缓缓流淌的血河旁边，小船仍旧睡得很沉。

老周赶回来时已是第二天傍晚，他在火车上整整站了二十八小时，回到了他的城市，他直奔医院，在病房门口看到了明翠，明翠对他说："谢天谢地！我有你家钥匙。"说完，明翠就哭了。

"她怎么样？"他哑着嗓子问明翠。

"输了血，救过来了，"明翠说，"可是很不好。"

他轻轻搂了一下明翠的肩膀，"多亏你了，明翠。"

他走进了病房，她在睡，脸色惨白，连嘴唇也是惨白的，像一张

256

没有染色的面具。一滴一滴血浆，静静地流进她的静脉、她的身体，那是陌生人的血，不相干的血。难过就是在这时候突然涌上来：从此她的身体里就流着陌生人的血了。他坐下来，握住了她的一只手，那手很凉。

她睁开了眼睛。

她默默地望着他，望了一会儿，冷冷地抽出了自己的手。她说："现在，什么都别问，我会告诉你一切的。你走吧，让我自己一个人待会儿……"

此刻，他明白了明翠所说的那个"不好"是指什么。她真的不好，寒冷，充满敌意。她从不是一个与人为敌的人，但此刻，敌意就像这被输入的血浆一样在她周身的每一根血管中流淌着，她张开的每一个毛孔都散发着它冰冷的拒人千里的气味，像刺猬竖起的针。他无言地坐了一会儿，起身走了出去。

明翠一直等在外面。

"怎么样？"明翠小声问，"说什么了吗？"

他摇摇头。

"怎么办呢，老周？"明翠的声音里带着哭腔。

"别着急，明翠，我们得给她时间……让她长伤口。"老周回答。他的回答其实毫无底气。

尽管那天急救车是在半夜时分拉走了陈香，尽管明翠用"意外"和"事故"来解释这事件，可人们还是觉出了这其中的蹊跷。人们不傻，一个擅长厨事的主妇，被菜刀划破手腕动脉的可能性有多少？人们探究着其中的破绽，用异样的猜测的眼睛打量老周，试图从明翠嘴里套出实情。没多久就传出了流言，那流言有模有样，说老周有了外遇：一个新分配到中文系的女孩儿和老周有了私情。

老周沉默着，不辩解，骑着他的破自行车，出出进进，去幼儿园接送小船，去医院照看陈香，一如既往地上班下班。

一周后，陈香的伤口拆线了，可以出院了。这天傍晚，陈香忽然对老周提出一个要求，陈香说："你明天，把小船送到我妈那儿去吧。"

陈香的娘家，不在这个城市，在相邻的另一个小城。那是座小山城。

老周没有问为什么，老周知道就是问她也不会说。这是几天来，她开口和他说的唯一一句话，送走小船，她视为性命的儿子。

老周点点头，说："行，好吧。"

"你是不是早就想把他打发走了？"陈香冷笑一声，"你连原因都不问一下？"

"好，"老周安静地望着她，"那你告诉我原因。"

"因为你讨厌他！你瞧不起他——"陈香冲着他的脸喊叫。

"陈香，你怎么能这么不讲理？"明翠刚巧走进病房，听到了他们之间的对话，"你怎么说这么没良心的话？"

"我为什么要有良心？我把我的心杀了，谁让你救一个没心的人？"陈香冷笑着回答。

"你——"

"明翠！"老周拦住了明翠，回头对陈香说道，"不管是什么原因，你一定有你的道理。好，明天我送小船走，你说什么时候接他回来，我马上去接。"

第二天，陈香出院回到家里的时候，小船已经不在了，这是一个没有了小船的家。松木的小床空荡荡的，堆在床上的毛毛熊、衣物、图画书、识字卡片都不见了，他所有的玩具都不在了，但他的气味还在。孩子身上那种热烘烘温暖的香味，充斥在房间的每一个角落，呼之欲出。没人的时候，她扑在了那松木的小床上，把脸埋进他的小枕头里，泪流如雨。

傍晚时分，老周从那小山城赶回来了，一进门，看见陈香在厨房里做饭。那一瞬间，他以为生活又回到了从前，回到了有阳光的时候。他站在那里默默看着她的背影，看她低头切菜，她在切一种丝状的东西。她一向很以自己的厨艺为骄傲，她是个热爱厨房的女人。此刻，一锅鸡汤在炉子上炖着，香气四溢，那香气几乎熏出他的眼泪。

他们平静沉默地吃了一顿晚饭。

饭后，他洗碗，给他们各自泡了一杯绿茶。他说："要不要看会儿电视？"陈香回答说："你过来坐下，我有话说。"

他坐下了。

突如其来地，她讲起来，她说："你不要打断我，不要提问，不然我会没有勇气讲下去——我看到了一张照片，莽河的照片，可那是一个我们都不认识的人，不是小船的爸爸，你明白了吗？他不是小船的爸爸……"她哽了一下，眼泪静静地流下来，她任由它们在脸上流淌，她说这个莽河从来也没有来过他们的城市，没有来过他们的河边，那来过的那个又是谁呢？她像是问自己又像是问冥冥中的什么人，"还有更可怕的事，"她停顿了一下，像是在喘息，"我昏了头，我疯了，我疯了——"她用手捂住了嘴，试图压住那哽咽，那身体深处巨大的恐惧，她终于还是没有能说出口，她以为必须说出的一切。这一刻，她知道，那是她永远、永远要独自承担的罪业。

他站起身，来到她身边，搂住了她。他把她紧紧搂在怀里，心里隐隐约约明白了一点儿什么，明白了她为什么不敢见小船。他心惊肉跳地搂紧了她，知道了生活原来还有更深更黑暗的地狱。

陈香依偎着他，他的体味有一种海水般的咸味，太阳下的海水，暖洋洋的，那是她熟悉的热爱的气味，那是让她心软的气味。她挣出了他的拥抱，抬起了脸，说道："哥，我们离婚吧。"

259

奇怪的是，这句话，并不让他感到意外。他望着她严肃的脸，用平静的语气问道："为什么？给我个理由。"

"我闹出了这么大的动静，把生活搅成了这样，我不能把你也拖进地狱里，我不能毁了你的人生——你是个好人、善良的人，哥，你吃过那么多苦，你应该去过自己的生活，你想要的生活。"

"做周小船的爸爸，这就是我想要的生活。"

"那我会一辈子觉得愧疚，一辈子觉得对不起你，我不能假装这一切没有发生过，我拿刀杀自己的时候，就背弃你了，我没杀死自己，可足以杀死我们的婚姻……我没有能力再给你带来快乐，带来正常的日子，长痛不如短痛，哥，撒手吧。"

他没有说话。他知道说什么都没有用了。这个女人，生来是要做烈士的，是要赴汤蹈火和献身的，为爱，为信仰，或者，为罪业。

三、南方

他们僵持着。

她不再睡他们共同的床，她也不睡那张松木小床，她就睡在客厅兼书房的那张双人沙发上。那沙发的长度，只有一米六十，她躺在上面，根本伸不开腿，她就那样不舒服地睡了一夜又一夜。她用这种不舒服折磨着老周。

有一天，老周只好抢在她前面蜷在那沙发里了，老周说："你睡床，我睡这儿。"她听了，说道："好，那我出去。"说完，她就开门出去了，在初夏的街头游荡，最后来到一个小广场，在一只长凳上坐下了。一抬头，老周就站在她面前，对她说道："我认输，你爱睡哪儿就睡哪儿吧。"

她开始和南方联系，联系调动的事。那是成千上万个淘金者的南方，梦想者的南方，当然也是逃避者的南方。南方没有拒绝她，酷烈的骄阳、木棉树、大海和新兴的城市没有拒绝她，她开始办理调动的手续，她要去南方一家报社当编辑。

手续办下来了，她把手续摆在了他面前，他沉默不语。她说："求你了，离婚吧。"

他回答："小船怎么办？这对小船是不是太不公平？"

她笑笑："这世界就是个不公平的世界。"

"陈香，你原来是这么势利的一个女人。莽河的儿子，诗人的儿子，就应该被小心翼翼地保护，而现在的小船，就可以承受伤害？对我而言，莽河的儿子和随便什么人的儿子，本质上没有改变，他们都是周小船，都是我的孩子！我们说过，要给这可怜的孩子一个完整的家，你当妈妈，我当爸爸——好吧，既然如此，这'过家家'就到这儿吧，游戏就到这儿吧！你不值得我这样难过，陈香——"他激动地、激愤地说出了这一番话。

陈香平静地、哀伤地望着他："周敬言，这是你的真心话吗？这里没有一点做作的成分吗？不错，野种和一个来历不明的野种，对一个女人而言确实是不一样的，我说的是女人，不是母亲！我不仅仅是个母亲！你呢？你心里，你心里最深的地方，没有一丝一毫对这个生命的轻视？也许，现在你感觉不到，但不一定在什么时刻、什么瞬间，它会突然冒头，突然钻出来，你面对着他的某个缺点、某个弱点，你会想，这不奇怪，这是遗传，这是他基因的问题！我害怕你有一天会这样看他，这样对待他，那对他才是不公平！所以，游戏就到这儿吧，我伤你伤得这么深，你想怎么骂我就骂吧……"

他们互相对望着，窗外，一片麻雀的叫声，吱吱喳喳，欢天喜地，夕阳坠落了，他们的心也在无可挽回地坠落着。

几天后，他们去街道办事处办理了离婚手续。在这前一天，她搬出了他们的家，她曾经十分热爱的家。那个家，有松木小床，有漂亮的花窗帘，有干净的厨房，也有杀害了他们婚姻的血腥的利刃。

办完手续，走出办事处的大门，已经是中午了，他说："十二点了，去吃午饭吧？"

她笑笑，说："不了，明翠还在她家等我。"

她望着他，望了一会儿，转身走了。现在他们是陌路人了。他看着她的背影，渐渐远去的背影，忽然叫了一声："陈香。"她站住了，转过身，他走上来，站在她面前，许久，突然说道："要是我想小船了，我还能去看他吗？"陈香笑了，说："当然能，你是小船的爸爸呀。"

他眼睛湿了。"陈香——"他哑着嗓子叫出一声，"你要爱惜自己。"

她忍住了眼泪："周敬言，你结婚的时候，别忘了给我发个喜帖。"

明翠真的在等她。明翠在这个悲伤的日子里包了饺子。明翠说："送行饺子接风面，这是咱们北方的习俗。"

她面对着一盘白鹅似的大馅饺子，一个也咽不下去。

"别忘了北方。"明翠说。

她点点头。

"别忘了龙城。"明翠又说。

一下子，她眼眶里都是眼泪，"明翠，帮帮老周，让他快点成个家——不是说那个新分来的女孩儿对他挺好吗？那个叫马梅龙的？现在我走了，你帮帮他！"

明翠狠狠地、狠狠地盯住了陈香，"陈香，你相信这样的流言会遭天谴！你不怕遭天谴？"

陈香泪流满面地回答："我已经遭天谴了，明翠，我把一个好人伤成这样，把他的生活毁成这样，我这辈子都不会安心……真要有这样一个女孩儿喜欢他，我心里会好过一点儿……"

明翠无可奈何地摇摇头，"陈香，陈香，上辈子我们欠了你什么？周敬言欠了你什么？算了，你走你的吧，你远走高飞，别的你就别管了。可是你要记住，你欠了周敬言！"她用指头一指陈香，"所以，你必须，必须幸福，陈香，你要幸福——"她说不下去了。

她知道这个叫陈香的女人不会"幸福"了，这个大词，这个人间的理想，从此和陈香无缘，而这一切，都始于那个初夏的午后，诗，激情，热血沸腾的午后。

"这辈子，我会天天诅咒那个莽河，真的和那个假的，诅咒他们下十八层地狱！"明翠咬牙切齿地这么说。

陈香含着眼泪笑了，"别这样，明翠。"

"小船——小船你打算怎么安排？"迟疑一下，明翠还是问出了这句话。

陈香想了想，其实，这些天来她一直一直在想，每一分钟都在想，"先让他跟着姥姥，我在那边安顿下来，再接他过去。"她这么回答。

她需要时间，需要从仁慈的时光中一点一点汲取勇气，足够的勇气，就像一只工蜂从花海中汲取花蜜，来面对审判者，面对她儿子天真的眼睛。

四、小船的诗

只是，她没有等来这一天。

陈香母亲的家，是个小县城，她家住的是那种老式的房屋，冬天，需要在房间里生炉子取暖。意外就出在这炉子上，那是个特别严寒的冬季，家里炉火烧得很旺，门窗紧闭，小船就死于煤气中毒，一氧化碳中毒。

那个冬天，小城家家屋檐下都挂着长长的冰凌，小城人把这冰凌叫作"冻梨"。小船对姥姥说："姥姥，冻梨里有甜的太阳。"那是小船的诗。

小船说话，带着小城的口音，有一天，小船望着天上飞过的鸽子，非常高兴地喊了一声："呀，嘎——子！"那是小船最后的一天。

第六章：面朝大海，春暖花开

一、样板间

新世纪某一年，夏天，明翠参加了一个"看房团"，赴威海看房。那个地方，说是威海，其实离青岛更近，从前，大概是一片荒凉的海滩，如今被开发了出来，建起了新楼盘，那楼盘的名字叫"望海小筑"。

可能，是这个谦逊的名字，使明翠动了去看看它的念头。还有它的广告，广告词这样写："面朝大海，春暖花开——来望海小筑，从明天起，做一个幸福的人。"那是改头换面的海子的诗。

明翠笑了，她想，海子做梦也想不到，他会用这种方式活着。

"望海小筑"在那片海滩上占据了不错的位置，朴素、低调、优雅，暗合着在青年时代喜欢海子、张爱玲、罗大佑和披头士，还有凡·高的都市白领的品位，现房只有一小部分，大部分还是正在建设中的期房，沙盘上的小区，淹没在一片花海之中，据售房小姐介绍说，那些花是樱花。他们将在小区内种多多少少棵樱花树。已经种了一些，还远远不够。

明翠不知道，这里的气候和土壤，能不能让樱花树存活，但她不喜欢樱花。樱花的美过于虚无和壮烈，像三岛由纪夫，她更喜欢草根和中国的桃花。她想起小壮小时候，一两岁的时候，特别喜欢蒋大为，喜欢他唱的那首《在那桃花盛开的地方》，录音机里只要一放那首歌，他就欢天喜地，眉飞色舞，嘴里"桃花、桃花"地跟着瞎唱。当然，现在他爱周杰伦、爱信、爱李宇春，而且坚决否认自己有过追捧蒋大为的历史，好像那是段不良记录。

可是从此以后，明翠就特别喜欢桃花，桃花让她快乐。

此刻，无论是桃花还是樱花，还都在沙盘上，但大海在那里，蔚蓝、宁静、丰饶。明翠不是第一次看见海，她到过北戴河，到过广西北海，到过三亚，还到过巴厘岛。从前，小时候，没见过海的时候，她是爱大海的，大概所有的孩子都向往海洋吧！但现在，此刻，她不敢说那个"爱"字。她是一个岸上的人，海对她有一种天然而博大的拒绝。她还是一个内心渴望平静、缺乏想象力的人，她知道自己读不懂海，可她仍然被海吸引着，渴望着"面朝大海"生活。她还知道，"面朝大海"对有些人而言，是一种人生的理想。

她站在样板间落地飘窗前眺望着大海。隔着玻璃，海呈现出一种不可思议的静谧的翠蓝，一波一波海浪，从遥远的天边把浪花推向海岸，每一排浪花都朝着那个命定的方向欢快地赴死。她默默地站在窗边，看了很久，这永恒不绝的赴死突然让她十分感动，她想起了一个小说中的人物，饭沼勋，三岛由纪夫《奔马》中的主人公，这个叫阿勋的人，他的人生理想就是，在太阳升起的断崖上，面对初生的红日和闪耀着光亮的大海，在松树下……自刃。他的理想，多么像这些浪花，多么像大自然中某些不可思议的秘密。

她还想起了别的——

售楼小姐在叫她了。

售楼小姐说："范老师，你来看看这边，这边有一间阳光房。"

从主卧延伸出的"阳光房"，其实，是由阳台演变而来，如今它被设计成了日式的榻榻米，上面摆了蒲团和精致的古色古香的茶具。书房也在向阳的一侧，面朝大海。书柜占据了一面墙壁，里面象征性地摆了一些杂志和书。来样板间看房子的人，大概没几个人会去注意那是一些什么书，但是明翠出于职业的习惯，忍不住打开书柜，翻了翻那些摆样子的书籍。如她所料，杂志是一些时尚类生活类的东西，《嘉人》啦，《时尚芭莎》啦，等等，而书却显得芜杂，除了几本当红的流行读物之外，居然也有几本很文艺的书，《卡拉马佐夫兄弟》、《小团圆》、艾略特的《荒原》、里尔克诗选、《海子的诗》，还有一本《死于青春》。

明翠一震。她从书柜里抽出了这本薄薄的小书。

"这，它——它怎么会在这里？"她有些结巴地问。

"哦——"售楼小姐笑了，"听说那是我们老板的书，我们老板写的，他以前是个诗人呢——"

"老板？什么老板？"

"开发商啊，望海小筑的开发商。"

书啪地掉到了明翠脚下。

冤家路窄，她想。真是冤家路窄啊。

她愤愤地转身走出了样板间。等电梯的时候，售楼小姐追了出来。这一路上，小姐和他们每一个人都已经很熟，她的爽快和热情颇让售楼小姐喜欢。此刻，小姐又诧异又惊慌地问道：

"范老师，是我说错什么话了吗？您不再看看了吗？您如果不满意的话，还有其他户型……"

她努力使自己镇定下来，她回答说："姑娘，你能给我带句话吗？给这个开发商老板带句话？我不管你通过什么途径，请你告诉他，这辈子，我就是露宿街头，也不会花钱买他盖的房子！我就是把钱当纸钱烧了，也不会让他赚我一分钱！你告诉他，这楼盘让人恶心，我祝福他一间也卖不出去，我祝福他破产！请你务必把这话转告他！——"话音未落，电梯门开了，她庄严地走进去，把惊愕万分的售楼小姐留在了电梯外。

二十年了，二十年了，二十年了……明翠想，小船离开人世，二十多年了啊！

她来在了沙滩上，她沿着海边走，走，浪花扑上来，没住她的脚踝，又退下去，再扑上来，再退下，前仆后继。她好想这个孩子。她看见这个浪花般的孩子一路奔跑着，扑向他不懂得的死亡。他不是阿勋，死不是他的理想，可是他死了。

海面上飞翔着海鸥，那是小船不认识的鸟。他没有机会认识海鸟。也许小船会指着它们高兴地说道："呀，嘎——子！"明翠哭了，她恨不能让孩子长大的那一切。

二、赵善明的娜塔莎

二十世纪九十年代初叶，莽河来到了俄罗斯。那是初秋季节，他乘火车穿越了西伯利亚，在莫斯科下车。当他的脚踩在了俄罗斯大地，他想起了叶赛宁的一句诗："我告别了我出生时的老屋子，离开了天蓝色的俄罗斯……"那一刻他感慨万千，和国际列车卸下的那些同胞们一样，他是作为一个淘金者而来，不是作为一个朝圣者、一个诗人。他来这片广袤的大地是为了寻找机会。

从踏上俄罗斯土地的那一刻，他不再是莽河，他恢复了他的本名赵善明。

这是他对这片土地最起码的尊敬。

他经历了一段极其痛苦的日子，叶柔的死，还有接下来生活和时代的巨变，突然之间，身边的朋友们抛弃了诗，大家的话题变成了"下海"。认识和不认识的许许多多人，都脱鞋下海了。诗变得无足轻重，甚至尴尬。诗所象征的那一切几乎是灰飞烟灭。每个人都有自己下海的动力和理由，他也有，那就是，为了麻木自己，摆脱痛苦。

他想念叶柔。非常想。

他和两个朋友结伴来到了莫斯科，做贸易。渐渐地他发现，原来，他居然有做生意的禀赋，原来他生来就不是一个诗人。他当初对自己的担心，担心他会无力抗拒生活的侵蚀，看来并非空穴来风啊。他一边在心里谴责着自己对诗的背叛，一边野心勃勃地、抑制不住地把生意往大里做。很快地，他们有了自己的公司。起初，那公司规模很小，除了他们三个合伙人，连一个打杂的都没有，于是，他们就给这小小的公司起了一个揶揄的却也是壮胆的名字：三剑客。那是他的生活中存留的最后一点儿浪漫的文艺气息。

面包会有的，牛奶会有的。

几年后，三剑客在香港成功上市。又几年，他们在一个最好的时机，杀回了国内房地产这片正在开发的处女地。

当他们的公司还真正只是"三剑客"的时候，这个冬天，莫斯科下了一场接一场的大雪，那是莽河——赵善明所没有经历过的严寒，比想象中的还要冷。这让他常常想起一本苏联小说的名字《多雪的冬天》，有一种忧伤扑面而来。但他告诫自己，一个商人不能总是多愁善感。

俄罗斯的冬天，白昼很短，夜晚那么漫长。他现在觉得自己有些理解了俄罗斯诗歌和小说中那种沉郁的基色，但对于一个正在打拼的商人来讲，他活在另一个俄罗斯，纷乱，莫测，生气勃勃，充满机会。

在这样的俄罗斯，商人是没工夫睡觉的，尽管它有着最长的黑夜。"三剑客"的记录，是曾经七十二小时没合过眼。第四天，赵去冲澡，结果在澡盆里睡着了。

尽管那是他第一个异国他乡的冬季，离家万里的冬季，可他没时间思乡。

有一天，他独自去见一个客户，那是一单大生意，却没有成功。从地铁里走出来，雪停了，马路上积雪很厚。那是一条比较僻静的街道，扫雪车没有抵达的街道，一个老妇人正在横穿马路，她走得很慢，很艰难，腿脚一跛一滑。突然之间，这个在雪地上艰难行走的老人，让他心底一软，乡愁刹那间滚滚而来。他愣了片刻，突然跑过去扶住了那个老人。老人抬头看了看他的脸，陌生的异国的脸，信任地抓住了他的一只手，老人的手，戴了厚厚的大手套，像熊掌。他们就这样手握着手慢慢穿过人行横道，来到便道上。他仍旧没有松开老人，老人也没有松开他，他们咯吱咯吱踩着积雪，走在一条他叫不出名字的莫斯科街巷，那和他要去的地方，是南辕北辙。

那条路并不长。老人到家了。

他的很烂的俄语，还是能勉强听懂老人的话。老人边比画边指着路旁的一座楼房说，她就住在这里。接下来，老人突然冲着他狡黠地一笑，用他完全听得懂的语言，他血液里的语言，汉语，说道："年轻人，愿不愿意进去和我一起喝杯茶？"

他愣住了。一时间仿佛不相信自己的耳朵，"您——您会说中文？"

老人笑得很开心，"怎么，不愿意接受一个老人的邀请吗？"

"我愿意，"他笑了，一瞬间他觉得自己的眼眶有些湿润，"我太愿意了！"

那是座旧楼房。以他的眼睛，还分辨不出它是什么时期的建筑，

269

他揣测那应该是旧俄时代的产物。没有电梯，但楼梯很宽阔，铁艺的栏杆铸出橄榄枝的花样。前厅不大，但却有着高高的拱顶。她的房间在二层，大概是因为朝向的缘故，显得阴冷、幽暗。一只阔大的壁炉黑沉沉的，没有火光，像洞穴的入口。家具和这座建筑一样，也是旧时代的，有一种凝重的时间感和华丽的破败感。他仍旧不知道它们属于什么样式，经历了多少岁月，却让人在它们面前不由自主地收敛了轻薄的姿态。此刻，窗外的雪光微微映照着它们，那种幽光，仿佛时间的光芒。老人打开了暖器，一边脱大衣一边对他说道："请坐，年轻人，我这就去烧开水。"

他在一把蒙着缎面的椅子上坐下了，那缎面早已褪尽了颜色，曾经活色生香的花纹也磨损得完全看不出从前的面孔。他一边追随着老人忙碌的身影，一边抑制不住他的好奇：

"您中文说得真好，您在哪儿学的中文？"

"在中国，"老人回答，"我在中国生活了十五年。"

"上帝！"他惊叫一声。

茶炊备好了，他们围桌而坐，热腾腾的红茶里加了煮好的牛奶，茶香混合着奶香，顿时使屋子里有了暖意。"正山小种。"老人举着茶杯对他温暖地笑着，那手严重变形，是类风湿关节炎的手。那也是他这个茶盲第一次听说了"正山小种"的名字。

他想他知道为什么老人会邀请一个萍水相逢的路人来家里喝茶了。有一个故事在等着他。老人一边啜着热茶一边慢慢地讲，大概是长久不说中文的缘故，她的中文到底有些磕磕绊绊，偶尔还会像唱歌一样冒调，可那又有什么关系？原来，五十年代初叶，中苏热恋的时期，一个年轻的中国工程师来莫斯科进修，他们派刚刚大学毕业的姑娘做他的助手。他的俄文名字叫阿辽沙，两年后，阿辽沙回到祖国时，姑娘和他一起回来了，因为，姑娘已经是阿辽沙的妻子。

"阿辽沙很英俊，眼睛明亮，爱唱歌，"老人眼睛越过茶杯望向窗外的皑皑白雪，那大概就是她爱上他的原因吧，如此单纯的原因，却能使一个姑娘去国离乡。后来，中苏交恶了，再后来，珍宝岛打仗了，他们的处境变得很糟，阿辽沙说，我们分手吧，你带着孩子们走吧。她走了。带走了三个孩子，那时，她的小女儿才刚刚三岁。

"后来呢?"他忍不住这么问。

"阿辽沙自杀了。"老人安静地回答。

暖器始终没有把这间幽暗的房间暖热，窗外，天色暗淡下来，黄昏就要到了。俄罗斯冬天的黄昏，短暂得就像是一声叹息。他突然想起了叶柔，想起很久以前，他们一路同行穿越了多少别人的人生……他无言地望着老人，老人朝他微笑。

门就在这时被打开了。

"怎么不开灯，妈妈?"

光明照亮了房间，是电灯的光，也是她的。那就是他第一次见到娜塔莎，混血的娜塔莎，和那个托尔斯泰的娜塔莎同名，和安德烈的娜塔莎同名。她站在门口，身穿一件大红的羽绒衣，暖洋洋的，一看就是"中国制造"。顿时，房间里温暖了，亮堂了，后来，无数的时刻，他都很好奇，不知道这个看上去并不庞大的女人，为什么她一出现，房间里就会显得拥挤。她与生俱来地有一种光芒和喧腾的活力，如果她盛开，每一片花瓣都会发出噼噼啪啪欢天喜地的声响。

她瞪大眼睛望着这个不速之客，突然露出惊喜的表情，"噢！妈妈，这个漂亮的中国小伙子哪里来的? 你变出来的吗?"她用俄语高兴地叫着。

老人又露出了那种狡黠的微笑，"不是，"她用汉语回答，"是从街上捡来的。"

于是，他明白了，为什么在冰天雪地的异乡的街头，一个陌生的

271

老人会无端唤起他的滚滚乡愁，原来，是为了一个相遇，为了赵善明和娜塔莎相遇。有了娜塔莎，背井离乡、和俄罗斯一起挣扎的赵善明才会从莽河的躯壳中脱胎换骨，才会在精神上告别叶柔那朵幽微的、纤丽安静的花。

娜塔莎是"三剑客"公司的第一个雇员。后来，她就成了赵善明的妻子。

三、和一棵树相遇

不知道是什么缘故，明翠的话，居然真的传到了这公司的最高层。当然，通过层层的传递，到达赵董那里的时候，已经是秋天了。

他有些惊诧。他想，是谁，这么恨我呢？为什么？是拆迁时的积怨吗？他让有关人员调出了这些年的拆迁资料，好像没有太出格的事件发生。这更让他困惑，为什么，这个女人恨我入骨？

本来，生活中的八卦，他大可不必放在心上，可这一次好像有些不同，知道这世界上有一个人锥心刺骨地恨着你，诅咒着你，而你却一点不知道那缘由，这让他有些不寒而栗。也许，这是一个现实生活中的豫让，她活着的目的就是向他复仇，当然，他并不怎么担心自己的人身安全，可那毕竟是扎进他人生中的一根刺，让他不安。另外，还有整个公司的形象。

于是，他决定找到这个人。

当然，那一点也不困难，参加看房团时，每个人都留下了自己的基本资料：地址、电话。他通过秘书联系到了这个叫范明翠的女人，起初，范明翠拒绝见他，后来，秘书一天一个电话地穷追不舍，于是，明翠改变了主意。

他飞到了范明翠的城市。

见面地点，约在了一个叫"津渡茶堂"的茶餐厅，秘书为他们预订了一个包间。这个地方，是秘书精心选择的，既不奢华到令人反感，却又安静、雅致，能让客人感到自己被尊重。他破例早早等在了那里。不是做秀，是真的被那秘密折磨着。天灰蒙蒙的，城市灰蒙蒙的，行道树却很有姿态，是叶子开始变黄的银杏。

服务员引进了他等待多时的客人。

他站起身，望着她，一个中年妇女，不，应该是老妇女，五十多岁，体态明显开始臃肿，可皮肤看上去保养得还很好。无论怎样回忆，这也是一张陌生的面孔，从来没有过任何纠葛的面孔，毫无意义的一张面孔。那面孔绷得很紧，像是做了拉皮手术，从上面看不出任何表情。他犹豫片刻，还是没敢贸然伸出手去，服务员拉开椅子，客人坐下来，他小心翼翼地问道："您喝什么茶？"

她摇摇头。

他不知道这摇头是什么意思，于是，他对服务员说："来壶普洱吧。"

房间里只剩他们两人的时候，她开口说话了。她说："其实，我没有见你的理由，也没有恨你的理由，可我就是——恨你。"

她的话，更是让他一头雾水。"为什么？"他不禁问。

她深深地看了他一眼，那是解冻的一眼。她突然叹息一声，从自己随身的手袋里掏出一样东西，一个信封，很旧的信封。她把这信封放在了茶桌上，说："看看这个。"

他狐疑地拿起来，只见信封上写着：写给小船。是早已褪色的钢笔字，是如今很难再看到的钢笔字，笔迹清秀，婉转，小家碧玉。只听对面的女人说道："你打开来看看……"

于是，他看了。上帝让他看见了，这封母亲写给儿子的信。

他惊骇万分地从信纸上抬起了脸，他的声音在哆嗦："这……这

273

到底是怎么回事？怎么回事？我从来……从来也不认识这个女人哪！"

他惊骇，却又有一种说不出的震动，明翠望着他，突然问道："有烟吗？"他哆嗦着从自己的口袋里摸出了一包"骆驼"，说："这个行吗？"这倒让明翠惊诧了，她没想到一个脑满肠肥的房地产商居然抽的是美国工人阶级的香烟。她点点头，说："来一支。"她知道那烟很烈。

顿时，这间雅致的新古典风格的茶室里，弥漫起了呛人的、浓烈的、异香异气的烟雾。

在烟雾的遮蔽下，她一五一十讲出了那个故事。陈香的故事。那个年代的故事。小船的故事。隔了这么多年，这么辽阔的时光，那一切，仍旧清晰得就像是昨天发生的事。她讲得很安静，很平静，没有渲染，水波不兴，茶凉了，水冷了，烟灰缸里烟蒂却在增多，两个、四个……她觉得就像是在做梦，居然可以对着这个人讲出这一切。生活还是仁慈的，她想。这样想着的时候，她眼里慢慢涌上来泪水。

"小船死后，陈香一滴眼泪也没有掉，她只是不停地给小船写信，写一封，拿到十字街口去烧一封。不停地写，不停地烧，不停地写，不停地烧……我们都不知道她写点什么，她就那么白天黑夜不吃不喝地写个没完，烧个没完。大家都很害怕，我急了，我冲到她面前对她说，我说，陈香你别白费心机了，小船根本不识字，他——看——不——懂！我这么一吼，把她吼醒了，她突然望着我惨叫一声，昏过去……你说，我为什么不恨你？"她望着他，突然说不下去了。

原来是这样，他想。原来是这样啊。这是一个什么样的女人哪！他在毫不知情的情状下居然改写了这样一个女人的一生。他重新打开了那封信，怀着凛然的感动细细地读完了它，当读到结尾那几句："假如，你走在一条乡野间的大路上，如洗的蓝天下，金黄的杨树，或者，银杏树，与你突然遭遇，那时，你会被这种纯粹的辉煌的美所深深打动，并且，你会理解，为什么有的人终其一生要走在这样的路上，就像你的生身父亲。"他一阵眼热鼻酸，尽管阴差阳错，可那正是他青春时代的理想，是他曾经向往的人生。他读着它们，就像在和另一个自己会晤。

也是在会晤一个知己。红颜知己。

"她，这个陈香，她现在在哪儿?"许久，他抬起脸问对面的女人。

明翠笑了，那是一个讽刺的讥笑，"我为什么要告诉你呢? 你是谁? 赵董还是赵总?"

四、仁者爱山

北方，某山区，一个新的希望小学建成剪彩。那是个很深的深山里的村庄，从前，只有一条羊肠小路通向山外，交通十分不便。后来，有了这条公路，村里的年轻人沿着这条路走出了山外，去外面的世界闯荡，怀着梦想打工挣钱，渐渐地，村庄里剩下的大多都是孩子和老人。

某房地产公司援建的这所希望小学，很漂亮，也很结实。整体浇筑的结构，外墙采用了本地取材的青石料，和这大山，和这干净的天空，和村庄的其他建筑十分吻合。除了主教学楼，还附带了配楼，用来做学生公寓和教工宿舍。剪彩这天，很热闹，市里、县里都来了人，还有媒体，公司来了最高首脑。热闹过后，嘉宾们星散了，这公司的老总却提出了要求，说是想在山里留宿一晚。他说他喜欢这山里的空气。

就留下来了。

秋天，正是山里最美丽的季节，阔叶的树、针叶的树，都变了颜色，四顾一望，层林尽染，浅黄、橙黄、明黄，还有火焰般的红，把秋山渲染得如梦境般辉煌斑斓。叫不出名字的野草，有许多结出了小小的果实，颗颗如同艳丽的玛瑙粒，在微风中摆荡。空气是香的。

"真美——"老总站在山坡前慨叹。

女校长陪同着他，她听惯了外来者这样浮光掠影的感慨，笑笑，没有说话。她在想着更现实的事，今天晚上，怎样安排这位贵宾的下榻之处。新建成的学生公寓和教师宿舍还没有启用，里面还都是四壁空空的空屋。

"赵总，"她迟疑地叫了他一声，"村里有一对刚刚结婚的小夫妻，一结婚就结伴出去打工了，他们的洞房是新石窑，空着，我让人给您收拾出来，今晚，您住那里，您看行不行？"

赵总赵善明回答说："校长，不用麻烦人家，我就住学生公寓，我打地铺就行——就当是给新校舍暖房了。"

"那哪行！"女校长着急了，"山里的秋天，到晚上，很凉的。这样吧，学校里还有间窑洞，空着，是给志愿者准备的，您要是不介意的话，我这就让人去打扫出来，生上炕火。"

"行，这样就好，给你添麻烦了，真不好意思——先说好，晚饭你千万别张罗，你给你那些留守孩子们吃什么，我就吃什么。校长，我——"他笑了，"说句粗话，我还不那么太装丫！"

这话，把女校长逗笑了。

太阳坠落了，黄昏来临了，鸟鸣声突然变得响亮，孩子们吃完了晚饭，在学校空场地上跑着、闹着、跳着。他们的爸爸妈妈都在远方的城市里打工，现在，学校就是他们的家。

伙房被临时布置成了餐厅，两张课桌拼在一起，变成了一张长桌。上面，蒙上了一块当地老乡手织的土布做桌布，一把结着红果实的野草，颇有几分姿态地插在一只玻璃水杯里，袅袅娜娜，点缀着餐桌的气氛。餐桌上，金黄的小米粥、煮好的老玉米和南瓜、用葱花爆炒出

276

来的山药蛋"拨烂子"、真正的笨鸡蛋摊出的鸡蛋饼……每一样都是最平常的材质，可是每一样，都诚心诚意。面对着这样一张餐桌，客人突然十分感动。

"校长，你……谢谢你了。"

"您怎么这么说？我们应该谢您……这么好的新校舍盖起来了，这方圆几十里、百里的孩子们，都会受益。赵总，谢谢您!"女校长边说边斟满了酒杯，那酒，也是本地的白酒，"我敬您一杯!"说着，她端起一杯，一饮而尽。

客人也端起来一饮而尽。

"校长，听说你本来是来山里支教的志愿者，怎么就留下来了？"他借着酒劲突然这么问。

"我喜欢这儿。"她回答，"还有这儿的孩子。"

"是吗？"

"当然是。"她望着他。

他们相互对望了一会儿。他笑了。

"仁者爱山，智者爱水，看来你是仁者。"他说。

"我猜，你大概爱水，对不对？"她也笑了，举起了酒杯，"智者，干一杯。"

他们干了。

他放下了酒杯，望着她，灯下的她，突然说道："我从前是个诗人。"

她微微一笑："是吗？从前，我也很爱诗。"

"我想说的是，我从前是个诗人，可我大概从来没有爱过诗。"他说。

"为什么这么说？"她回答。

"诗其实很残酷，对吧？"他望着她。

277

"你问我？"

"对。"

她笑笑："美的东西都很残酷。"

就在这时，门外突然有人喊："赵总！赵总！"门帘一掀，两个男人前后脚进来，原来是这村里的村长和书记，他们是来请贵客去吃酒的。"赵总啊，走走走，那边都准备好了，一桌人都等着呢！山里没有好茶饭，可也不能怠慢贵客！赏个脸，不去？不去可就是看不起我们山里人啊——"他们连说带拽，客人根本没有招架的余地，一阵风似的，他们席卷他而去。

如画的餐桌旁，只剩下了女主人。

深夜，几个人把他送回了学校，他醉了，他的司机扶着他，架着他，走得东倒西歪。她一直在等他，临时收拾出来的那间"客房"，此刻，窗明几净。炕烧得很暖，被褥也都是在太阳下晒出了香味的被褥。那瓶野趣盎然的小野果，摆在了房间醒目的地方，给这朴实无华的窑洞平添了几分柔情和姿色。他们扶他进来，让他躺下，他说："我没醉——"然后他在一群人、一群闲人后面看见了她，女主人，他冲她一笑，说道："我从前是个诗人——"话音没落，他"哇——"的一声吐了。

第二天早晨，太阳刚刚升起的时候，他要出发了。山里的早晨，有一种神秘的宁静，山岚若隐若现，如同山的隐衷。四面山坡上，每一棵树都沉默着，那沉默很坚韧，而鸟鸣声则铺天盖地。他的奔驰越野车停在学校的空场上，她带着她的学生来给他送行。

"不好意思，昨晚让你看笑话了。"他对她说。

"谁没有醉过？"她回答，"我也有。"

他望着她，千言万语，涌动着，却一句也没有说出。一句也没有

278

机会说出。他知道，是她不给他机会，她那张波澜不惊的、平静的、受尽磨难的脸，沧桑的脸，不给他机会。他笑着，向她伸出手，心里却觉得忧伤和怅然。

他说："再见！"

她握住了他的手，说："再见！"

他打开车门，向她，向孩子们挥手。就在这时，孩子们，她的学生们，突然间，用清脆的、天籁般的童声，鸟鸣般的童声，齐声朗诵起来：

> 也许，我是天地的弃儿，
> 也许，黄河是我的父亲——

他惊呆了。

这久违的、这石破天惊的声音，这重如千钧的礼物，让他震撼。

> 也许，我母亲分娩时流出的血是黄的
> 它们流淌至今，这就是高原上所有河流的起源……

他寻找着她的眼睛，他看到了那里面的泪光。被阳光照耀着的、美如霞光的泪光。他知道不需要再说什么了，他乘车而去，泪流满面，把他纯真的青春时代留在了黄尘滚滚的身后，留给了陈香。

2010 年 4 月 26 日于北京顺义东方太阳城

代后记 | 在水边

来海南过冬，这已经是第三个年头了。这一次，我们选择的落脚地，是陵水清水湾。牛岭以南，北纬十八度。

此刻，就是坐在清水湾某座高层建筑的阳台上，写下这篇小文。前方几百米处，就是波光粼粼的大海。楼下，则是一个游艇码头。我几乎一有空闲，就坐在这里，泡一杯茶，看海。看游艇缓缓驶出，驶入，看他们静静停泊在船位上，有种安逸之美，资产阶级之美。

其实，我并不迷恋大海。小时候，年轻时，人人都以为自己是爱大海的。那是一种极其概念化、人云亦云的爱。而现在，我则可以诚实地告诫自己：我不爱海。我爱河流。也许，是我没有能力去爱这片太浩瀚的大水。

可我仍然喜欢几小时，几小时凝望它。

喜欢，却不伤筋动骨。而河流则不同，河流像是我灵魂上的伤口。

我的小说里，几乎都有一条河流穿行其间。他们大多是北方的河。有的有名字，有的则无名无姓。在某种意义上，它们是我小说的血液。当它们汩汩地怀了千古的忧伤，慈悲地流过我小说的字里行间时，我的故事，无论残忍的还是温情的、血腥的或是悲悯的，就有了一个不灭的老灵魂。

所以，在我离海最近的时候，我心里感念的，是数千里之外的北方的河。

《水岸云庐》是一个发生在河边的故事。这条河，是伟大的黄河。我在不同的时间、不同的地点，屡屡与它相逢相遇，却从来没有见识过它在寒冬中的样貌。而肃杀的、千里冰封的长河，恰恰特别适合这个关于罪与罚、关于灵魂的自我拷问与救赎的故事，这也是我晚近以来几乎所有小说的共同主题。

我不幸活在一个特别轻易特别善于遗忘的时代。我不说"我们"，我说"我"。因为这确实是我一个人的感受。所以，我小说中的主人公们永远跟不上时代的脚步，也不会毫无负担地"与时俱进"，更不会在时光的滔滔巨流中千方百计地去洗白自己。他们只能背负着血泪和永恒的罪孽，和历史一起，沉入黑夜。而与他们一起经受煎熬与折磨，既是我这个写作者的选择，似乎更是我无从逃避的宿命。

我不是个高产的作家。这些年陆陆续续地也出了十几本小说集。而这本集子与以往集子最大的不同，是它的插图。那是出自好友葛水平的不凡手笔。我极羡慕水平的天分，她笔下的那个水墨世界，那些人、兽、生灵、万物，如自由的精魂，天然去雕饰，却千姿百态、恣情肆意，朴拙而至美。这些天才般的画作，对我而言，亦是类似于河流的滋养与馈赠。

谢谢，一切。鞠躬。

2019 年 1 月 26 日于

陵水清水湾

蒋韵

女,生于太原,祖籍开封。

太原市文联主席,1979 年开始发表文学作品。

曾获第四届鲁迅文学奖、老舍文学奖、郁达夫小说奖、

赵树理文学奖荣誉奖等。

代表作品

长篇小说

《栎树的囚徒》

《隐秘盛开》

中篇小说

《心爱的树》

《朗霞的西街》

《行走的年代》

《水岸云庐》

水岸云庐

出 品 人｜续小强	选题策划｜刘文飞	责任编辑｜刘文飞
复　审｜陈　洋	终　审｜贾晋仁	书籍设计｜张永文
印装监制｜巩　璠	项目运营｜有度文化·刘文飞工作室	

投稿邮箱｜liuwenfei0223@163.com　　微信公众号｜bywycbs1984

微　博｜http://weibo.com/liuwenfei0223